T0245615

Los endemoniados

Mattias Köping

Los endemoniados

Traducción de Alberto Díaz-Villaseñor

ALMUZARA

Editorial Almuzara • Colección Tapa negra
Director editorial: Antonio Cuesta
Edición de Javier Ortega
Corrección y maquetación de Helena Montané

www.editorialalmuzara.com
pedidos@almuzaralibros.com - info@almuzaralibros.com
@AlmuzaraLibros

Editorial Almuzara
Parque Logístico de Córdoba. Ctra. Palma del Río, km 4
C/8, Nave L2, n° 3. 14005 - Córdoba

Imprime: Romanyà Valls
ISBN: 978-84-11315-84-5
Depósito Legal: CO-1594-2023
Hecho e impreso en España - Made and printed in Spain

HISTORIA DE UN TÍTULO

El público conoce esta novela por un solo título: *Los endemoniados*. Sin embargo, ese no fue su nombre inicial. En el manuscrito original se titulaba *La Souille* (*El Revolcadero*). Ese es el título con el que lo conocen mis primeros lectores, es decir, un puñado muy reducido de personas. El término *souille* (revolcadero) se define así en el diccionario Larousse: «charco fangoso, de origen natural o a veces cavado por el jabalí, donde el animal se revuelca». Era un título mejor que el que luego ha ido adornando las sucesivas ediciones del texto desde su inicio, más adecuado al contenido de la novela. Pero, por desgracia, ya había sido registrado y, tras muchas vacilaciones, se decidió que había que cambiarlo. No sin cierta dificultad, se llegó al actual. Sin embargo, el término *revolcadero* dice mucho más. Quienes ya hayan leído la novela sabrán el porqué. Hay que tomarlo al pie de la letra, ya que los jabalíes desempeñan un papel importante en esta historia. Por supuesto, hay que tomarlo también en sentido figurado, porque su etimología conlleva otros valores añadidos evidentes: puerco, emporcar, guarrada, guarro... Los criminales de esta historia se revuelcan en el fango de sus apetitos bestiales, consideran a los demás como presas, y se reúnen en una dacha aislada en medio del bosque llamada El Revolcadero. No les desvelaré nada más, se pueden hacer más asociaciones de ideas, pero eso se lo dejo a ustedes. La novela seguirá llamándose *Los endemoniados* durante el resto de su trayectoria, porque ese es el nombre con el que, al final, se dio a conocer.

HISTORIA DE UNA PUERTA QUE SE ABRE

He analizado brevemente la cuestión de la violencia de mis dos novelas en el prefacio de *El artesano*. Sin entrar en detalle, me gustaría reiterar esta advertencia: mis textos están destinados a un público adulto. Hay muchas formas de representar la violencia en una obra, desde la más elíptica hasta la más cruda. Es esta última la que he elegido. No pretendo que sea la mejor. Es solo la que he elegido. La mayoría de las veces nos sustraemos a la violencia porque en el fondo somos niños grandes y frágiles. Es la técnica de la puerta que se cierra con pudor sobre lo que nos ofende, nos choca, nos aterroriza. Por el contrario, yo he abierto esa puerta de par en par, de golpe, desde el principio. En el texto original, el actual segundo capítulo era el primero. Añadí el primero, del que tanto se ha hablado, con la siguiente intención: quería advertir claramente al lector de qué iba el libro, para que nadie se llamara a engaño, y, al mismo tiempo, para fijar en pocas frases la situación inicial de los protagonistas. Con este primer capítulo, muy breve y muy llamativo, es imposible llamarse a engaño en cuanto a cómo se trata la violencia en esta novela. Algunos lectores, con una sabiduría que valoro y respeto, pueden decidir que es demasiado para ellos y no seguir adelante. Otros deciden dar el paso. En cualquier caso, lo harán con conocimiento de causa, porque ya las primeras líneas son muy claras. Sin elipsis, sin rodeos, sin atenuantes. Todo es áspero y directo en esta narración. Algunos, sin duda con razón, añadirán que es obscena, perturbadora, pornográfica u horrible.

HISTORIA DE UNA CALIGRAFÍA
A BASE DE PUNTITOS

Quienes se me acercan en las ferias del libro o han tenido la amabilidad de interesarse por mi forma de trabajar saben que nunca concibo un plan de antemano. Voy a la aventura. En cierto modo, dejo que el texto se escriba y se despliegue por sí mismo, sin poner nunca barreras a su expansión. Eso es lo que estoy haciendo ahora mismo: me siento ante el teclado y escribo. En la ficción, nunca me censuro, lo que explica por qué el hecho de escribir ciertos pasajes es como una especie de test psicológico. Como ni yo me veía venir, yo mismo recibía el golpe en pleno rostro. Mientras escribía *Los endemoniados*, a veces tenía que dejar de escribir durante meses después de abordar una parte especialmente dura que me dejaba fuera de combate. Si juntáramos los momentos reales de escritura, resultarían solo unos pocos meses. Pero sumando las interrupciones, todo el proceso de escritura se alargó más de tres años. Escribir esta novela fue una auténtica montaña rusa emocional.

HISTORIA DE UNA CHICA

No todo es oscuridad en esta historia. La protagonista principal se llama Kimy. La vida no reserva nada bueno para esta joven y no hace nada más que aplastarla. Sin embargo, ella se levanta, se defiende, sigue siendo capaz de conmoverse, de ver lo bello allí donde esté, si es que queda algo, a pesar de las zonas sombrías y los defectos abismales que toda cosa tenga. En lo que se refiere a su construcción, este personaje dista mucho de ser perfecto, pero sigue siendo mi favorito. Los autores a veces se encariñan más con una criatura nacida de su pluma que con otra. De todas las criaturas de papel y tinta que he creado, Kimy es mi favorita. A fuerza de vivir con personajes de ficción que dan vueltas constantemente en tu cabeza, acabas teniendo sentimientos reales hacia ellos. Siento un apego por Kimy que no tengo por los demás.

Y ahora les deseo una feliz lectura.

1
2012

Todos gritan a coro:

—¡Cumpleaños feliz, perra! ¡Cumpleaños feliz, zorra! ¡Cumpleaños feliz, puta! ¡Cumpleaños feliz!

La rodean en pelotas, partiéndose el culo de risa. Allí están todos, su padre, su tío, el Zumbado, Waldberg, Delveau, Beloncle. Ella está a cuatro patas en medio de la manada, frágil y desnuda, deshecha en sollozos. Su padre la sujeta por el pelo.

Se llama Kimy.

Esa noche cumple quince años.

2
Septiembre 2015

Todavía reinaba una agradable temperatura. La luz declinaba de manera espectacular, y septiembre terminaba en todo su esplendor. El maíz comenzaba a madurar. En medio del campo, Kimy daba vueltas girando sobre sí misma, sola en el mundo. Giraba y volvía a girar, reanudaba la marcha, avanzaba despacio con los brazos en cruz, y luego se detenía echando la cabeza hacia atrás. Con la punta de los dedos acariciaba los tallos y las espigas. El susurro de las hojas la tranquilizaba. Estaba completamente colocada. Los porros que se había fumado ya estaban surtiendo el efecto deseado. Se le subían a la cabeza y tenía la sensación de que la levantaban por dentro. Pero el pellizco insoportable que sentía atenazándole el estómago la mantenía con los pies en la tierra. Se dobló por la mitad, llevándose las manos al abdomen. ¡Vaya mierda! Todavía le dolía mucho.

La sesión del día anterior con Waldberg la había puesto a prueba. El cerdo había hecho valer su dinero. Quedaron en el bosque de Leu, en una choza destartalada, uno de los muchos lugares de Viaduc-sur-Bauge[1] por donde se dejaban caer los yonquis y los que iban expresamente a beber como bestias hasta perder el conocimiento lo más rápido posible. Fue en ese mugriento nido de ratas, construido con tablas podridas,

---

1   «Bauge» hace también referencia al revolcadero del jabalí, e incluso, en sentido figurado, a una pocilga. Por lo tanto, el nombre del pueblo puede traducirse como Puente sobre el Revolcadero (N. del T.).

toldos hechos jirones, colchones mohosos y corrientes de aire, donde él se la había tirado. Le había exigido hacer de todo: «servicio completo», le dijo con sorna. Podrían haber ido a cualquier otro lugar, pero él había insistido en que fuera *aquí*, en esa choza miserable y maloliente, el que fuera el lugar idílico de su primera vez. Cuando ella tenía aún catorce años. A Waldberg le encantaba ese escondrijo. Ese sórdido decorado excitaba sus sentidos. Por lo que le costó, cincuenta euros, no fue nada caro. Se la había follado en el mismo suelo asqueroso, entre hojas muertas y telarañas. La había empotrado a cuatro patas, abriéndola en dos con toda la fuerza de sus manos. Eso le permitió perforarla bien a fondo, arrancándole un grito agudo con cada acometida. En el *sprint* final, él hasta eructó.

Mientras ella se recuperaba, Waldberg intentó algo más. Ella apartó bruscamente aquella mano venenosa de su cara: «¡Ni lo pienses! ¡Esta ha sido la última vez, Waldberg! ¿Me oyes? ¡La puta última vez! ¡Ahora, el dinero! ¡Aflójalo ya!».

Se embolsó el dinero, y luego se fue cojeando a su casa, colándose silenciosamente por la ventana del dormitorio. Afortunadamente, la casa estaba vacía. Se duchó a fondo tres veces seguidas. El agua ardiendo, el guante rascador y el jabón le habían descamado la piel, pero era lo que más necesitaba. Agotada, vio cómo un hilillo de sangre desaparecía por el desagüe. Luego, hecha un ovillo bajo el edredón, con las rodillas pegadas al pecho, se prometió solemnemente que aquella había sido de verdad la última vez. Nunca más nadie la iba a comprar para vaciarse entre sus muslos. Volvió a sangrar y apretó los dientes con más fuerza, procurando no llorar. Se juró a sí misma que todos iban a pagarlo caro, Waldberg, su padre, su tío Dany y todos aquellos otros hijos de puta.

Al día siguiente, para recuperarse, se chupó las clases y se levantó tarde. No puso el dinero del polvo sobre la mesa de la cocina. A la mierda su padre. Quiso asumir el riesgo. Esta vez se lo guardó para ella solita. Luego, otra cuidadosa ducha en la entrepierna, antes de pasarse el día holgazaneando y bebiendo cervezas hasta que su padre llegara a casa. Se escabulló por la ventana. Tomó por el camino de los Aduaneros, y luego deambuló en línea recta sin rumbo por el campo y los bosques, mientras se fumaba los tres porros que se había liado antes de salir.

A medida que se desvanecía el último espasmo de dolor, se sintió flotar en medio de aquel maizal, solitaria, como el eje de sustentación alucinado de todos los mundos conocidos. El atardecer descorría su cortina azul. Con la cabeza echada hacia atrás, observaba cómo el cielo se alejaba de la tierra a una velocidad vertiginosa. Kimy ya no pensaba en nada. Levitaba fuera de su cuerpo y se veía a sí misma cn picado, allá abajo. Se hacía cada vez más pequeña, más pequeña, más pequeña, con las piernas temblorosas y la boca completamente seca. Una risa repentina la hizo caer de nuevo dentro de su piel. Había alguien cerca. Se quedó quieta y aguzó el oído. La sangre latía a impulsos sordos en todos sus miembros. Esperó. Esperó. Nada. ¿El hachís no le estaría jugando una mala pasada? No. Al momento, lo oyó de nuevo, pero más atenuado. No estaba tan cerca. Reanudó su marcha, de lado, agachada, evitando rozar los tallos de maíz y avanzando como un soldado durante una emboscada.

Cuando llegó casi al final del sembrado, lo vio a través del entramado de hojas y mazorcas, como por la vidriera de una iglesia. Se quedó helada y contuvo la respiración. Estaba apoyado en el tronco de un magnífico roble, al otro lado de un camino estrecho de grava. El árbol señalaba la entrada a una casa de campo, una hermosa cabaña con techo de paja y vigas de madera vista desgastadas y venerables. El hombre estaba solo, inmerso en la lectura de un libro. Pasó la página y soltó una nueva carcajada, más clara y aguda. Kimy frunció el ceño. Ningún libro la había hecho reír nunca. En realidad, ningún libro le había interesado siquiera. Además, le costaba un poco leer. Los libros eran para los otros, cosa de empollones. Parecía un tipo de mediana edad, no muy joven, pero tampoco viejo. Cuarenta y cinco, quizá cincuenta años. Sus finas gafas en la frente, su rostro delgado, su pelo abundante y entrecano, su cara, su barba de tres días, todo aquello le recordaba remotamente algo. Tenía unos rasgos marcados y parecía cansado. No estaba mal. Había tenido encima a otros mucho más feos. Se quedó pensando. Estaba segura de que se había cruzado antes con este tipo en algún sitio.

Sonó un teléfono dentro de la casa. El hombre lanzó un suspiro, dejó el libro a los pies del árbol, volvió a ponerse las gafas sobre la nariz, se levantó y tomó el camino de entrada. Lo vio cruzar el umbral de la cabaña. Ella salió corriendo de entre el maíz, cruzó el camino, cogió el librito y salió de nuevo a toda velocidad hasta la espesura entre los altos tallos. Corrió en línea recta sin mirar atrás, con el libro apretado contra su pecho jadeante; el corazón le latía a mil por hora. Se sentía inexplicablemente feliz. No había hecho una travesura así desde hacía años.

Salió furioso de la casa. Una equivocación. Cuando llegó al roble, se quedó sin habla. Estaba seguro de que había dejado su libro allí, ¡justo allí! Sin dar crédito, inspeccionó el pie del árbol, lo rodeó y se rascó la barbilla. Levantó la cabeza y escrutó el campo. Entrecerró los ojos para ver mejor a través de las oscuras hileras del maíz. Caminó hasta la mitad del sendero, miró a la izquierda, luego a la derecha: nada. Todo estaba en silencio, incluso más que en silencio. Ni un soplo de aire. Los tallos, las hojas, el aire, todo estaba congelado en una absoluta inmovilidad. Una estampa japonesa, la verdadera perfección.

Caminó hasta el borde del sembrado y les gritó a las sombras, sin convicción:

—Mi libro... ¡Cabrones!

Kimy se carcajeó de la inutilidad de su protesta.

Él comenzó a angustiarse por ese hurto. Se avecinaba una crisis. Para una vez que se había reído... Sacó una caja de Tranxene 10 mg. Se tragó dos pastillas rosas. Caminó lentamente hacia la casa con los brazos colgando. Se anunciaba una noche difícil.

3

Kimy se aseguró de que no había nadie en casa. Fatigada por la marihuana, había tardado bastante para volver. Ahora la oscuridad era total. Debían ser las nueve de la noche, quizás más. Había atajado por el bosque y vuelto a bajar por el camino de los Aduaneros. Luego, había tenido la prudencia de permanecer un rato sentada a la orilla del sotobosque, detrás de la granja, los auriculares incrustados en las orejas. Escrutó desde lejos las diferentes edificaciones, aunque había pocas posibilidades de que su padre aún estuviera por allí.

Era viernes. Él siempre dedicaba los viernes a la inspección semanal de su pequeño negociete. Antes del fin de semana había que remenear un poco a las chicas para que se pusieran a mover las caderas con ganas —ganarás el pan con el sudor de tu coño—, y abastecer de mercancía a los camellos. Luego se acercaría a El Granero, su discoteca. Bebería hasta el amanecer, esnifaría cocaína, hablaría de la pasta con su hermano Dany y se follaría a alguna zorra. En principio, la disco estaría en calma hasta el día siguiente.

Ella salió del bosque, les silbó a los perros que solían estar encerrados en los cobertizos y se coló por la ventana. Se aseguró de que la puerta de su habitación estuviera cerrada con llave, débil muralla contra la fuerza colosal de su padre. Encendió la lámpara del techo y se echó en la cama desecha. Miró la cubierta del librito. Por lo menos, era graciosa: un viejo disfrazado de cochino rosa, como el Nif-Nif de los desfiles de Disney, con la careta de su disfraz en los pies. Pronunció en voz baja el título, *El viejo que no quería celebrar su cumpleaños,* de Jonas Jonasson. Una mueca de escepticismo se delineó en sus labios. Tiró el libro, se levantó de la cama y cogió la caja metálica que guardaba debajo. Sacó papel de fumar, una china de chocolate, un cigarrillo y un encendedor. Se lo enrolló, bien cargadito. Lo encendió y le pegó una calada con deleite, se acercó el cenicero, apagó la luz y se hundió en la almohada. Una punzada en el bajo vientre le arrancó un gesto de dolor. Pegó otra chupada y se relajó lo mejor que pudo. Había una cosa al menos que le reconocía al canalla de su padre: el costo —cualquier clase de costo con el que traficaba— era de la mejor calidad.

Expulsó el aire cerrando los ojos y acarició el sueño con la punta de la imaginación, sin forzarlo demasiado por miedo a que se desvaneciera. Sí, todos ellos se la iban a pagar. Eso, fijo. Se terminó tranquilamente el porro. Se sentía flotar dulcemente.

El efecto de la maría empezó a debilitarse. Se movió, metió otra vez la mano bajo la cama y sacó un bote de Carlsberg, su cerveza favorita. Se incorporó, se sentó al borde de la cama y puso el bote en el suelo, entre sus pies. Rebuscó en los anchos bolsillos de la sudadera y sacó una pequeña vela retorcida blanca y rosa. Derritió un extremo con el mechero. La cera chorreó sobre el metal. Plantó la vela sobre el bote, la encendió, la sopló y contempló, en un instante de ensueño, las volutas serpenteantes del humo. Se deseó feliz cumpleaños:

—Feliz cumpleaños, Kim.

—Gracias, muy amable.

—De nada.

—¡Hala!, ya eres mayor de edad.

—Ya, sí.

Por lo menos alguien se había acordado. Y, aún mejor, a otros se les había olvidado. Pero para su gran regalo, el de verdad, tendría que tener paciencia todavía.

Pero, por tener dieciocho años, ¿en qué cambiaba la cosa? Ya podía ir a la trena. Eso sí era un cambio, y desagradable. Ya podía conducir legalmente, pero para eso no había esperado a cumplirlos. Ya podía votar —le importaba una mierda—. En cuanto a su padre… Es verdad que le había aflojado las riendas, pero todavía la sujetaba con mano firme. En cualquier caso, de momento ya se iba a permitir un capricho: se acabó el que se la follaran previo pago. Ahora ya tenía libertad de movimientos. Algo muy importante. Ahora tenía derecho a huir sin que la buscaran. Pero todavía no había llegado la hora. Pensaba enfrentarse a ese cabronazo y... una señal del móvil la interrumpió. ¡Lilou! Lilou le enviaba otro SMS, ¡el decimoquinto por lo menos ese día! ¡Joder, qué pesada se había vuelto! Lilou era solo una aventura para ella, pero para Lilou ella era una verdadera pasión. Lilou llevaba a Kim bajo la piel, es que nadie se lo había lamido así nunca, se moría de amor. Lilou se derretía, Kimy era un témpano. El cuerpo de Lilou retorcido de placer se disipaba en la bruma del recuerdo. Kimy le respondió con un escueto mensaje. No, no pensaba salir esta noche. Por una vez, en su cumpleaños, dejaría de lado esos pedos bestiales de fin de semana.

4

Jacky Mauchrétien[2], alias El Oso, oficialmente empresario maderero y propietario de clubes nocturnos y bares, rulaba en su enorme *pick-up* Amarok negro. Circulaba lentamente por el centro de Viaduc-sur-Bauge. Viaduc-sur-Bauge: un antiguo pueblo manufacturero en descomposición, dormitorio de unas diez mil almas en medio de la nada, en un paisaje de parcelas separadas por setos y de campos de labor, de estanques y pantanos, de ríos y bosques. La suave temperatura de la tarde era singular, teniendo en cuenta la estación y la latitud. Delante de baretos de toda calaña, los habituales del bebercio se agolpaban en las aceras. Los paletos habían dejado atrás sus establos y se juntaban con los residentes de las dos zonas de urbanización prioritaria del pueblo. La noche se anunciaba prometedora y las ganancias sustanciosas. Solo le quedaba un paquete de cincuenta éxtasis por entregar en el lugar de siempre. Luego iría a probar a Valérie, la chica nueva. No era bueno todo lo que le habían contado de ella, y eso no lo podía tolerar. Después, iría directamente a El Granero, su local nocturno, en Eranquouville-la-Brèche, en la carretera de Beaupierre. Su hermano Dany se reuniría con él allí directamente junto con el Zumbado. Tratarían de los asuntos del día, luego se echarían unas copas, para terminar con el polvo habitual en su ático. O sea, la vida.

---

2   El autor ha dotado a determinados apellidos o topónimos de connotaciones peyorativas, como se verá. El apellido Mauchrétien puede traducirse por «mal cristiano».

Al echar un vistazo por la mirilla, Valérie se estremeció. ¡Mierda! Esa noche descansaba. Distorsionada por la lente, la silueta del Oso parecía aún más grande. Se colocó bien las medias y se abrió de par en par la bata dejando al descubierto su felpudo y las tetas. Estiró los brazos como un deportista en la línea de salida, resopló para aliviar la tensión y luego sacó valor para abrir:

—Hola, cariño —le susurró al Oso.

—¡No me llames cariño, zorra! No nos conocemos. Y tampoco eres mi madre. Tira para el dormitorio. Venga, espabila, que no tengo todo el día.

—Sí, sí, ya voy.

Asustada, la chica trotó hacia el cuarto de atrás. Cuando la manaza de Jacky Mauchrétien la agarró del brazo, su miedo aumentó, aunque intentara disimularlo riendo tontamente. Todo en él era monstruoso. Medía un metro noventa y dos, pesaba ciento veinticuatro kilos y calzaba un cuarenta y nueve. Tenía barriga y un cuello de toro rematado por un sucio careto colorado de borracho, deforme, de relieve irregular y perforado por dos ojos oscuros. Los mechones negros de su melena le caían sobre unos hombros de herrero. Un matón de feria. Y las chicas decían que tenía la polla a juego. Eso iba a comprobarlo enseguida: la había puesto de rodillas plantándole sus dos ásperas manazas sobre los hombros. Se abrió la bragueta. Sí, joder, ¡era como la de un burro! Gruñó de satisfacción cuando le metió la polla en la boca. Ella se aplicaba lo mejor que podía. Le masajeaba los huevos y se la chupaba hasta el fondo, esperando que se corriera lo antes posible, pero él no estaba por la labor:

—Para. Súbete al catre, ponte a cuatro patas. Aligera.

Pero ella estaba seca. Se mojó el dedo índice y se lo metió sin piedad. Pero nada. No podía relajarse y abrirse. Y él se estaba impacientando. La tomó tal cual, quemándola por dentro con cada acometida. Ella se movía adelante y atrás, esforzándose por gemir, por fingir lo mejor posible. Tenía miedo. Cuando el Oso no quedaba satisfecho, les pegaba. Se contaban cosas terribles sobre él, auténticas asquerosidades, como que poseía una especie de pabellón de caza en un bosque, una cabaña llamada

El Revolcadero, a donde se llevaba a veces a las más tercas. Se puso las pilas, movió el culo con frenesí, pero él no terminaba. Recibió una terrible bofetada, después otra, que le llegaron hasta el hueso. Los ojos se le anegaron en lágrimas. El culo le quemaba. Se meneó a lo bestia, esta vez a tope; las gruesas zarpas del Oso la agarraron de las caderas como si se las quisiera romper. Se la metía con tal ímpetu que la estaba empalando literalmente. Ella sintió pánico. «Dios mío, ¿cuántos centímetros me habrá metido? ¡Mientras no se le ocurra darme por el culo! ¡Por favor, eso no!». Ante esa idea, que la horrorizaba, aceleró aún más. Notó un potente estertor a su espalda. ¡Uf! Ya está. Se iba a correr. Por fin. Ella empujó con los riñones y dio una última sacudida para terminar con aquello. Él gruñó otra vez dando un empujón, y luego dejó de bombear. Esta vez sí se había acabado. Se apartó sin contemplaciones, le dio una patada en el costado, se limpió con la sábana y la amenazó con el dedo índice:

—Zorra, te conviene que la próxima vez te salga jodidamente mejor, ¿entendido?

El Oso levantó la mano. Ella creyó que le iba a dar una hostia y levantó los brazos para protegerse, pero se paró de golpe. Se rio de su propia ocurrencia y le preguntó que dónde estaba el dinero. Ella le señaló el primer cajón de la cómoda. Se apoderó del fajo escondido bajo las sábanas, se lo metió en el bolsillo y se fue del apartamento sin decir nada más. Cuando oyó cerrarse la puerta, Valérie respiró aliviada. Sacó su cajita con llave del segundo cajón y se hizo dos rayas tamaño XXL con las manos temblándole. ¡Qué hijo de puta! ¡Se había llevado todo el dinero!

Ya en la acera, mientras se ajustaba el cinturón, el Oso se paró a contemplar su *pick-up* Volkswagen Amarok 2.0 TDI de 180 caballos. ¡Dios, cómo adoraba aquel cacharro! ¡Qué pinta tenía! Lo había elegido en negro intenso metalizado y se lo confió a Don Tuneo antes de tomar posesión de él definitivamente. El parachoques original había sido reemplazado por un enorme parabúfalos pulido como un espejo, flanqueado por unos antinieblas cromados. Le habían elevado el chasis más de veinte centímetros para dejar espacio a unos grandes neumáticos Mickey Thompson y unas llantas del 20, igualmente brillantes y deslumbrantes. Una reluciente barra de focos adornaba el techo de la cabina. El turbodiésel había sido ampliado hasta los 320 caballos. En cuanto al interior, tenía de todo. Además de configurarlo con todos los complementos informáticos habidos y por haber, se había enamorado de aquella tapicería totalmente de piel, un verdadero asiento de lujo. Todas esas fantasías le habían costado más de cincuenta mil euros, aparte de los cuarenta y cinco mil de partida. Prestigio total. A ninguna fulana le estaba permitido sentarse ahí. Había culos, admitámoslo, pero eran ilustraciones sobre el capó o en la plataforma abatible trasera, y nada más. ¡No quería ni pensar que algún coño pudiera dejar su marca sobre el impecable cuero *beige*! El parabúfalos brillaba a tope en la oscuridad. El Oso estaba de un humor excelente. Acariciaba el capó del coche susurrándole con dulzura:

—¡Qué bella eres, princesa! ¡Eres mi nena linda! Tú sí que tienes clase…

No le faltaba más que una vagina a tal maravilla. Se la hubiera mimado y amado, a ella, a su reina, su todo, su cariñito. Se sentó y puso el contacto. El motor ronroneó. Caja automática de 8 relaciones, 6 velocidades, 7'6 litros a los 100, transmisión total permanente, Blue Motion Technology y Common Rail. Apenas se oía la dulce música de su motor sobrealimentado. ¡Puro Mozart, me cago en Dios! Una ancha sonrisa se abrió en medio de su jeta de paleto. La *pick-up* arrancó y se deslizó silenciosamente sobre el asfalto.

Todavía era demasiado pronto cuando llegó a su discoteca, El Granero. Los porteros le abrieron y se quitaron de en medio a su paso. No hubiera tenido ningún problema en llevárselos por delante.

—'Nas tardes, señor Jacky.

—Hola, chicos. ¿Todo *dabuten*?

Él quería a *sus* porteros como quería a *sus* perros de caza, pero, como es lógico, bastante menos que a *su* Amarok. Eran de su misma hechura, como armarios, brutales, sin dos dedos de frente. Cruzó la entrada y entró en la sala. Todavía no había nadie, excepto el personal que se afanaba antes de que llegara la avalancha. El DJ ponía a punto sus pletinas, regulaba el tono y las luces electrónicas. Los de la barra y las camareras sacaban brillo una vez más al mostrador, reponían los estantes, comprobaban las cubiteras. Todos se quedaron quietos cuando entró el Oso:

—Buenas tardes, señor Jacky.

—Hola. Marc, ponme un triple, con mucho hielo. ¡Hostia puta, qué calor que hace!

—Marchando, señor Jacky.

Se sentó. El camarero le puso el whisky delante. El Oso movía el vaso disfrutando como un melómano del delicado tintineo de los cubitos. Al otro lado del bar, una camarera colocaba las latas en las neveras. A cuatro patas, dejaba ver sus muslos bien abiertos. El Oso le guiñó un ojo con picardía a Marc, que le sonrió. Los dos pertenecían al mismo bando: el de los que tenían huevos. ¡Ellos no eran de los que mean sentados!

—Ah, por cierto, su hermano ha llamado. Se retrasará un poco. Tenía todavía algo de tarea.

El Oso asintió. Algo de tarea, igual, un problemilla que resolver. Era el código que tenían acordado entre ellos.

—OK, yo subo ya. Que se reúna conmigo arriba.

—De acuerdo, señor Jacky. Se lo diré.

El señor Jacky cogió su vaso, dio una vuelta por el bar y salió por la puerta de servicio. Subió por la escalera, recorrió el pasillo desde el que se dominaban todas las pistas de baile, y entró en su departamento de soltero en la primera planta.

A pesar de que Dany Mauchrétien tenía un aspecto menos imponente que su hermano mayor, su complexión era también más que respetable. De sobra para infundir temor. Y que fuera el hermano del Oso era un añadido al miedo que ya inspiraba. Ver a Dany era casi lo mismo que ver al Oso. Siempre iba acompañado de una especie de enano, un ser que medía igual de ancho que de alto, increíblemente contrahecho, cuyo cuerpo rechoncho y jorobado estaba rematado por una cabeza atroz de hidrocéfalo. Todo el mundo, también los dos hermanos, le llamaban el Zumbado. Le iba como un guante. Te podías encontrar ese careto de pesadilla por donde Dany se dejase caer. Su cráneo desproporcionado tenía un cabello ralo con unos pocos pelos rubios y estaba flanqueado por dos grandes orejas de soplillo. Tenía la cara picada por un acné permanente, y unas gafas de culo de vaso le hacían aún más grandes sus ojos de huevo. Caminaba balanceándose sobre sus piernas de medio enano. Quienes ignoraban de lo que era capaz el Zumbado se tronchaban de risa al verlo. No entendían por qué el Oso y su hermano cargaban con ese producto del síndrome de alcoholemia fetal. Había aparecido un buen día de la nada, ¡zas!, como por encanto, al lado de Dany, ya hecho y derecho, bueno, muy derecho...

Y, desde el principio, el Zumbado se pegó a Dany abnegadamente, como un perro fiel y feroz. Un tal Malik pudo comprobarlo, a través del dolor, demasiado tarde. A él se le quitaron completamente las ganas de cachondearse. Lo encerraron en un sótano de la Zona de urbanización prioritaria de las Marismas, en la salida sureste de Viaduc-sur-Bauge. Le dieron una paliza en el suelo. A horcajadas sobre Malik, el Zumbado le metió los pulgares en las órbitas de los ojos, con verdadero placer. Se carcajeaba de puro gusto. Con los ojos aplastados, Malik le suplicaba que parara, pero si Dany no le hubiera dado la orden, el Zumbado habría seguido apretándole los globos oculares hacia el fondo del cráneo hasta reventárselos. Dany le hizo un gesto y el Zumbado se apartó del rostro ensangrentado de Malik. Dany le pegó una patada en el costado:

—¿Lo has entendido ya, moro de mierda? ¿Vas a volver a hacerlo?

—¡Sí, sí, sí, señor Dany! ¡Por favor! ¡Lo prometo, lo juro! ¡Lo prometo, lo prometo, no lo haré más! ¡Lo juro por mi madre!

Danny le dio otra patada bien fuerte en el costado, ya solo por gusto.

—No jures tanto. Eres como todos los moros. Tan embustero como un sacamuelas. ¿Te ha quedado claro?

—¡Sí, señor Dany, lo que usted diga! —balbuceó un Malik casi ciego, levantando los brazos sobre la cabeza para protegerse.

—No lo olvides, ¡estás en el país de los putos vikingos! Y a los vikingos no les gusta la morería. Venga, vamos, Zumbado, nos piramos.

Y la cabeza de Malik retumbó sobre el cemento con un ruido sordo.

5

Después de una cena ligera, Henri se sentó en su escritorio y se conectó a Internet. Abrió el correo y le escribió a su hija.

«Hola, cariño, me acaba de pasar una cosa increíble. Hace un rato estaba leyendo, apoyado en el roble del camino de entrada. Sonó el teléfono. Dejé mi libro en el suelo. Y, cuando volví, ¡ya no estaba el libro! ¡Alguien me lo ha robado! Seguro que ha sido algún gamberro del vecindario, una broma sin importancia, pero me ha puesto de mala uva. Espero que estés bien. Un beso muy fuerte».

Envió el mensaje y se quedó un buen rato con la mirada perdida, frente a la pantalla. Resistió las ganas de tomarse la pastilla rosa.

೮౩

Dany y el Zumbado se reunieron con Jacky en su ático. Desde su despacho-apartamento con cristaleras de espejo, Jacky vigilaba la sala de la disco, a la caza de pechugas tiernas. Los juerguistas se apretujaban en la pista y alrededor de la barra central. Comenzaba el gran marchón. Había auténticos bellezones entre aquella plebe. Sus senos daban saltitos acompasadamente bajo camisetas superajustadas.

«Mejillones fresquitos», le dijo una voz cristalina.

—Sí, tienes razón, ¡bien fresquitos! —respondió a su duende particular frotándose las manos.

Dany entraba en ese momento:

—¿Con quién hablabas?

—¿Eh? Ah, con nadie, nada… Todo OK.

Le ordenó al Zumbado que se quedara en la puerta. Confiaba en él. El Zumbado no le traicionaría nunca adrede, por supuesto. Pero era tan tonto que cualquier tipo con el coeficiente intelectual de una gallina sería capaz de sacarle información a nada que hablaran dos palabras. Así que lo dejaban fuera cuando planificaban cualquier negocio. Dany se sentó en el sofá, se acercó a la mesita baja y se sirvió un pelotazo de whisky. Su hermano lo miró:

—¿Todo va bien, Dan? ¿Ha habido algún problema?

—Más o menos. Al gilipollas de Malik se le ha metido en la cabeza aumentar un poco su margen de beneficio y ha vuelto a cortar la coca y el hachís. Uno de nuestros clientes me ha llamado para quejarse. Y, ya sabes lo que pasa… El cliente siempre tiene razón. He tenido que intercambiar dos palabritas con Malik con ayuda del Zumbado. Creo que ahora ya sí lo ha entendido.

—Has hecho bien. Si no nos tienen un mínimo de respeto, todo se va al carajo. ¡Eso es lo que hay, joder! ¡Sin principios todo acaba torciéndose!

Dany asintió con la cabeza, la sonrisa en los labios. Jacky se sentó frente a su hermano, al otro lado de la mesa. Se sirvió un vaso de *bourbon* bien grande y abrió una cerveza.

—Bien. Hagamos un balance rápido del mes. Todo marcha. La pasta entra a espuertas, el blanqueo va al ritmo previsto. Nos va bien. Con el comienzo de las clases, los negocios han remontado como Dios. Hay que aumentar el suministro. Un kilo de coca y diez kilos de mierda más al mes, a la voz de ya. Además, vamos a cortar una parte de la mierda con farlopa.

—¿También la de los colegios?

—Sí, incluso la de los colegios. A eso se le llama fidelizar la clientela. ¿Algún problema?

—OK, OK. Yo creo lo mismo. No he dicho nada.

—¿Tienes noticias de los Waldberg?

—Sí. Sidonie me ha contado que dos o tres chicas «de perfil interesante» acaban de llegar a la casa de acogida. Los Waldberg van a alojar a una con ellos. Cuando la gorda Sido me lo decía, me di cuenta de que salivaba como un bulldog. Seguro que se le había puesto húmedo el potorro.

—Jacky lanzó una risotada.

—Bueno, a propósito, no sé si esto te va a gustar, pero me han dicho que Waldberg sigue follándose a Kimy.

Se hizo un silencio. La cara de Jacky no mostraba ninguna emoción.

—¿Le cobra?

—Eso creo.

—Qué raro. Yo no huelo esa pasta, y eso no me gusta nada, que digamos, pero es mi hija, ¿no? Puedo hacer como que no me entero. De todos modos, ella cumple. Digamos que Waldberg le da, como si dijéramos, la paga para sus gastos que yo no le doy. Es muy útil en el instituto. No metemos allí poca merca, que digamos, gracias a ella. De todos modos, es una verdadera puta, como lo era el zorrón de su madre. Que haga lo que quiera… A propósito, ya he probado a la nueva hace un rato. No es muy espabilada. Joder, no deberíamos reclutar chochos que no saben hacerlo.

—Ya me encargo yo.

—De acuerdo, *bro.* Vale por hoy. Que no se te olvide: el domingo es la apertura de la veda. Habrá comilona en El Revolcadero, de mantel.

—No se me olvida, no se me olvida. Ya tengo la escopeta limpia y engrasada. Está deseando salir de su funda.

—¡Genial! Dile al Zumbado que entre. Vamos a coger un pedo de la hostia para olvidar un poco este calor cabrón.

6

Kimy estuvo peleándose más de tres semanas con la jodida novela y no llegó a leerse ni la cuarta parte. Había un montón de palabras que no entendía. La hojeaba con fastidio, volvía atrás, la dejaba, lo intentaba de nuevo, en vano. El viejo del título, en efecto, no quería celebrar su cumpleaños. Por lo menos se había quedado con el fondo de la cuestión. Si había entendido bien de lo que iba, el librito contaba toda su vida. El viejo había conocido a gente histórica importante. Sus nombres le decían algo, muy remotamente, a Kimy. Sus orejas siempre distraídas los había oído, por casualidad, en clase, no porque estuviera atendiendo: Roosevelt, Churchill, Stalin y otros muchos. No le decían mucho, no era capaz de identificarlos, y eso se la sudaba bastante. Pero no era capaz de ver qué tenía aquello de gracioso. Pero era inteligente. Sabía por qué no le hacía gracia: le faltaban las *claves*, no era como las niñas de papá del colegio, cuya vida parecía depender de saberse una línea de tiempo histórica, una operación matemática, o de una pregunta de lengua, niñas que la miraban por encima del hombro. De todas formas, sabía desde siempre que no pertenecía a su mundo, al cual jamás tendría acceso. Con todo, el colegio las obligaba a cohabitar de manera desagradable durante algunas horas en el mismo aula. Pero por poner a vagos analfabetos junto con buenos lectores, no significa que estos vayan a aprender a leer. ¡Qué idiotez! Eso lo que consigue es hacerles sentirse aún más basura. Y los niños bien educados, por su parte, aprenden a despreciar a los otros, quienes, hay que reconocerlo, hacen lo mismo.

Para lo único que sirve el *insti* es para no tenerlos en la calle a todos a la vez, si no, menudo follón. Al igual que ella, las chicas del pueblo —putitas con sudaderas, *piercings*, tatuajes, argollas y vaqueros de talle bajo— querían terminar cuanto antes, convertirse en cajeras del súper de la esquina, currar *un poquito* como camareras, dependientas, empleadas en la empresa avícola, o, aún mejor, lo más de lo más, conseguir una prestación social para no tener que dar un palo al agua. Se dejaban preñar a los diecisiete o menos, como todas las hembras de su familia que les precedieron. Se juntaban con niñatos locos por el fútbol, el tuneo, las birras y la tele. Los profes las fastidiaban con gilipolleces que les interesaban una mierda. Peor aún, gilipolleces de otro mundo. Las buenas alumnas podían sacar los pies del plato ocasionalmente, fumarse unos petas o mamar pollas en fiestas de despelote, pero normalmente seguían perteneciendo a donde siempre habían pertenecido, al mundo de los que saben y de los que tienen. La única excepción a la regla era Mahaut, la hija del alcalde, una auténtica oveja negra. Pero las otras como-Dios-manda, tras superar una adolescencia «un poco revoltosa» y «ciertos descarríos», volvían al confort familiar, aprobaban el bachillerato y se lanzaban a largos y pesados estudios, o también, en el caso de ellas, se casaban, pero no con un beneficiario de ayudas sociales o de prestaciones para la inserción laboral, no, sino con alguien importante que les regalaría collares de perlas y cuatro hijos bien educados que irían al conservatorio y aprenderían el catecismo. Kimy se daba cuenta del trabajo que le costaba a ella aprenderse una puta conjugación o hacer tres ejercicios de matemáticas de mierda, tareas de las que salía del paso a toda leche y de cualquier manera.

En fin, que no se dejaba las pestañas, pero como ella no tenía futuro ahí fuera, se le permitió ir pasando sin muchos problemas del colegio al instituto junto con montones de imbéciles e inútiles. Al menos, algunos profes perspicaces sabían que era inteligente. Algo es algo.

Kimy se concentró, intentó ser objetiva. Así que su permanencia, más bien testimonial, en el instituto solo respondía a apoyar con eficacia el negocio paterno. Su misión era distribuir allí dentro bastante mercancía, sobre todo hachís y éxtasis, pero también cocaína y, de vez en cuando, caballo. Ella fumaba bastante, pero nunca heroína. Había visto a demasiadas chicas colgadas del jaco, como ahorcados suspendidos de su propia cuerda. Una raya de coca, como mucho. Éxtasis, bueno está. Pero el alquitrán, ¡niet! Los enganchados a la mierda morena descendían hasta los últimos escalones de una vida completamente podrida. Los locos del papel plata y la jeringuilla terminaban invariablemente hechos unos zorros y a los pocos zombis que conseguían desengancharse no les daba la vida para lamentar haber caído en sus redes. En cualquier caso, sus buenos y leales servicios, a ella le garantizaban hierba, cannabis y éxtasis gratis para su consumo personal. En los últimos tiempos también había aceptado algunos trabajos extra con la entrepierna. Se había quedado lo que sacaba con esos polvos, pero Waldberg había sido, de verdad, el último. En resumen, vale, ella era una drogadicta bastante colgada del alcohol, y una puta ignorante. Un balance muy guay en lo que se refería a sus virtudes. Pensaba en todo eso con los ojos fijos en el techo, y en el giro de ciento ochenta grados que todo eso iba a dar en poco tiempo. Una bolita incandescente se escapó del canuto y le quemó la mano. Se incorporó con un sobresalto.

—¡Mierda!

Renunció a seguir con el libro y se tiró del catre maldiciendo. Se disponía a tirarlo a la basura, pero se arrepintió justo en el momento en que sus dedos iban a soltarlo. Lo dejó sobre la mesa. Con la boca seca por el canuto, se tiró sobre la cama, sacó un bote de Carlsberg y se estiró, volviendo a soñar con su venganza, se le venían a la cabeza un montón de visiones grandiosas en las que un tal Jacky Mauchrétien se arrastraba a sus pies antes de ser eliminado como un perro. Pero todavía no tenía claro, ni por asomo, cómo meterle mano al asunto. Tenía que pensarlo bien. Para empezar, estaba sola. Una ayudita le vendría muy bien.

7

Al principio, Henri pensaba que cualquier día, al volver del instituto, encontraría su libro al pie del roble. Con el paso del tiempo, dejó de pensarlo. Podía ir despidiéndose del libro. Los días iban acortándose cada vez más. Todavía se le encogía el corazón cuando el coche enfilaba el camino de entrada. Ana lo había dejado. Charlotte ya no estaba allí. Nadie le esperaba.

Un martes por la tarde, diez días antes de las vacaciones del Día de Todos los Santos, precisamente una de esas tardes en las que «el cielo bajo y duro pesa como una tapadera», como escribió Baudelaire, se sobresaltó al vislumbrar frente a la luz de sus faros una forma agachada como una bola sobre el umbral de la casa.

No muy seguro, siguió hasta la mitad del camino dejando el motor encendido. Era una chica. Estaba sentada con las piernas cruzadas en el escalón de la entrada, a resguardo del aguacero bajo el alero del tejado de paja. Fumaba mirando hacia el coche, pero parecía decidida a no moverse ni un milímetro. Llovía a manta. La lluvia levantaba una cortina de brillos ante el doble haz de los faros. Henri cortó el contacto. Todo quedó a oscuras. La punta del cigarrillo se levantó en la negrura, su lumbre aumentó de intensidad. Henri abrió la puerta del coche, descendió y fue al trote hacia aquella minúscula luminaria. Ella ni se movió cuando se le plantó delante. Le preguntó no muy amablemente que quién era y qué quería. Ella le respondió con una voz rocosa que recordaba al polvo y la sequía:

—He venido a devolverle el librito. Iba a tirarlo, pero me he dicho que no era justo. Usted no me había hecho nada.

—¡Ah, ha sido usted! ¡Es que no me lo podía creer!

Se hizo un silencio.

Él intentó verle la cara, pero estaba demasiado oscuro. La luz de su cigarrillo no bastaba para iluminársela cada vez que daba una calada. Haciendo pinza con los dedos, lanzó al aire la colilla, que revoloteó y se apagó con un silbido sobre la grava. Henri se quedó pasmado ante tal falta de modales.

Le dijo con frialdad:

—Bien, no nos quedemos aquí. Entremos para resguardarnos. Vamos, levántese para que pueda abrir la puerta.

Kimy se levantó. Ejecutaron una pequeña y torpe danza intercambiando sus posiciones. Él abrió, molesto por esa presencia a su espalda. Entró, encendió la luz y Kimy se coló tras él.

Permanecieron de pie en la entrada como esos perros de adorno. Se escrutaban el uno al otro detenidamente, casi se olfateaban. Sabían que se habían visto antes en algún sitio. Era una chica alta —le llevaba más de media cabeza por lo menos— de cabello largo y tan negro como el de un cuervo, lo llevaba recogido en una cola de caballo. Podía tener entre diecisiete y veinte años. Apestaba a tabaco frío. Sus ojos eran azules e inexpresivos, muy grandes, separados, almendrados. El lápiz de ojos de un negro intenso lograba el efecto de separárselos aún más. Sus ojeras denotaban un cansancio evidente. Llevaba una sudadera Adidas con capucha increíblemente fea, color berenjena, sobre la que destacaban en amarillo fosforito las tres bandas características de la marca. Su recargado maquillaje se debía menos a una torpe búsqueda de la elegancia que a un verdadero afán de provocar. Sombra azul en los párpados, tres lágrimas plateadas de pedrería pegadas bajo el rabillo del ojo derecho, un rojo intenso en sus labios carnosos y voluptuosos, un diamante falso en la nariz. Sus altos pómulos de tipo caucasiano estaban sembrados de pequitas. Una verdadera puta de ciudad. Cuando se metió la mano en el bolsillo de la sudadera, Henri se fijó en sus uñas postizas, todas de diferente color. Sacó el libro y se lo tendió. Voz ronca. Cantante de *blues* desnortada.

—Yo le conozco a usted. ¿No está a veces de profe en el colegio?

—Hmm, hmm.

—Profe de francés, ¿verdad?

—Hmm, hmm.

—¿No sabe decir nada más que «hmm, hmm»? Para ser profe de francés…

—Digamos que, de momento, me pregunto por qué me ha robado el libro.

—¡No se lo he robado! Lo he tomado prestado solamente. La prueba es que se lo he traído.

—Ya, ya…

Henri se relajó y levantó las manos en señal de apaciguamiento.

—¿Le ha gustado, por lo menos?

—No, no me he enterado de mucho. El viejo ese, que se topa con un montón de gente de la Historia, y me costaba mucho seguirlo. Es megacomplicado. Y además, que no veo qué tiene de gracioso.

—Pues es una pena.

Sostenían el libro cada uno de un pico, mirándose fijamente.

—Se lo puedo prestar otra vez, si quiere.

—No, no merece la pena. Pero gracias de todos modos. Bueno, me tengo que abrir ya.

Se dio la vuelta con gracia. Henri no pudo evitar fijarse en su culo, embutido en unos vaqueros de talle bajo superajustados. Una bonita manzana con su bonito surco. Le dio por pensar que para meterse en ellos tendría que haber empleado un calzador y lubrificante. La chica se echó la capucha de la sudadera, parecía una caperucita roja pandillera, y luego se precipitó en la noche, balanceándose sobre sus Converse multicolores. Él se quedó pinchado en la entrada, pasando las hojas del libro, alucinando, como buscando una explicación entre las páginas. Luego, cerró la puerta despacio, entró en el salón y se dejó caer en el sofá sin soltar el libro.

La cara le recordaba mucho a alguien, pero en su clase no la había tenido nunca. En aquella época era cuando aún se encontraba muy mal. Después de pasar cinco días en el psiquiátrico parisino de Sainte-Anna y otros más en el Hospital Universitario de Rouen y del Havre, la baja de media jornada que le habían concedido le había permitido salir a flote aunque a duras penas. Había pasado también por La Verrière[3]. Estuvo dos años sin trabajar. Luego, Anna lo abandonó. No había podido soportar por más tiempo sus mortificantes delirios. Las dosis masivas de ansiolíticos que había tenido que tomar le mantuvieron atontado en esa época. Fueron por lo menos seis años de atroces sufrimientos. Sus dos borricos le habían ayudado a soportarlo. Ahora se encontraba mejor, pero ¿para qué? Al rato, intentó volver a recordarla. Esos ojos grandes, esos pómulos altos, esas pecas... Sí, le decían algo. Ella era conocida por sus numerosas faltas de mal comportamiento, o «faltas de civismo» según la terminología eufemística del ministerio. Más aún, había estado mezclada en varias peleas y había insultado a una profesora de Ciencias de la Vida y de la Tierra en una clase sobre los anticonceptivos que se le fue de las manos. Casi se pega con su colega, a la que ya tenía harta. No estaba seguro, pero le parecía que era la hija de un importante empresario de la zona, un constructor, un agricultor, un maderero o algo parecido. Había dejado el colegio hacía por lo menos tres o cuatro años. En cualquier caso, de algo estaba seguro: la chica se inspiraba en modelos de los programas de la telebasura. Era una réplica de los bombones del porno que Henri veía obsesivamente en Internet. Una auténtica zorra vulgar y excitante. Empezó a ponérsele dura. Se sintió de pronto muy nervioso. Demasiado. Metió la mano en el bolsillo y sacó una caja de Tranxène. Los 10 miligramos le parecían ridículos comparados con las inyecciones de 50, pero sabía que la pastillita rosa le tranquilizaría. Estaba en fase de mantenimiento, pero los médicos le daban permiso para tomarla ocasionalmente, en caso de un repunte de ansiedad. Para dejarla del todo, faltaba todavía mucho. Se levantó y se puso a escribirle un correo a Charlotte.

«Hola, cariño. Ya pronto son las vacaciones. Sé que no puedes venir, pero quiero que sepas que te quiero. Pienso continuamente en ti, aunque no te escriba ahora tanto. Por

---

3   Centro, cerca de París, para el tratamiento de la depresión en los docentes.

cierto, ¡he recuperado mi libro! La chica que me lo había robado me lo ha devuelto hace un rato».

Henri iba a darle a «Enviar», pero cambió de idea. Borró las dos últimas frases antes de mandarlo.

8

El brigadier Jeandreau hacía girar su alianza mientras vigilaba la carretera con mirada triste. Un violento chubasco de otoño se abatía sobre la carretera provincial entre Viaduc-sur-Bauge y Ribonne. Caía la noche. El gendarme Goetzenluck y él habían camuflado su vehículo en el lugar conocido como La Bouilleuse-sur-Apt, justo detrás del cartel de salida de aquel pueblucho, donde empezaba la línea continua donde los automovilistas solían acelerar antes de tiempo: un lugar ideal para poner multas. El radar ya había lanzado más de un *flash*. La incierta luz reinante, el frío y la humedad conferían al ambiente una tonalidad absolutamente crepuscular. Ese tiempo siniestro casaba maravillosamente con el rumiar del brigadier Jeandreau.

Como cazador experimentado, y a propuesta del capitán Beloncle, había participado en la comilona que Jacky Mauchrétien organizaba cada año cuando se abría la veda. Aparte de Jacky, su hermano Dany y una especie de troll, estuvieron invitados los señores Duthil y Campion, notarios de Houlleville-la-Brecque, Éric Waldberg, concejal-delegado de asuntos sociales y deportes del ayuntamiento, docente de profesión, algunos buenos clientes de Mauchrétien, terratenientes y ganaderos locales, además de Beloncle, el capitán de la gendarmería en persona. Todos ellos eran tipos de gatillo fácil, incluido aquel retrasado de cabeza gorda, y eso que parecía de todo, menos sensato, poner en manos de aquel engendro ni siquiera una navaja suiza.

La reunión había sido en El Revolcadero, la propiedad del Oso. La bonita dacha se encontraba dentro de un inmenso coto de caza. Se accedía por un camino casi intransitable de más de tres kilómetros. Una vez en El Revolcadero, uno estaba completamente rodeado de naturaleza salvaje. El Oso se encontraba allí en su verdadero hogar. Nadie se aventuraba por allí salvo los animales salvajes y sus depredadores. Habían llegado sobre las cinco de la mañana. Era noche cerrada, la espesa noche de los bosques. El Revolcadero apareció ante Jeandreau al final del camino, iluminado un instante por la pincelada de los faros. Se veía luz en las ventanas. Jeandreau iba en el 4x4 del notario Duthil con el colega de este y el capitán Beloncle. Los bracos dormitaban en el maletero esperando que comenzara el ajetreo. Fueron los primeros en aparcar delante de la dacha, junto al enorme Amarok de Jacky Mauchrétien. La puerta se abrió y la silueta de un gigante ocupó todo el vano, tapando de golpe la luz. Recién llegado a la comarca, Jeandreau ya había oído hablar de él, pero tenerlo delante era otra cosa. Era de una complexión y una talla auténticamente formidables, a pesar de su gran barriga de bebedor de cerveza. Duthil y Campion iban delante. El Oso, visiblemente de buen humor, los acogió con los brazos abiertos. Avanzó hacia ellos:

—¡Bienvenidos, señores! Pasen, pasen.

Los demás coches fueron aparcando uno tras otro. Los invitados bajaban despacio, todavía adormilados, temblando por la humedad de la noche. Jeandreau vio cómo su mano desaparecía entera dentro de la zarpa del Oso. Este se le quedó mirando como para grabar bien todos los detalles de su cara. Mantuvo el apretón de manos algunos segundos inquietantes, después la soltó.

Jeandreau siguió a sus acompañantes. Se encontraban ya todos en la pieza principal de la dacha, que se extendía a todo lo largo del edificio. En la pared de enfrente se abrían varias puertas que daban a las habitaciones, a la cocina y al aseo. Ante ellos había dispuesta una gran mesa de banquete con un mantel blanco, cubierta con bandejas de paté, panes de pueblo cocidos en horno de leña, quesos, botellas de vino, recipientes con licores, cafeteras humeantes. La madre del Oso llevaba dos días atareada para que todo saliera a la perfección. La Fiesta del

Fin de la Veda de los Mauchrétien era un acontecimiento que se comentaba en toda la comarca. La vieja se había empleado a fondo. Un tronco ardía lentamente en el hogar de piedra. En las cuatro paredes revestidas de madera colgaban trofeos de animales disecados, completos o en partes. Había decenas de ellos, desde ardillas rojas a cornamentas de ciervo, desde cárabos a jabalíes. Sobre la chimenea, la cabeza de un gran jabalí macho vigilaba toda la escena. Tenía que haber sido un bicho enorme. Jeandreau le calculó un peso total de ciento cuarenta kilos. Duthil le corrigió:

—No, no, ciento sesenta y cinco kilos. Yo estaba presente. Una persecución de antología. Los que participaron lo recordarán toda la vida. Solo la piel pesaba veintitrés kilos, ¡y eso después de haberle quitado la grasa!

En cada rincón de la sala había sofás y grandes sillones de cuero. Habían quitado las alfombras y las pieles de animales, ya que se esperaba a mucha gente.

Los demás cazadores se apretujaban en la entrada y empujaban hacia adentro a los de delante. La vieja los organizaba, trotaba por todas partes, recogía las chaquetas y las gorras, hacía sentarse a los hombres en las bancas, como si fueran niños en la escuela. Ellos se dejaban llevar dócilmente por aquel minúsculo vejestorio. Pasaba también que ella los conocía a casi todos desde que andaban en pañales. Jeandreau se preguntaba cómo una mujer tan pequeña había podido engendrar un coloso así. Ella no mediría más de un metro sesenta, pero sus ojos dejaban traslucir una voluntad de hierro, una astucia temible. Los posó sobre Jeandreau, que le sonrió. La mujer le invitó a servirse, pero, al igual que hiciera su hijo un poco antes, lo taladró atentamente varios segundos con su mirada gris.

Se divirtieron de lo lindo. Se pusieron las botas comiendo. Había que reconocer que estaba todo buenísimo. La vieja había preparado personalmente las terrinas de *foie-gras*, sin preocuparse por las aburridas leyes higiénicas europeas. Todo estaba suculento, contundente, sabroso. Los quesos eran de productores locales, olían muy bien. Jeandreau repitió dos veces el paté de campo con manzana al Calvados. Bebía vino tinto. A esa hora tan temprana, el alcohol le enmarañó la cabeza desde el primer vaso. El guirigay iba a más, vulgares risotadas surgían de aquí y de allá. De pronto, todo cesó. El Oso hizo tintinear su vaso con un cuchillo. Se levantó y todos le imitaron. Tras un silencio solemne, propuso un brindis ceremonioso:

—¡Por la apertura de la veda!

Y todos repitieron a coro:

—¡Por la apertura!

Estuvieron atiborrándose de todo durante dos horas. Jeandreau estaba borracho cuando terminó la comida.

Fuera, un amanecer brumoso le disputaba a la noche su reino. El Oso dio la señal de salida:

—Vamos, señores. Es la hora.

Vaciaron los vasos de un golpe y dejaron la mesa. La vieja los iba espantando por detrás de ellos como una gallina a sus polluelos:

—Venga, venga, muchachos. Despejadme todo esto, que os preparé bocadillos para el mediodía.

Sacaron sus fusiles y carabinas de los 4x4. Los perros saltaron de los maleteros ladrando de excitación. Se repartieron las funciones de cada uno y las direcciones a tomar y se pusieron en camino.

9

Lilou se sentía desorientada. Kimy la evitaba. Ella le había entregado todo, sin restricciones ni dobleces, su cuerpo y su amor. Pero su gran amazona se mostraba indiferente. Sin embargo, siendo sincera, tenía que admitir que Kimy nunca le había susurrado un solo «te quiero». Siempre era ella quien lo decía, con pasión. Y Kimy no le contestaba. Ella sellaba sus labios con un beso o una caricia un poco cruda. Kimy no tenía el verbo «amar» en su léxico. Al menos, no para ella.

Tenía su teléfono móvil cerca noche y día, esperando una llamada liberadora de Kimy que le dijera que todo estaba bien, que solo estaba muy ocupada y que se encontrarían pronto. Pero nada sucedía. No podía pensar en otra cosa. Le estaba carcomiendo la vida esta obsesión, como un dolor de muelas.

10

Al mediodía, almorzaron a la carrera en medio del bosque, engullendo los bocadillos que la madre de Mauchrétien les había preparado. Sentados en un gran claro bajo el sol, en medio de los helechos marrones, bebieron como cosacos. El más borracho con diferencia era el capitán Beloncle. Estaba dando todo un espectáculo. Jugaba a un burlesco control de carretera. Jeandreau sentía vergüenza ajena. Abatieron tres jabalíes, dos ciervos de siete años y tres ciervas. El Oso había cobrado el mayor de los dos ciervos y estaba de buen humor. No pararon de cazar hasta el anochecer.

Cuando regresaron a El Revolcadero, agasajaron a los perros con un festín monumental. De las tripas esparcidas por el suelo salía un espantoso olor a sangre y excrementos, acre y metálico. Los cazadores daban vueltas alrededor de los perros sobreexcitados, que hurgaban en las entrañas, chillaban con doloroso placer y mordían a dentelladas los intestinos grises y relucientes. La sangre les pintaba en los hocicos unas fúnebres sonrisas. Luego, los hombres descuartizaron los animales y se repartieron las piezas. Como un gran señor, el Oso renunció a llevarse su parte. Tomaron las últimas copas. Algunos de los invitados se fueron. Solo se quedaron los dos notarios, los gordos y rubicundos terratenientes, Jeandreau, el capitán Beloncle, Waldberg, el Oso, Dany y el Zumbado. Permanecieron en el exterior hasta que se hizo completamente de noche, sentados sobre tocones de roble alrededor de una mesa de madera, alumbrándose con lámparas de petróleo. Repasaron los mejores momentos del día, bebiendo y fumando. El Zumbado parloteaba a placer. Cuando por fin entraron en la dacha, Jeandreau ya había alcanzado vertiginosas cotas etílicas y no era dueño de sí.

La vieja había vuelto a poner todo en orden después de que se hubieran marchado por la mañana. Ella se había esfumado, como el duende de los cuentos. En el hogar, sobre un gran lecho de brasas, una olla colgaba de una cadena. Un fuerte olor a estofado flotaba en el gran salón. De lo que ocurrió después, Jeandreau solo conservaba vagos recuerdos nebulosos, entrecortados y sin coherencia. Pero habría dado cualquier cosa por olvidarlos.

Habían seguido atracándose de comida y bebiendo. Entonces, en su memoria, sin transición alguna, Jeandreau recordaba haberse encontrado sentado en uno de los sillones con un gran vaso lleno de Calvados en una mano y un puro en la otra. Unas chicas, muy jóvenes algunas, habían surgido de la nada chillando. No sabía cuántas, pero le parecía que había más que hombres. Berrearon cuando entraron aquellas damiselas. Una chica se sentó a horcajadas sobre Jeandreau y se arremangó la minifalda. Era su rito de iniciación. Hubo risas y gritos de ánimo, las manos daban golpes al compás de los movimientos del culo de la puta.

—¡En bolas, Jeandreau! ¡En bolas, Jeandreau! ¡En bolas!

No recordaba haber protestado demasiado cuando ella se metió su verga en la boca, delante de todos. Jadeaba de gusto mientras que ella se la chupaba. Ya había otra chica tumbada sobre la mesa entre las reliquias de la cena, su culo en un plato de postre lleno de tarta de frambuesa, con la polla del Zumbado en una mano y la de Dany dentro de su vagina.

Otra piba aplastaba sus tetas de silicona sobre la cara bobalicona de uno de los terratenientes. Aquel gordo atocinado se estremecía resoplando, colorado, a punto de una apoplejía.

El capitán había metido la mano en el tanga de una putilla muy joven. Waldberg los observaba mientras se masturbaba, con una sonrisa de obseso. El Oso contemplaba la escena y se reía con ganas. Los tenía a todos en sus garras.

—¡Bravo! ¡Bravo!

La orgía duró hasta la mañana siguiente.

Otras imágenes, como metralla de *snuff movie*, martirizaban a Jeandreau desde entonces. Dos chicas haciendo un sesenta y nueve. Una pelirroja de enormes prótesis mamarias, metida como la loncha de un bocadillo entre los dos notarios. Putas esnifando rayas de coca en la esquina de una mesa. Vulvas abiertas sin piedad por manos con llamativas uñas postizas. Risas. Gemidos. Jeandreau también recordaba gritos, llantos, rameras embadurnadas de rímel, el sonido de bofetadas. Una violación. Una chica, inclinada contra la mesa, se revolcaba sobre platos y vasos caídos, gritaba que no quería, pero el Oso, con la cornamenta de un ciervo grotescamente atada a su cabeza, la sodomizaba sin piedad, bramando con todas sus fuerzas, «muuuhhh muuuuuuhhhh», ante la risueña aprobación de Beloncle, que la sujetaba de las manos. Ella lloraba, se retorcía, chillaba.

—Han... haannn... haaannnn... Ya está, ya eres libre —había exclamado el Oso al retirarse.

Los carnavalescos cuernos de ciervo se balanceaban sobre su cabeza:

—¡Eh, Dany, ya está, ya te la he ensanchado bien a la nueva!

Y Dany se rio:

—Espera, Valérie, no te muevas, que me toca a mí. Dame los cuernos, hermanito.

Jeandreau también se vio, más tarde, con otras dos chicas en una habitación. Nunca había estado tan excitado. Luego, nada, el desvanecimiento, la oscuridad total.

Cuando despertó, Jeandreau se moría de sed, sentía como si tuviera un hacha clavada en la cabeza. La habitación era un caos indescriptible. Apestaba a alcohol y ceniza fría. Sillas volcadas. Colillas aplastadas por todas partes. Una punta de cigarro puro aplastado en una tarrina de paté. Charcos de vino que manchaban el suelo. Había ropa tirada por todas partes. Unas bragas colgaban de la cabeza del jabalí disecado. A través de las puertas que habían quedado abiertas se veían pies y pantorrillas sobresaliendo de los colchones, miembros lisos y suaves, y miembros macizos y peludos. Se apartó de la chica que dormía apoyada en él. Tambaleándose, fue en busca de sus pantalones, se los puso y salió a pecho descubierto al frío del otoño. El relente le abofeteó la cara y se le puso la piel de gallina entre escalofríos. Los troncos se erguían como pilares negros, severos censores en la pálida bruma. Trastabilló unos pasos en ese entorno que le recordó el pasillo de una iglesia, y se le levantó el estómago. Tropezó, cayó de rodillas y vomitó hasta la bilis. Se revolcó con los brazos en cruz sobre el humus y las hojas caídas, con los ojos llenos de lágrimas. Golpeó la tierra con la cabeza, que le ardía. Todo acababa de hacerse añicos. Aunque se mintiera y se lo ocultara para mantener unidos los escombros de su existencia, él siempre sabría lo que había pasado.

Se había follado a chicas que probablemente eran menores de edad. Chicas que, ante sus propios ojos, se habían embuchado las fosas nasales con cocaína. Y él, él, él, él, ¡qué gilipollas!, había tomado parte en ese desmadre. Y luego estaba ese recuerdo, mucho más terrible que los otros, tan doloroso que se negaba incluso a nombrarlo. ¡Él también se había atrevido a hacerlo! El Oso había sido el primero, Dany el segundo, Beloncle el tercero, Waldberg el cuarto y él el quinto. Cobarde hasta el final, no tenía cojones para aceptarlo. Vomitó más bilis, luego, habiéndolo echado ya todo, con la boca áspera, sollozó. ¡Su mujer! ¡Su hijo de menos de diez meses! Patético, por siempre jamás.

Y, desde hacía ya tres semanas, los remordimientos le asaltaban día y noche, sin descanso. Encerrado en un silencio culpable, totalmente derrotado, ya no se sentía dentro de su envoltura física. Su estado exigía confesión y castigo, pero evitaba las dolorosas miradas de su mujer. Con los nervios a flor de piel, temía que se le acercara y la rechazaba, so pretexto de agotadoras obligaciones. Ya no se reía con las bromas tontas de sus colegas y se deslizaba hacia el mundo de los espectros. Al capitán Beloncle, extraordinariamente digno en su uniforme con galones plateados, se le veía, en cambio, a las mil maravillas. Debía de estar acostumbrado a esas farras. Un domingo por la noche, cuando regresó a casa después del servicio, Jeandreau no encontró ni a su esposa ni a su hijo. El sábado se había ido a casa de sus padres con el niño. No había regresado. Una nota sobre la mesa anunciaba su separación. Renunció a llamarla. Era mejor así. Al menos les evitaría la vergüenza. Cuando se ajustició a sí mismo, ya no era la carretera lo que miraba. El agente Goetzenluck no se dio cuenta de que Jeandreau se había metido el cañón de la pistola en la boca. Casi le da un infarto cuando el disparo salió de la Sig Sauer, rociando el techo del coche con sangre, fragmentos de hueso y sesos.

Beloncle no tuvo problema en dictar el contenido del escueto artículo al reportero del periodicucho local *El Vigía de Viaduc*. Fue una justa retribución por la complacencia que Beloncle había tenido con él aquella vez que lo pilló con cannabis. Los problemas personales y familiares de aquel joven agente fueron resumidos en cuatro líneas. Amén.

Henri se encontraba en el prado de los burros. A su alrededor, los árboles de hoja caduca parecían de fuego, desde el rojo hasta el amarillo brillante. A la menor brisa, una lluvia dorada brotaba del follaje. Las sombras del final del día se hacían más densas. En las zonas más remotas del bosque, la noche caía mucho antes que en campo abierto. Henri lo sabía por experiencia. Él, Anna y la pequeña Charlotte paseaban siempre por allí. Todavía solía caminar solo por el bosque, buscando setas. A veces ponía una trampa en medio del bosque, más por la emoción que por la posible liebre. Si el tiempo acompañaba, saldría a buscar setas. Cocinaría boletus para Sylvie, la compañera con la que se acostaba, y luego beberían demasiado vino y se entregarían al pecado de la carne. Los sueños se desvanecieron. Henri bajó a la tierra y siguió ocupándose de los burros. Reagan y Marx estaban de maravilla. Los cepilló, les dio agua y heno fresco. Luego se dio la vuelta. A trote lento, Reagan se acercó a Henri. Le dio unos golpecitos en la espalda con el hocico. Henri lo acarició. Arrancó un gran manojo de hierba que el animal comió con fruición. Marx, que nunca se había recuperado del todo de la caída de la URSS, seguía a su aire y los miraba desde lejos con sus ojos grandes y tristes. Henri los adoraba. ¿Cuántas veces habían llevado a Charlotte a cuestas? Henri volvió a acariciar el burro con la palma de la mano y regresó a la casa. El ambiente era fresco y húmedo. Henri preparó el fuego y se frotó las manos sobre las crepitantes llamas, luego se sirvió una cerveza y se dejó caer en el viejo sofá de cuero agrietado. Las llamas le hipnotizaban.

Pensó en Sylvie. Estaba deseando que se reuniera con él el fin de semana siguiente. Era una buena amiga. Cuando Anna se marchó, Sylvie le había apoyado, mientras que muchos de sus colegas le habían dado la espalda. Les daba pánico su historia de pesadilla y su abismal depresión. Como si fuera un leproso o tuviera la peste. Oh, claro que lo trataban con lástima, pero llevaba encima una maldición demasiado espantosa. En su presencia, la gente hablaba más bajo, se ponían un poco de lado, evitaban su mirada. Solo unos pocos eran capaces de mantener cierta naturalidad. Sylvie era una de ellas. Una cosa llevó a la otra y acabaron juntos en la cama. Su aventura duraba ya cerca de un año. Su marido ya no la tocaba. En cuanto a él, hacía años que no hacía el amor... Y aquello era mucho más sano que el consumo compulsivo de pornografía. Pero habían decidido que ella no se divorciaría. Ninguno de los dos quería, de todos modos. Ella se escapaba de vez en cuando y luego volvía a casa.

Estaba muy oscuro. Junto a la *pick-up* Amarok estaban aparcados un BMW serie 5 y un furgón Renault Master. Dentro de la dacha se encontraban Jacky, Dany, el Albanés y su segundo, Askan. El Zumbado estaba sentado fuera, en los escalones del porche. Acariciaba a los bracos de ojos polares que yacían a sus pies. El Albanés podría tener unos cincuenta años. Su pelo entrecano cortado a cepillo resaltaba el bronceado de su rostro. Nervudo, impecablemente vestido, llevaba un traje gris claro, una camisa violeta y zapatos cosidos a mano. En realidad, su nombre de pila no era Afrim, Shegan o Theshjtor, sino François. Dumontier de apellido. En cuanto a lo de Albanés, en realidad había nacido cerca de Mont-de-Marsan. De familia burguesa, poseía una buena educación. Profundamente malvado, un cabeza loca desde siempre, había roto pronto amarras. Sus años en la Legión Extranjera no le habían hecho más humanista. Su apodo de el Albanés le venía de su paso por la antigua Yugoslavia, donde no tardó en aprovechar las oportunidades que le ofrecían el hundimiento del bloque soviético y la corrupción de los funcionarios de la KFOR y de la ONU. Durante el conflicto yugoslavo, se involucró con albaneses en una trama de tráfico de armas y prostitución. En el Arizona Market, en Bosnia, las adolescentes se compraban tan fácilmente como cartones de cigarrillos. En todos los bares y clubes nocturnos de la región, los valientes soldados de la paz, los policías de la UNMIK y los trabajadores de las ONG tenían donde correrse a precios competitivos, si es que no se prostituían ellos mismos.

Un polvo normal costaba doscientos marcos bosnios. Si querías además pegarle a la chica, eran quinientos. Por un abuso más refinado, entre mil y mil quinientos. Una virgen costaba mil quinientos marcos, himen garantizado en la factura, por una primera vez inolvidable. Por tres mil marcos, se compraba el derecho sobre la vida y la muerte de la víctima. A algunas chicas las violaban con perros. A otras les cortaban los pechos y los labios y les quemaban el sexo con cigarrillos. Dumontier tenía vívidos recuerdos de orgías a lo Calígula con oficiales de la SFOR. Todos esos tipos de la ONU y la OTAN gozaban de inmunidad jurídica. Y disfrutaban de todo. Algunos de ellos amasaron fortunas considerables, proporcionalmente a sus crímenes. Fue una época bendita.

Los métodos ultraviolentos de los proxenetas albaneses le habían seducido. Habían continuado con su negocio después de la guerra. François Dumontier se había ganado sobradamente su apodo. El Albanés era un hombre de negocios astuto. Se había centrado en mercados aún poco desarrollados y había creado una eficaz red de prostitución y de tráfico de todo tipo de droga en el oeste de Francia. Recibía a las chicas en París, las hacía prostituirse en varias localidades, incluso muy pequeñas, como Viaduc-sur-Bauge, y luego se las entregaba a un colega español, que las colocaba en La Junquera antes de que partieran hacia Italia dentro de un contenedor, rumbo al puerto de Nápoles. Durante su periplo europeo, movían constantemente a las chicas de un lado a otro. No les daban tiempo a crear lazos. Aquella noche, el Albanés le entregó cinco prostitutas al Oso, una georgiana, dos búlgaras y dos rusas. Les habían asegurado que iban a ser bailarinas. Lo cual no era del todo falso. Ellas habían aprendido por sí mismas lo que tendrían que hacer y decir, lo que no debían hacer y lo que no debían decir. Con el poco francés que sabían les bastaba y les sobraba para eso. Todo estaba acordado de antemano, las tarifas, las prácticas, las cantidades mínimas diarias que debían entregar so pena de atroces correctivos. El Oso solo recibía una pequeña parte del dinero de las chicas del Albanés. También podía usarlas gratis, pero nunca debía hacerles daño. Era un gesto comercial por su parte, una atención para con el Albanés. Por otra parte, el

Oso tenía sus propias chicas, golfas locales adictas a la cocaína y la heroína. Solía alojarlas junto con las del Albanés, para que pudieran vigilarlas.

Mauchrétien y Dumontier se habían conocido en una memorable pelea en un burdel de las afueras de Sarajevo. Les habían dado una paliza a unos cascos azules paquistaníes, y bordaron el trabajo rompiéndoles los dientes a patadas con sus botas de *rangers*. Su odio epidérmico hacia los morenitos les unió. Habían simpatizado enseguida. En Bosnia, Mauchrétien había abierto sucursales por cuenta de Dumontier. Cuando terminó su alistamiento en los paracas, Mauchrétien volvió a casa, pero nunca perdieron el contacto. En Francia, el Oso representaba una parte importante del organigrama de Dumontier.

A Jacky Mauchrétien le interesaban sobre todo las drogas. El Albanés estaba a la vanguardia de las innovaciones en este campo y suministraba productos excepcionales. Proporcionaba lo último en *party pills* [4], cuyas moléculas eran modificadas constantemente por químicos imaginativos, que iban muy por delante de los legisladores. Desde hacía poco, Dumontier había empezado a trabajar con la Camorra y se dedicaba también al tráfico de cigarrillos, algo cada vez más suculento y menos arriesgado. Aquel domingo, le llevó al Oso un kilo de heroína, dos de cocaína, centenares de pastillas de éxtasis, sellitos de LSD, setenta kilos de cannabis y doce de hierba, así como algunos cartones de cigarrillos, una muestra para que el Oso pudiera hacerse una idea de la calidad. Si lo deseaba, el Oso también podía encontrar lo que quisiera en lo referente a las armas. Él ya le había comprado algunas, pero más por placer que para uso profesional, por pura estética. Por la zona aún reinaba la tranquilidad. La delincuencia en la región no requería todavía el uso de los AK-47 o granadas, y el Oso tampoco se dedicaba a los atracos. Si hubiera tenido una cuenta pendiente con un lugareño, habría preferido el rifle. Los accidentes de caza ocurren tan a menudo.

---

4   «Party pills» o «herbal pills» son drogas en pastillas o polvo con efectos parecidos al «éxtasis» y que se utilizan como alternativa legal al mismo. (N. del T.)

13

Sylvie se quedó en casa de Henri desde el sábado por la tarde hasta el domingo por la noche. Fornicaron hasta que el deseo se extinguió por completo, satisfechos con su actuación mutua. No pedían nada más. Sylvie besó a Henri en la mejilla y volvió con su marido. Henri se quedó solo, feliz de estarlo, abrió una botella de vino y se instaló cómodamente frente al fuego. Nada le atosigaba. Estaba de vacaciones. Soñaba despierto. Sintió un pequeño cosquilleo en su sexo dolorido.

Alguien llamó a la puerta. Dio un respingo, se levantó, encendió la luz del vestíbulo con una pizca de desasosiego en el estómago. Al otro lado de los cristales estaba su ladrona. No le abrió la puerta. Saltaron todas sus alarmas. Aquello olía a problemas, a distancia. Le habló a través de la puerta:

—¿Qué quiere?

Aquella choni le respondió con su voz ronca:

—Bueno, me lo he pensado mejor. Le he estado dando vueltas a lo del libro. Vale, estoy dispuesta a volver a intentarlo.

—Pero yo no quiero prestárselo. Está empezando a cansarme. Váyase... Váyase.

—Vamos... Sea bueno... Déjeme entrar. No voy a comérmelo. Aunque, bueno...

Y soltó a placer una carcajada franca y sonora, como de desquiciada, que sonó como una roca. Henri suspiró y abrió. Aquel gran saltamontes se deslizó por el vano de la puerta. Llevaba unos vaqueros ultraajustados con un estampado de camuflaje en negro, blanco y gris, unas botas Doc Martens negras, una sudadera con capucha igualmente negra, todo ello realzado con un siniestro maquillaje gótico. Henri volvió al centro de la sala:

—Bueno, adelante, no se quede ahí plantada. Le voy a traer el libro.

Henri desapareció en una habitación contigua al salón. Encendió la luz. Desde donde estaba, estirando un poco el cuello, Kimy podía ver una pared completamente cubierta de libros, desde el suelo hasta el techo. La lectura era sin duda lo suyo. Henri no tardó en volver:

—Aquí tiene.

—Gracias.

La muchacha bailoteaba cambiando de pie, un poco avergonzada.

—¿Qué pasa?

—Bueno, es que no siempre entiendo muy bien lo que leo. ¿No querría echarme una mano contándome un poquitín la historia? Eso me ayudaría.

Henri sintió que una velita volvía a encenderse en su interior. Algunas personas nacen para ser músicos, atletas, marineros, *cracks* de la bolsa, ministros, pordioseros. Él sentía la pasión de enseñar. Era un vínculo poderoso que le había salvado. Miró de nuevo a aquella chavala alta y brusca y se dejó ablandar, medio conmover. Le ofreció un vaso de zumo o un refresco, pero ella lo rechazó, sonriendo:

—Prefiero una cerveza.

—Vale, una cerveza —dijo Henri.

La encontraba un poco joven, pero aquella salvaje probablemente tenía edad suficiente para beber y estaba seguro de que no se privaba de hacerlo. Henri había sido un gran fiestero en su juventud. Sabía reconocer a la gente que le gustaba empinar el codo. Se sirvió otro vaso de vino, le dio una lata a la pimpolla, volvió a poner un tronco en las brasas y se sentaron en el sofá:

—Vamos allá...

Y le facilitó el trabajo, respondiendo a sus preguntas, explicándole la estructura del libro. Ella se lo comía con su gran mirada de almendra retocada con lápiz de ojos. También le trazó una visión general de los diversos dictadores que el personaje conoce en su viaje. Sus explicaciones abarcaban casi la mitad de la novela. Y ahí se detuvo:

—Es suficiente. Le explicaré el resto si es capaz de pasar de la primera mitad.

—Puede tutearme. No pasa nada.

—De acuerdo. Aunque, ni siquiera nos hemos presentado. Mi nombre es Henri, ¿y el su… el tuyo?

—Kimy, pero no me gusta mi nombre.

—¿Y eso?

—No, no me gusta. Lo eligió mi padre.

—Supongo que tendrás que aguantarte.

—Prefiero que me llames Kim. Es solo una letra menos, pero al menos eso me aleja un poco del viejo.

—De acuerdo, Kim entonces. Y brindaron.

—Cada vez que te veo, estás solo. ¿No estás casado?

-—¡Eres muy curiosa!

—No hay que mosquearse. Solo es un comentario. Además, si estuvieras casado, no estaríamos aquí trabando la hebra, ¿verdad? Tu chica no estaría muy contenta que digamos.

—No, ya no estoy casado. Ya no tengo «chica».

—¿Se largó?

A modo de respuesta, Henri dejó la mirada en suspenso. Kimy chasqueó los dedos:

—¡Eh, eh! ¡Despierta!

No reaccionó. Henri parecía haber desconectado con la mirada perdida.

—Bueno, me parece que me voy a ir.

Él salió de golpe de su catalepsia y le preguntó que a dónde iba, con cara de susto.

—Vuelvo a Viaduc.

Henri dio un brinco:

—¡Cómo! ¿Así? ¿A pie? ¡Es un buen trecho! Es casi una hora y…

—Sí, ya lo sé.

—¿Quieres que te lleve en el coche? ¿No te da miedo ir sola, así con esta oscuridad?

—No, no. Estoy acostumbrada. Me hace bien trotar por ahí. Y en cuanto a tener miedo, no te preocupes, tengo experiencia de sobra. Gracias por el librito, la birra y la charleta. Ha sido agradable. Tan pronto como haya hecho algún progreso, vendré a verte. Hala, chao.

—Chao.

Resignado, Henri la saludó con la mano. Kimy salió. En cuanto la perdió de vista, sacó su caja de Tranxene. Con el vino, se arriesgaba a un buen colocón, pero no importaba. La soledad ya le estaba afectando. Y tenía miedo.

Una vez fuera, ella se metió los auriculares en los oídos, le dio a su lista de reproducción y sacó la cajita metálica de la sudadera, de la que extrajo un gran porro que se puso en la boca. Aspiró con fuerza, mientras avanzaba con paso firme por el camino de gravilla al ritmo de los últimos éxitos de Rihanna. Simpático, el tal Henri. No es un grano en el culo. Tampoco un pervertido. La mayoría de las veces, pasados unos minutos, los tíos la miraban solo como un trozo de carne. Tal vez él era así también. Era un tío, después de todo. Al menos se comportaba correctamente y dejaba la polla quieta dentro de los gayumbos. Se mordió el labio mientras pensaba en su metedura de pata. Bueno, ya sabía a qué atenerse. Incluso sintió el comienzo de una idea germinando en su interior.

14

La conversación iba por buen camino. El Albanés y el Oso hablaban de ampliar el mercado y diversificar la oferta:

—¿Cómo piensas arreglártelas para ampliar tu negocio?

—No quiero una guerra territorial en el Norte. No voy a cruzar el Sena. En la otra orilla, los tipos de los grandes suburbios de Le Havre y Rouen se han repartido la zona. Nosotros no nos metemos allí. Por otro lado, hay posibilidades hacia el oeste, hasta la costa. Ya he instalado dos puntos en Honfleur. Su bonito y típico puertecito atrae a muchos idiotas sin nada que hacer los sábados por la noche, y los pescadores de ostras y de gambas son muy buenos consumidores. Así se les olvidan sus manos destrozadas por el agua fría. Lo mismo con los camareros que están pringando como negros todo el día en los restaurantes. Por la costa hasta Deauville y por el interior hacia el sur hasta Argentan, hay buenas posibilidades de expansión.

—Parece prometedor. ¿Se prevé alguna oposición?

—¿Resistencia? No mucha, pequeños traficantes locales, pavipollos imberbes, en el instituto o en el Centro de Formación de Aprendices. Untándoles un poco, podríamos metérnoslos en el bolsillo. Son más bien sus proveedores mayoristas y semimayoristas los que van a dar problemas. Algunos de ellos vienen desde París, como tú.

—Yo puedo ocuparme de extirpar esa raíz. Y en cuanto a las chicas, ¿cuántas más se podrían introducir?

—A una media de tres por cada punto en el mapa, estamos hablando de una horquilla entre treinta y cuarenta.

—No está mal, no está mal... Bueno, ¿cuándo sería eso?

—Pronto, poco a poco. Vamos a darle un poco de tiempo al tiempo. Los negocios ya marchan muy bien aquí. Primero, voy a tantear el terreno, voy a poner a algunos de mis traficantes y de mis chicas en las esquinas que vamos a ir ocupando, para ver qué pasa.

—No te preocupes, Jacky. A los chicos de París no les importa mucho esta rama de negocio de segundo nivel. Es poca cosa para ellos. Las bandas de los puertos de Le Havre y Rouen se abastecen directamente por barco o por las autopistas que bajan de Bélgica. Su mercado no está en juego. Y estos tipos no bromean, créeme. Mantienen el equilibrio y nadie va a meterse con ellos. Tú y yo ya tenemos una buena tajada en la parte baja de la región. Ellos lo saben. También saben con quién trabajo. Nadie va a venir a cagarla. Nuestra zona natural de expansión les queda demasiado lejos y nosotros estamos en medio. En compensación, yo podría recortar todos mis micronegocios en la capital. Ya se estaban tambaleando, de todas formas. Yo podría crecer en París solo a costa de una guerra, pero mira lo que está pasando en Marsella. Mejor evitar el jaleo. Unos pequeños acuerdos resultarán muy útiles.

El Albanés se levantó para estirar las piernas mientras fumaba. Paseó por la habitación, echando un vistazo a los trofeos:

—Vendré a cazar un día de estos.

—No hay problema. Ven cuando quieras. ¿Con qué tiras?

—Remington 770. Al menos, cuando cazo.

—Un rifle un poco ligero en mi opinión, pero es una buena elección. Arma versátil y fiable.

Dumontier se encontró con la mirada de Dany, que llevaba clavado en su silla sin decir palabra desde el comienzo de la conversación. Se miraron fijamente durante unos segundos:

—¿Qué? —preguntó agresivamente el albanés.

—¡Nada! —respondió Dany.

Los dos hombres se odiaban instintivamente desde su primer encuentro. El Oso desvió inmediatamente la atención del albanés:

—¿Quieres un trago, François?

—No.

—Dany, ve a buscar el dinero.

Dany se levantó sin decir palabra, entró en una de las habitaciones y volvió con una pequeña bolsa de deporte. La puso sobre la mesa y volvió a dejarse caer en el viejo sillón, con aspecto falsamente agotado. Se sentó cómodamente apoyándose en los reposabrazos. Dumontier lo fulminó con la mirada.

15

En la bifurcación, Kimy giró a la derecha, sin prisa. Ese domingo por la noche sabía que la esperaban con impaciencia en el Big Ben, uno de los pubs del centro de Viaduc-sur-Bauge. Tenía que entregar éxtasis y unas chinas de veinticinco gramos. Durante las vacaciones, el negocio iba mejor que nunca. Su padre quería números. Apretaba el libro en el ancho bolsillo de la sudadera. Caminó sin bajar de ritmo durante una hora, siguiendo la colina del Calvario que conducía de la meseta al valle. Se detuvo en el pequeño puente sobre el Bresneuse, en la entrada occidental de Viaduc-sur-Bauge. El agua fluía entre los pilares de hormigón, tristona, turbia y lenta. Se fumó otro peta mirando cómo el río se iba perdiendo en dirección al Canal de la Mancha. Exhaló la última calada, arrojó la colilla a la corriente fangosa y penetró en las viejas callejuelas del centro de la ciudad.

Un grupito la esperaba con ansia, apiñado en la parte trasera del pub. En un banco circular estaban sentados Lilou, Mathias, Marco, Jade, el imbécil de Romuald, Margot, Béa, Momo y Mahaut, la hija del alcalde. Ya habían tragado mucha espuma. Sus rostros estaban tensos y con aspecto cansado. Kimy llegaba tarde y había apagado el móvil. Habían intentado, en vano, localizarla una docena de veces. La recibieron con indisimulado alivio. Esa noche no la pasarían teniendo que buscar por ahí sus golosinas, como suele ocurrirles a los fumadores y a los idiotas a los que se les acaba el material antes de tiempo. Se acabó la búsqueda deprimente de una miserable colilla de hierba con regusto a goma o de un éxtasis de dudosa procedencia, de esos de los que ya no vuelves o que hacen que vuelvas pero muy tocado. Se arremolinaron sobre el banco. A Romuald, el gordo cabeza hueca de la gorra-chándal-zapatillas de básquet, se le notaba que tenía ganas de partirle la jeta para hacerle entender que más le valía no jugársela de nuevo y ser puntual la próxima vez. Estas esperas lo estaban minando. Pero, por supuesto, no se atrevió. No quería arriesgarse a contrariar a Kimy, que era muy capaz de no darle nada, solo por el placer de ver su frustración, la muy zorra. Así que se tragó su resentimiento y la invitó a una cerveza, con una falsa sonrisa dibujada en su maligno careto. Ella se la tragó rápidamente.

—¿Es de la buena? —preguntó Lilou, que le dirigió una mirada larga y amorosa.

Kimy asintió con un gesto de complicidad. De todas formas, ahí no corría ningún peligro. El gerente del Big Ben era otro esbirro de su padre. La taberna pertenecía al Oso. Ese establecimiento, como otros, servía para lavar dinero. Mahaut parecía completamente ida y enferma. Casi lloriqueaba:

—¿Qué llevas encima, Kim? ¿Nieve? ¿No? ¡Oh, mierda! ¿Solo tienes Mollys[5] y chocolate? ¡Oh, mierda, mierda!

Se estaba destrozando las cutículas y la piel de los dedos a mordiscos. Le temblaban las manos, Parkinson al cuadrado. Kim sintió lástima:

—Tranqui, Mahaut, tranqui. Si estás tan mal, te conseguiré algo de polvo. No te agobies. Te voy a curar.

—OK, Kim, OK. Eres de verdad la hostia.

Todo el mundo se preguntaba cómo Kimy podía tener una gama tan amplia de productos, sin salir nunca, aparentemente, de Viaduc-sur-Bauge.

Ni siquiera Lilou lo sabía. Kimy la había disuadido de preguntar sobre ese tema. Incluso se había mostrado agresiva: «¡Mientras no sepas nada, no corres peligro! ¡Así que cierra el pico, fúmate esto tan bueno que te traigo y no te metas en camisas de once varas!». Lilou obedeció sin pensárselo dos veces,

---

5   De «molécula» de 3,4-metilendioxi-metanfetamina (MDMA): cápsulas de
     éxtasis. (N. del T.)

porque Kimy podía ser violenta en ocasiones. Pero también confiaba en ella totalmente. Si ella decía que era peligroso, lo era. Circulaban extraños rumores sobre su padre.

Kimy se escabulló hacia el baño. Al pasar, hizo una discreta señal a Kevin, el encargado, que soñaba despierto detrás de los grifos de cerveza. Él le respondió asintiendo con la cabeza. Significaba que tenía coca. Kimy se encerró, se bajó la cremallera de los pantalones, se bajó el tanga y se sentó en el asiento. Mientras orinaba en silencio, alcanzó la papelera donde las clientes tiraban sus compresas. Quitó la bolsa de plástico e inspeccionó el fondo de la papelera. Era un buen escondite, de fácil acceso, y nadie iba a ponerse a husmear allí dentro. Había varias dosis allí, cocaína —papel blanco— y jaco —papel marrón—. Las cogió todas. Mahaut parecía tener síndrome de abstinencia y el dinero no era un problema para ella. De regreso, se detuvo en la barra y pidió una Carlsberg. Le dirigió unas palabras al encargado, un tipo larguirucho y delgado con una napia inverosímilmente grande y una coleta más que grasienta:

—Me lo he llevado todo. Mañana te traigo la pasta.

El otro asintió con la cabeza. Kimy iba a pagar la cerveza, pero él la detuvo:

—Yo invito.

—Vale, *thanks*.

A Kevin le venía muy bien, a decir verdad, disponer de estas pocas dosis para colocarlas sin esfuerzo. Trabajar para Jacky y Dany tenía ventajas innegables, la principal de ellas la seguridad y la certeza de conseguir buen material. Pero las desventajas eran notorias. Ya fueras puta o camello, tenías que hacer caja, dinero y más dinero. Antes que nada, los hermanos Mauchrétien eran capitalistas de los duros. Las cuentas que había que rendirles eran numerosas. Eran más detallistas que los quisquillosos inspectores de Hacienda. Más radicales también. Nunca había tenido queja de ellos, pero conocía a tipos que habían acabado con la cabeza hecha puré. Incluso había uno que se había volatilizado, *pffuuiiit*, así sin más. Algunos decían que el tal había huido a España, pero él no se lo creía. Se lo imaginaba más bien enterrado en un rincón remoto de uno de los bosques de la zona o sumergido en el fondo de un pantano. Todo el mundo sabía que Jacky Mauchrétien era un excelente cazador.

Los dos hermanos no eran más delicados con las prostitutas. Si no solían matarlas, las torturaban. Esa especie de gnomo que acompañaba a Dany, un auténtico degenerado con un cabezón lleno de serrín, era capaz de ejecutar las tareas más bajas sin dejar de reírse. A las más testarudas no se las volvía a ver. El gerente del Big Ben sabía algo de eso. A su hermanastra Valérie, una maldita bocazas, la habían dejado para el arrastre unas semanas antes, cuando se abrió la veda. Y eso que él se lo había advertido, que se la estaba jugando. Pero ella no le había escuchado. Encima, lo empeoró todavía más. La muy gilipollas. Afirmaba que el mismísimo capitán Beloncle la había sodomizado después de que lo hicieran los dos hermanos Mauchrétien. Desde entonces, bebía demasiado, se drogaba demasiado y hablaba demasiado. Iba a acabar con los pies metidos en cemento. Él, en cualquier caso, se lo había advertido, ¿no? No quería problemas con los dos hermanitos. Tenía una situación estable, todo lo que un toxicómano podía desear, una entrada regular de pasta, buena mercancía garantizada. Peor para la idiota de su hermanastra. Lo único que conseguiría sería que le destrozaran aún más su medio de vida y que le propinaran un correctivo de los que hacen época.

16

El Oso puso la bolsa bocabajo. Cayeron fajos de billetes. Era el dinero de la droga. En sobres de papel grueso, el Oso había separado el dinero de las prostitutas del Albanés. Por supuesto, no se había quedado con nada. Dumontier mismo sería el que decidiría si le pagaba o no un porcentaje. Primero pasaron los narco-billetes por la máquina contadora, que emitió un zumbido sordo. El albanés asintió con complicidad. El Oso se lo había currado bien. Dividieron el dinero según lo previsto, cuarenta por ciento para el Oso, sesenta para él. Eran casi trescientos mil euros. Dumontier se ocupó a continuación del dinero de sus chicas. Los tres sobres bastos eran bien gordos. Cada chica echaba de quince a veinte polvos diarios y aportaba entre seiscientos y mil euros por jornada. Cada dos meses le entregaba entre tres y cinco chicas nuevas al Oso y se iba con las de la remesa anterior. Al cabo de dos meses, la suma era considerable. Los billetes volaban en la máquina contadora. Lo único que se oía en la habitación era su zumbido aterciopelado. Doscientos cincuenta y ocho mil euros. Dumontier estaba contento, muy contento. Cogió veinte mil y se los entregó al Oso, que le dio las gracias. Entonces el Albanés le ordenó a Askan que fuera a buscar la mercancía al BMW. El Oso le dijo a su hermano que le echara una mano junto con el Zumbado. Fumaron en silencio mientras esperaban. El Albanés miraba la enorme cabeza de jabalí que había sobre la chimenea. El animal lo escrutaba con sus ojos de mentira. Dumontier le mantuvo la mirada a la bestia muerta.

Los tres hombres regresaron. Cada uno de ellos llevaba una bolsa con una veintena de paquetes de hachís de cuarto de kilo y cuatro kilos de marihuana bien compactada. En la bolsa de Dany había también unos miles de éxtasis y en la del sicario se encontraban los dos kilos de cocaína y la heroína. Pusieron las bolsas sobre la mesa.

—Esto es lo que me has pedido, Oso. Haremos lo de siempre. Me pagas en la próxima entrega.

—OK, está níquel. Bien, ahora las chicas. Dany, Zumbado, sacad a las nenas del sótano.

Dany y el Zumbado entraron en la habitación del fondo y apartaron la cama situada contra la pared. Apareció una trampilla, que abrieron y levantaron. Una empinada escalera de molinero conducía a una habitación subterránea. Desde arriba oyeron un murmullo confuso, una extraña jerigonza de acentos susurrantes, un galimatías de inglés, rumano y ruso. Dany se asomó a la trampilla. Allí dentro apestaba, una fuerte mezcla de transpiración humana, humedad y salitre. Gritó:

—¡Eh, putas, la hora de salir!

El parloteo de las chicas se detuvo en seco. La primera se colocó tímidamente al pie de la escalera.

—¡Vamos, dejad ya de peinaros el coño, que hay mucho que hacer!

Subió por la escalera, seguida de las otras, hasta que las cinco estuvieron en la sala principal de la dacha. Cuando, todavía con la deslumbradas por la luz, reconocieron al Albanés, se apelotonaron instintivamente unas con otras. Mientras tanto, el sicario había descargado la furgoneta. Las cinco chicas nuevas miraron asustadas a sus compañeras de infortunio. El Albanés, burlándose, realizó las presentaciones respectivas a los dos grupos, luego, el Zumbado y Dany empujaron a las nuevas *matrioskas* a la habitación. Ellas bajaron al sótano sin oponer resistencia, cuidándose de no desencadenar la terrible cólera de François Dumontier. Las cinco que habían salido fueron arreadas hacia fuera de la dacha por Askan. Al pasar, el Albanés le cortó el paso a una de ellas y todo el grupo se detuvo en seco. Le metió la lengua en la boca y le pellizcó un pezón hasta hacerla llorar.

—Me alegro de volver a verte, Tallia, mi hermosa Tallia.

Solo entonces la dejó pasar, dándole una gran palmada en el culo.

—¡Ah! ¡Tuvimos que emplearnos a fondo con esa! Pero ya ves, ya está bien domada.

El Oso sonrió. Tenía una ligera erección. Imperturbable, Askan tomó el mando. Las condujo fuera, al furgón Renault, y descorrió los portones de par en par.

—*Si querer mear una, ahora ya.*

Dentro del vehículo habían colocado una especie de plataforma de madera de unos cuarenta centímetros de altura, que ocupaba todo el suelo. Las chicas se metieron debajo de ella, una a una. Askan volvió a colocar las cajas de herramientas, los cables y el revestimiento original sobre el falso suelo y cerró los dos portones. Desde fuera, el furgón parecía vacío. Solo una revisión a fondo habría revelado el escondite. Decidió quedarse fuera y echar un cigarrillo, tranquilamente, al aire libre.

Mauchrétien acompañó a Dumontier de vuelta a su BMW.

—Todo OK, Jacky. Como siempre. Nos vemos dentro de dos meses... Ah, sí, solo una cosa más: dile a tu hermanito que no la tome conmigo. Estamos currando bien juntos. Sería una pena estropearlo, ¿verdad?

El Oso tragó saliva y asintió con la cabeza:

—Se lo transmitiré.

A cualquier otro que no fuera Dumontier lo habría doblado por la mitad de un gancho en el plexo solar y luego lo habría tumbado de un puñetazo en la napia, pero el Oso tenía un montón de excelentes razones para no ceder a ese impulso, la principal de ellas un bonito canguelo. Conocía las enormes consecuencias que vendrían y le explotarían encima si François Dumontier se alteraba. Los dos hombres intercambiaron un viril apretón de manos. El Albanés se puso al volante del BMW. Askan subió al furgón e hizo lo mismo. El Oso los observó maniobrar. Se quedó mirando las luces traseras hasta que sus halos rojos se fundieron con la noche.

Cabreado, volvió a entrar y cargó contra Dany, que seguía arrellanado en su sillón. Lo agarró por el cuello y lo sacudió como a un ciruelo. Rugió:

—¡Puto gilipollas! ¡La próxima vez serás más amable! ¡Creo que te has hecho una idea equivocada de con quién estamos tratando! ¡No es uno de los pueblerinos de este culo del mundo, ni una zorra de las que no responde nadie!

Dany se quedó boquiabierto. El Zumbado había levantado las orejas y se acercaba de mala hostia.

—¡Adelante, Zumbado, inténtalo y verás!

Dany levantó la mano y el hidrocéfalo se quedó quieto.

—OK, Jacky, OK... No hay problema... Tranquilo... Venga, suéltame.

El Oso se calmó y soltó a su hermano. Se revolvió el pelo, muy nervioso.

—Vale, pero hay que tener mucho cuidado con este tío, ¡de verdad, joder! No tienes ni idea de... ¡rhaaa! Bueno, ya está... Basta... Zumbado, vete a por las nenas. Hay que ponerse a macerar la carne.

Y se echaron a reír por tener la sensación de haberse quitado un gran peso de encima.

17

Kimy se unió al grupo. Había poca alegría en aquella foto de grupo. Los rostros grises irradiaban un gran hastío. El júbilo de las primeras borracheras, el viaje hechizante de los primeros porros, las alucinaciones locas y multicolores de los sellitos de LSD, todo se había desvanecido rápidamente. Se habían vuelto sombríos, sobre todo los que habían empezado demasiado jóvenes, convirtiéndose exactamente en lo que parecían: politoxicómanos taciturnos y angustiados. Kimy se sentó y sorbió su cerveza en silencio. Estaba harta de todo aquel ambiente rancio. Realmente harta. Necesitaba un poco de aire fresco. Le hubiera gustado irse por ahí, deambular por el quinto pino.

—Bueno, ¿nos vamos?

Lo había dicho Mahaut: se iban todos a la magnífica propiedad del alcalde. En un parque completamente cercado y arbolado se alzaba una espléndida casa solariega de ladrillo rojo del siglo XVIII. A la entrada del parque había una casita de una sola planta, antaño la vivienda del guarda. El alcalde la había convertido desde el principio en el cuarto de juegos de su hija, para que no molestara. La niña había crecido; sus juegos ya no eran los mismos. Cuando Mahaut salía con ellos, estaban seguros de tener un lugar donde chutarse. Terminaban allí su noche de borrachera, se marchaban al amanecer, aturdidos, con la voz rota por los cigarrillos, los ojos inyectados en sangre, la sangre saturada de todo. A veces se cruzaba con ellos el alcalde. Como si fuera un buen colega más, les lanzaba un atronador:

—¿Cómo vais, chavales? ¿Una noche agradable?

Al salir del Big Ben, sus zapatillas pusieron el piloto automático. Sin aliento, subieron en silencio la empinada cuesta que desemboca a la llanura. Kimy pensaba en Henri. Su casa estaba en la ladera opuesta, al otro lado del valle. Aferró el libro escondido en el fondo de su sudadera.

En cuanto se despojaron de sus abrigos, se sirvieron unas cervezas y se dejaron caer en los sofás alrededor de la mesita. Kimy procedió a distribuir la mercancía. De repente, el ambiente se volvió tenso. Era la hora del mercado. De hablar de negocios. La cosa iba en serio. Los ojos miraban de reojo y con disimulo los hermosos bloques de hachís que brillaban bajo el celofán. Aún estaba fresco, suave y aceitoso. Recogió los billetes, los contó rápidamente y se los metió en el bolsillo. Luego repartió las pastillas y recogió la segunda tanda de dinero. En cuanto tuvo las pastillas en la mano, Lilou se tragó una y la bajó con un sorbo de cerveza. Mahaut miraba a Kimy con ojos suplicantes. Le dijo con voz temblorosa:

—Kim, ¿has encontrado algo para mí?

—Toma. Intenta que te dure.

Los ojos de Mahaut brillaron de gratitud. Todo les separaba sin embargo —educación, estatus social, bienestar material—, pero Kimy sentía lástima por aquella chica enclenque, esclava de su droga y cubierta de trapitos caros.

—¿Cuánto te debo?

—Quinientos.

—No hay problema. Ahora mismo te los traigo.

Mahaut entró en la habitación. Se la oía rebuscar. Volvió con cinco billetes de cien, nuevecitos y crujientes.

—Toma.

Kimy asintió, guardó el dinero y empinó su lata de cerveza. Alrededor de la mesa, las manos manipulaban con destreza papel de fumar, tabaco, hierba y mecheros. Hasta cinco porros estaban siendo liados a la vez. Kimy bostezó hasta desencajarse la mandíbula. Todo aquello la estaba aburriendo ya. Lo único que quería era quedarse a solas en su piltra e intentar leer un poco aquel libro. Se levantó, cogió otra lata de cerveza para el camino y dijo que se iba. Salvo Lilou, nadie hizo ademán de detenerla. Lilou la acompañó en silencio hasta la reja del parque. Una vez allí, se miraron a la cara. Lilou levantó la mano hacia la mejilla de su gran amazona, que permaneció impasible. El brazo de Lilou cayó pesadamente.

—¿Qué pasa, Kim?

—Nada, estoy bien. Solo estoy reventada. Me voy a casa. Venga, ve a divertirte.

Lilou se puso de puntillas y posó sus labios sobre los de ella, pero Kimy no reaccionó a la incitación. El beso de Lilou se apagó lastimeramente, como una mosca que se muere poco a poco. Kim se apartó de ella con frialdad. Su voz ronca ya no desprendía calidez como en los días de confortable intimidad. Ahora había lascas cortantes como el sílex. Los largos orgasmos y los tiernos abrazos habían quedado atrás. Las lágrimas acudieron a los ojos de Lilou.

—Venga, hasta luego.

—¿Hasta luego...? ¿Kim?

—¿Eh?

—Te quiero, ya lo sabes. Te quiero de verdad. No me hagas daño. Porfa.

—Hasta luego.

A Lilou se le encogió el corazón. Se le hizo un nudo en la garganta. Le temblaba la barbilla. Un terrible vacío se abrió en su interior.

Haría falta algo más que una cerveza y más que un porro para sentirse mejor.

Kimy estuvo un rato observando. El Amarok no estaba aparcado delante de la casa. Todo estaba oscuro y en silencio. Por una vez, entró por la puerta, como una chica corriente. Introdujo la llave en la cerradura, fue directa a la cocina y dejó el dinero de la venta en una esquina de la mesa. Al día siguiente, en el mismo lugar, habría más paquetes de hachís y más pastillas que su padre dejaría allí. Guardó los quinientos euros destinados a Kevin. Se los daría en persona. Ese dinero era cosa suya. Aprovechando la soledad de la casa, se lavó los dientes, se desnudó, se puso una camiseta grande azul que tenía la foto de Maggie Simpson en pijama con un chupete en la boca, y luego echó su ropa sucia en la lavadora. *Su* propia colada. Su padre tenía que ocuparse de sus propios trapos. Ya no era su criada. En cualquier caso, la vieja zorra de su abuela venía regularmente a quitar el polvo de la casa y a cuidar de su hijito. Una vez terminadas esas viles tareas, se encerró con llave en su habitación, sacó una Carlsberg de debajo de la cama, se sentó en el borde y encendió un cigarrillo. La gran pantalla plana que ocupaba parte de la pared frente a su cama se encendió. Pulsó el mando a distancia y se detuvo en una redifusión de *Ch'tis en la Jet Set*[6]. En una cocina de alta tecnología superestilosa, unas petardas en tanga se lanzaban insultos, censurados por pitidos hipócritas; otra se duchaba enseñando los cachetes del culo y la raja de la hucha; unos tarados tatuados, carne de gimnasio, se portaban como gallos en medio de todas aquellas gallinitas. A Kimy le gustaba ver normalmente las aventuras de Jordan, Tressia, Adixia o Hillary[7], le hacían gracia. Pero esa noche lo tenía ya bien claro: era una soberana estupidez. Las chicas eran muy enrolladas, claro, ¡pero ese era un programa para subnormales colgados! ¡Menuda mierda! Apagó la luz. Cogió el libro, lo miró con cautela y se prometió a sí misma leer al menos un capítulo antes de cerrarlo. Gracias a los sabios consejos de Henri, se estaba orientando un poco mejor. Hizo un esfuerzo considerable, se saltó todas las palabras que no conocía y leyó casi treinta páginas seguidas. Luego cerró el libro y lo dejó reposando sobre su pecho. Subía y bajaba con su respiración. Se quedó mirando al techo, estuvo pensando hasta que le dolió la cabeza. Estaba claro que ese libro no le entusiasmaba, pero al menos ahora sabía por qué. No era el tipo de historia que le interesara, en absoluto. Tendría que confesárselo a Henri. Bueno, se había ganado un porro y un chupito de vodka.

ᙠ

---

6   Serie de telerrealidad que consistía en seguir a un grupo de personas del departamento francés del Nord-Pas-de-Calais en sus vivencias en diferentes lugares, viajes y situaciones reales. Se llama *Ch'tis* a las gentes del norte de Francia por su forma de pronunciar determinados sonidos. (N. del T.)

7   Personajes principales de la serie citada *Les Ch'tis...* (N. del T.)

En aquellos momentos, a Henri le temblaba todo el cuerpo, se encontraba doblado en el sofá como el martillo de un rifle, nadaba en un limbo de vino tinto y ansiolíticos. Intentaba mantener a raya sus angustias, aferrándose a las imágenes positivas del día: la llegada de Sylvie, los burros en el prado y los ojazos de Kimy. Los suyos estaban llenos de lágrimas.

18

Ese lunes por la mañana, 1 de noviembre, Eric Waldberg daba remotamente la impresión de estar currando. Examinaba sin interés una solicitud de subvención del club de voleibol. Estaba sentado en un estrecho despacho de la primera planta del ayuntamiento de Viaduc-sur-Bauge, más una madriguera que una verdadera habitación. Se suponía que debía ocuparse de los asuntos corrientes, pero despotricaba de los memorandos demasiado resumidos de la secretaria. Se veía obligado a arremangarse y estudiar de verdad, por sí mismo, los expedientes. Junto a la pila de papeles aún intacta había una imponente fotografía de su imponente esposa. Sidonie Waldberg lucía una patética sonrisa que partía su rollizo rostro de oreja a oreja. Una horrible permanente coronaba su cara hinchada. La papada le colgaba bajo la barbilla. Un cebú con peluquín. Le daba verdadero asco. Pero la foto tenía tres ventajas: en primer lugar, le daba a Waldberg un toque de respetabilidad conyugal, una capa de barniz siempre útil para un pedófilo; en segundo lugar, justificaba por sí misma que Waldberg engañara a su mujer; en tercer lugar, causaba una fuerte impresión en los inoportunos. Cuando un solicitante de subvenciones insistía demasiado, Waldberg hacía como que colocaba el marco en su sitio aclarándose la garganta. El efecto era repentino: el impacto de la cortés negativa de Waldberg a su interlocutor se multiplicaba por diez gracias a la gorda sonrisa de aquel monstruo de hembra. El visitante se escabullía sin pensárselo dos veces, por miedo a que Sidonie Waldberg se materializara en carne y hueso triple en aquel despacho.

Waldberg, sin molestarse en leer siquiera las diferentes partes de la solicitud, estampó su firma al pie del documento. De todas formas, el alcalde ya había aceptado en principio todas las peticiones, desde las más fantasiosas hasta las más serias. Se acercaban las elecciones legislativas. Solo le interesaba convertirse en diputado. Agotado, Waldberg suspiró apartando la carpeta de cartón que tenía delante. Se desperezó, se levantó, se deslizó hasta la puerta de su cubículo y miró a ambos lados. No había nadie. Las puertas de los distintos departamentos estaban cerradas. Solo se oía un murmullo en la planta baja del ayuntamiento. Volvió rápidamente a su asiento, levantó una pared con la pila de carpetas y rebuscó en una bolsa de cuero. Sacó otros expedientes. Pero estos sí que los iba a leer, ¡oh, Dios mío! ¡Claro que sí! Eran los expedientes de las niñas ingresadas en el MECS, la Casa de Acogida de Menores en Exclusión Social. Su mujer y él estaban confabulados con Delveau, el director de la institución. Delveau también las manoseaba.

Elegían a sus víctimas con sumo cuidado. La primera selección era sencilla: solo cogían a chicas. La segunda selección era igualmente sencilla: solo seleccionaban a víctimas de incesto, violación o abusos con agravantes. El tercer criterio era menos necesario, aunque muy útil: eran mejores las chicas muy problemáticas, delincuentes en ciernes, a las que casi nadie estaría dispuesto a escuchar y, menos aún, a creer. Un cuarto criterio interesante era que tuvieran determinadas inclinaciones: una chica con adicciones podía ser engatusada sin demasiados problemas. Quinto criterio: todas debían estar en régimen de internado total en la Casa de Acogida. Tenerlas aisladas completamente del mundo exterior era un juego de niños, sobre todo porque a menudo la ley había enviado a la sombra a sus parientes más cercanos. La edad ideal era entre doce y catorce años, quince como máximo. Más allá de esa edad, resultaba difícil controlarlas. Era cuando Delveau ya las sacaba, sobre el papel al menos, del circuito de la ASE, la Ayuda Social a la Infancia. A continuación, el Oso las tomaba totalmente bajo su control. Nunca más se volvía a saber de ellas. Se las pasaba a Dumontier.

Este las revendía o las intercambiaba en las redes rusas o albanesas. Su periplo terminaba en los burdeles de Chipre o Tirana.

Delveau le había proporcionado cinco expedientes interesantes. La guinda del pastel eran las fotos recientes que ilustraban cada expediente. Waldberg prestó especial atención a la tercera, una morenita. Ya tenía unas estupendas y bonitas tetitas, bien marcadas bajo la camiseta. Ah, sí, esa la quería para él. ¿Cómo se llamaba? Marie. Muy bonito. «¡Oh sí, oh sí, oh sí!».

Se acarició la polla a través de los vaqueros.

«¡Oh sí, oh mi zorrita... Oh mi perrita... Marie... Marie... Marie! ¡Oh, Dios mío!».

Se corrió casi de inmediato. Ella tenía trece años y medio. Se llamaba Marie, pero para él, Waldberg, sería «Marie Zorra», «Marie La Puta», «Marie Ven y Acuéstate Aquí».

¡Estaba radiante! Se derretía. ¡Qué bien empezaba la semana!

19

Eran las once menos cuarto. Kimy se despertó tranquilamente. Había dormido bien. El viejo dicho tiene razón: Hay que consultar las cosas con la almohada. Abrió el armario, eligió la ropa y se vistió. Luego, arrodillándose, levantó la tablilla inferior del somier, sacó de su escondite un disco duro de quinientos gigabytes y volvió a colocar la tabla con cuidado. Puso la oreja atentamente antes de salir. Había un silencio absoluto en la casa. Entreabrió la puerta, asomó la cabeza y salió de su guarida. Sintiendo que tenía que hacerlo ahora —podría no haber otra oportunidad—, subió las escaleras de cuatro en cuatro hasta la habitación de su padre. El portátil ocupaba un lugar destacado en su escritorio, entre botellas de cerveza vacías y ceniceros rebosantes, libros y DVD variados, catálogos de Ducatillon[8] y revistas de caza. Kimy encendió el ordenador. ¡Bingo! O su padre era de una arrogancia de las que ya no se llevan, o estaba cegado por una estupidez sin límite —y Kimy en realidad se inclinaba por una combinación de las dos cosas—, el caso es que no había tenido la precaución de bloquear el acceso con alguna contraseña. Kimy conectó la memoria externa y seleccionó todos los archivos de vídeo para copiarlos. Tiempo estimado: ciento veintiséis minutos. Valía la pena. La barra de descarga inició su carrera contrarreloj.

---

8   Tienda *online* especializada en artículos de caza. (N. del T.)

Bajó las escaleras, sacó la ropa de la lavadora y la metió inmediatamente en la secadora. Luego fue a la cocina. Sobre la mesa había más porciones de hachís, unas cincuenta *party pills*, y dinero con una nota: «*Be ha la conpra*». Salió corriendo. Su padre le había dejado la lista de la compra. En realidad, no le hacía falta, porque se la sabía de memoria: siempre quería lo mismo. Solo había artículos para a él, y solo para él: cerveza, cuchillas y espuma de afeitar Mennen, dos botellas de *bourbon* Four Roses, una de ginebra, refrescos para combinar —Coca-Cola, Schweppes—, seis botellas de burdeos. Todo lo demás que hiciera falta para la casa, lo dejaba completamente en sus manos. Kimy llamó a su abuela: «Sí, soy yo. Quiere que vaya de compras. *T'espero*». Colgó.

No quería a su abuela. Mauricette Mauchrétien había demostrado estar muy lejos de todo lo que una niña podía esperar de una madre adoptiva. Kimy no sabía casi nada de la vieja. Mauricette había nacido en 1932 en Carentan. Había pasado su dura infancia en Normandía, antes y durante la guerra mundial. Había permanecido bajo las bombas británicas en Caen. Durante la guerra y después de la Liberación, había estado en estrecho contacto con la miseria y el hambre, convirtiéndose en obrera en una granja, luego puta, camarera, lavandera, recadera, cocinera, de nuevo puta, planchadora, hortelana, y luego *escort* y *madame* en los puertos cercanos a la base aérea estadounidense de Evreux. Esto la había terminado de pulir. Tan pequeña como mezquina, no era más que una vieja campesina, casi analfabeta, pero de agudo intelecto. Lo único que amaba más que el dinero era a su hijo Jacky, su tesoro, su bebé, su Todo. No a sus hijos. No, solo al mayor. El padre de Jacky, supuestamente un piloto americano de la base de la OTAN en Evreux, la había abandonado después de que ella le dijera que esperaba a su segundo hijo, Dany. Jacky había sido un verdadero hijo producto del amor. Dany fue un accidente. Nunca había podido dejar de creer que el hombre de su vida la había abandonado a su suerte por culpa de Dany. La realidad era más prosaica. Él volvió a su casa en Minnesota cuando la base cerró en 1967. No le hacía falta una mujer de treinta y cinco años que se ganaba la vida como prostituta en bares de soldados. Ella afirmaba que

Jacky era suyo, pero nada era menos cierto. El caso es que el tipo se había largado sin remordimientos y sin dejar una dirección. A partir de ese momento, la vida de Mauricette Mauchrétien se volvió aún más confusa y dolorosa. Tras varios años de acá para allá, se encontró en Viaduc-sur-Bauge con sus dos hijos, unos auténticos salvajes. Encontró trabajo como camarera en un café-restaurante y tienda de ultramarinos en un lugar llamado Saint-Georges-du-Calvaire. Trabajó como una negra y el dueño, veintisiete años mayor, se casó con ella. No era exigente. Aceptó a aquellos dos lechones suyos. Por su parte, ella tampoco le puso reparos a nada. Se lo llevó con su tripa, su piel grisácea, sus dientes podridos, su próstata defectuosa y con su aliento dulzón de diabético. Murió oportunamente al cabo de unos meses, dejándole a ella todas sus posesiones. Desde entonces, dirigía la tienda de comestibles con mano de hierro.

Mauricette estaba al corriente de las actividades de Jacky y participaba en ellas. La vida había sido dura para la vieja, y no había ninguna cosa que la asustara. Justa revancha, pensaba, ojo por ojo. Parte del dinero de Jacky se blanqueaba a través de su café y tienda de comestibles y Mauricette recibía su parte. Allí en la trastienda las prostitutas se turnaban en el ejercicio de sus habilidades. Kimy lo sabía muy bien. El éxito del tugurio se debía a ello en buena parte. Numerosos jovenzuelos muy salidos y todavía con acné habían dejado allí su virginidad, introducidos por algún mentor. Los cazadores olvidaban en aquel lugar la fealdad de sus esposas o hijas. Las putas le tenían mucho miedo a la Mauchrétien. La vieja lo controlaba todo, conocía todos los trucos del oficio, y su lengua afilada se lo cascaba todo al oído complaciente de su hijo mayor. Mauricette Mauchrétien odiaba a todas las hembras en general, y a las mujeres en particular.

Al parecer, la madre de Kimy se había marchado justo después de que ella naciera. La anciana, que había pasado por algo parecido, se había convertido en el referente femenino de Kimy. Se llevaba bien con la niña, que trabajaba duro en el café desde muy pequeña, en medio de clientes borrachos, cazadores y, más tarde, las putas de su padre. Tacaña en ternura, pródiga en reproches, siempre andaba repitiendo sus manidas peroratas. Todo el día con la monserga de «tu pobre padre» por aquí y «tu pobre padre» por allá. ¡Su pobre padre! Kimy pasó toda su infancia trabajando como una mula, gracias a lo cual se había convertido en una astuta ama de casa mucho antes de lo normal. Pero todos sus intentos por saber algo de su madre acabaron en un estrepitoso fracaso, en todos los sentidos de la palabra. La anciana nunca le facilitó ni un gramo de información. En cuanto a pedírsela a su padre, enseguida se dio cuenta de que era una muy mala idea. No en vano la gente llamaba a su padre el Oso. Cuando su mano se abatía sobre Kimy, ella siempre tenía la sensación de que el siguiente golpe la mataría. En una ocasión, sin embargo, a uno del pueblo se le escapó sin querer un indicio entre tanta oscuridad. Con cara de asombro le había dicho que era la viva imagen de su tía. Pero Kimy no tenía tía. Entonces le preguntó a su abuela. La vieja, fuera de sí, echando espuma por la boca, la sacudió como una estera. Kimy decidió guardar desde entonces un prudente y definitivo silencio sobre el tema. Su madre se convirtió, sobre cualquier otra alternativa, en ausencia, vacío, hueco. Kimy solo sabía que había nacido, y punto.

Kimy no abrió el pico en todo el rato que estuvieron de compras. Por precaución, primero se encargó de los artículos que le había pedido su padre, luego siguió llenando el carrito hasta los topes. En cuanto a eso, tenía carta blanca. Lo principal era no quedarse corta. No quería que su padre se enfadara por no encontrar mostaza o toallitas de papel. Se llevó un montón de cervezas y latas de Red Bull, así como una cantidad bestial de minibotellas de vodka. Lo pensaba guardar todo en su habitación. Su abuela protestó, pero Kimy la ignoró olímpicamente. Los días en que la anciana la asustaba habían terminado hacía tiempo.

De vuelta en casa, Kimy la ayudó a descargar el maletero y el asiento trasero de su viejo 4 latas. Puso las bolsas en la cocina. Mientras su abuela guardaba la compra, ella subió a hurtadillas. La trasferencia de archivos se había completado. Retiró el disco de memoria y apagó el ordenador. Jugarreta realizada. Volvió a bajar de puntillas. Luego guardó su compra debajo de la cama, cogió dos paquetes de cigarrillos, dos latas de cerveza y el librito de Henri. Escondió las chinas de hachís y una dosis de éxtasis en su cazadora. Se puso los auriculares en los oídos, bajó el volumen a la mitad, cerró la puerta del dormitorio con llave y salió. En el vestíbulo, su abuela la detuvo agarrándola por la manga. Le chilló: «¿Qué haces? ¡Vas a guardar todo esto conmigo!». Kimy la miró de arriba abajo, liberó su brazo de un tirón y se marchó.

20

Henri había aprovechado una breve pausa de la lluvia para dar a Marx y a Reagan un poco de heno fresco. El aire puro estaba consiguiendo librarle de los restos del alcohol y el Tranxene del día anterior. Se sentía un poco mejor. Reagan era un animal magnífico, un hermoso burro del Cotentin de grandes y húmedos ojos. Marx, como siempre, se mantenía a varios pasos de distancia. Su pelaje negro era fiel reflejo de su carácter apesadumbrado. Henri levantó la vista. Vio a Kimy subiendo por el sendero. Parecía más tranquila. Se acercó a él y a los dos burros. Henri se alegró de oír su voz ronca. Sonaba como unos cantos rodaron en el arroyo:

—Hola. ¿Hemos dormido bien?

—Hola. Sí, no mal del todo.

Le dio una palmadita a Reagan en la cabeza.

—Son preciosos.

—Sí, y muy cariñosos.

Kimy se removió un poco azorada y carraspeó, pero el tono siguió siendo igual de áspero:

—Bueno, que vengo a devolverte esto...

Henri no dijo nada. Dejó que continuara.

—Pero no por lo mismo que la primera vez.

—¿No? ¿Y ahora por qué?

—En plan, porque ahora sé por qué no voy a leerlo.

—¿Por qué?

—Porque no me gusta. En plan, que no son las historias que a mí me van. Y no es muy, en plan, no es... *osá*, que no te lo crees.

—Creíble.

—Eso es, creíble. Y eso me fastidia.

—Bien. ¿Cuál sería entonces tu tipo de libro?

—Y yo qué sé. No leo nunca. Bueno, algo, en plan... creíble... y facilito, sobre todo. Y tampoco muy largo. Y sin palabras demasiado complicadas.

—Hmm. Ya veo. Bueno, espera un segundo, voy a terminar con los burros y vamos a tomar algo caliente. ¿Te hace un chocolate?

—*Buéee*, pero, francamente, preferiría una cerveza.

Henri le dirigió una mirada dubitativa.

—No son ni las cuatro. Parece que tienes resaca.

Ella frunció el ceño.

—¿Pasa algo?

—Un poco. No me apetece contribuir a que la pilles.

Kimy se relajó y se echó a reír. ¡Menuda gilipollez! Alguien que se preocupaba por su salud.

—¡Vale, Henri, vamos a por ese *cocholate*!

Henri recorrió el establo en silencio y luego cepilló a sus dos burros con ternura. Con sus grandes ojos felinos, Kimy lo observaba sin perder detalle y memorizando todos sus movimientos.

Se sentaron a la mesa. Allí había sitio, fácilmente, para diez o doce invitados. Henri la había elegido con Anna. Entonces aún eran jóvenes. Se divertían, reían y disfrutaban plenamente de la vida. La mesa había sido fabricada a mano en el siglo XIX, con esmero, por manos rudas que amaban el trabajo bien hecho. Era maciza y se veía muy usada. Sobreviviría mucho tiempo después de ellos. Debía de sentirse muy solo Henri al sentarse allí cada noche. Él colocó un tazón de chocolate caliente delante de Kimy.

—Gracias.

—De nada.

Kimy sonrió al ver el bigote que la leche con chocolate le había dejado a Henri. Henri hizo lo mismo al ver a Kimy. Se quedaron en silencio, disfrutando de su merienda. Cuando los cuencos se vaciaron, se miraron fijamente sin decir palabra. Aquel silencio poseía una cualidad muy especial. Henri lo rompió:

—Bien. ¿Quieres irte con otro libro o no?

—Sí, pero uno como te he dicho.

—Ven conmigo, intentaremos encontrarte algo que te vaya.

Ella le siguió hasta la habitación en la que él había entrado el día anterior. Silbó con admiración.

—¡La leche! ¿Cuántos tienes?

—No lo sé. Tres mil, quizá más.

Las cuatro paredes estaban forradas de libros, de arriba abajo. La ventana, abierta en el centro de la pared del fondo, era la única excepción en esa muralla de libros. Daba al bosque, a la parte trasera de la casa. Parecía un cuadro colgado entre los libros. Sobre un escritorio, rodeando un módem y un portátil abierto, había un caos indescriptible de libros apilados, fotocopias, cajas de bolígrafos, exámenes y carpetas, tazas de café con el fondo ennegrecido, envoltorios de chicles, clips. Al ver los exámenes, el rostro de Kimy se ensombreció. Si alguien le hubiera dicho que simpatizaría con un profesor, se habría reído, ya que ella iba a clase muy de tarde en tarde y casi nunca entregaba los trabajos que le mandaban, y eso de casualidad. Un sofá cama anticuado de color indefinible, una mantita escocesa y unos cojines raídos completaban el cuadro. El lugar ideal para un viejo perro pulgoso.

Lo observaba moverse con soltura frente a las estanterías. Sus dedos golpeteaban los lomos de los libros. A pesar de las apariencias, todo aquello guardaba un orden. Con mano segura, extrajo unos cuantos volúmenes de diferentes estanterías.

—Veo que también tienes un taco de cómics. ¿Puedo...?

—No.

No insistió. Él siguió rebuscando y luego dio un paso atrás con cara de satisfacción.

Volvieron a la mesa. Henri puso los libros en abanico delante de Kimy.

—¿Cuál me recomiendas?

—Todos son buenos a su manera. Coge los seis. Los tres primeros son colecciones de cuentos de Maupassant.

—¿No es el tipo que escribió una cosa que se llama *Bola de sebo*?

—Sí, el mismo. Y cuando hables de un libro, o de cualquier otra cosa, no emplees la palabra *cosa*. Busca la palabra adecuada.

—Vale, profe. Por lo menos, conozco esa co..., ese cuento. La profe nos lo largó, en tercero. En clase, claro. Si no, yo no me lo habría leído.

—Los otros tres son novelas bastante cortas y fáciles de leer. Prueba con esta, *De ratones y de hombres*. Es una bonita historia, no muy divertida pero, en cualquier caso, muy creíble, como tú querías. Las otros dos son policíacas: un Fred Vargas y un *Pulp*. ¿Te las pongo en una bolsa?

—No, no hace falta. Tengo un montón de bolsillos y solo me llevaré un Maupassant, y ese de los ratones.

Se guardó los dos libros.

—Bueno, tengo que largarme.

—Muy bien. Hasta luego entonces.

—Hasta luego.

Kimy alargó el brazo por encima de la mesa y se dieron la mano. Henri la miró irse. Se quedó mirándole el culo, dos hermosas nalgas redondas que daban saltitos bajo la tela. Las maneras picaronas de aquella chica alta e inculta le excitaban. Su voz rasposa le embelesaba. Cuando Kimy se fue ya no se sintió tan alegre.

Para no sucumbir demasiado rápido a la melancolía, se tomó un Tranxene. Necesitaba comprar un par de cosas, pero no le apetecía bajar a Viaduc-sur-Bauge y sufrir el ajetreo impersonal de un supermercado. Se puso el cortavientos, cogió la mochila y salió. El aire del atardecer se estaba volviendo azul. Tomó por la carretera provincial que atravesaba el bosque, hacia el café-tienda de la señora Mauchrétien, una anciana increíble sacada de un cuento de Maupassant. Era una criatura diminuta de aspecto astuto, una típica campesina con las típicas garras para amasar monedas de oro. Seguía hablando en dialecto, a la antigua usanza, con los catetos y cazadores que preferían su cuchitril a cualquier otro establecimiento. Henri aceleró. La tienda-café estaba a la entrada de Saint-Georges-du-Calvaire, un caserío minúsculo. La campana tintineó cuando abrió la puerta de cristal de la tienda. Del techo colgaban cintas atrapamoscas. Tres ancianos jugaban al dominó ante una jarra de tinto. Chupeteaban tranquilamente sus Gitane Maïs[9]. La ley Evin[10] no era un problema aquí. La madre Mauchrétien salió de su guarida. Cruzó la cortina de cuentas de colores que separaba la tienda de la trastienda. Lo observó desde la caja registradora y preguntó con voz quebradiza:

—...'días. ¿Qué va a ser?

—Un bote de mostaza, una ración de paté de conejo y cuatro lonchas de jamón. También una botella de blanco *muscadet* y otra de Burdeos.

Henri metió sus compras en la mochila y pagó. Dio tres pasos a la derecha y se metió en la parte del café del establecimiento. La anciana se deslizó a su vez por el otro lado del mostrador de formica, parecía una figurilla de tiro de feria de esas que se deslizan por un raíl.

—¿Qué le pongo?

—Una caña.

Henri volvió a pagar. No quería que entre él y aquella vieja arpía quedara nada pendiente ni por un segundo. Dio un sorbo a su cerveza, era puro meado de burra. Se la zampó y pidió otra, embotellada esta vez, una Pelforth tostada, y abonó en el acto. La cabeza de un jabalí monstruoso lo miraba beber. Con un movimiento de la barbilla señaló el trofeo de la pared.

—Es imponente.

—Sí, mi hijo mató a ese *pazo hijoputa*, de un solo tiro, uno solo, a más de cien metros... ¡Y sin mirar, eh!

—Ah...

Henri asintió con la cabeza con gesto de complicidad. Debía haber sido una verdadera hazaña que era preciso alabar convenientemente. Cuando salió, la tarde se había puesto un poco gris. Notaba la mirada inquisitiva de la anciana como un peso entre sus omóplatos. Fuera, los disparos de rifles y escopetas seguían resonando en el bosque.

---

9   Variedad de la marca de cigarrillos Gitanes, con papel de maíz y sabor fuerte, muy populares en el medio rural de Francia. (N. del T.)

10   Ley de lucha contra el tabaquismo y el alcoholismo que limita el uso del tabaco en los lugares públicos, entre otras medidas. (N. del T.)

21

Después de su visita a Henri, Kimy fue al Big Ben's para entregarle los quinientos euros al gerente y meterse unas cervezas. Se sentó en un taburete. El pub estaba casi desierto a esa hora. Solo una puta de cuarta categoría bebía al fondo del local, en una mesa de dos, frente a la chimenea. Dos tipos estaban apoyados en la barra, dos borricos de arar. Se habían guiñado el ojo con descaro al llegar Kimy. Mientras esperaba la *hora feliz*[11], tenía un momento para darse un respiro. Dudó en sacar uno de los dos libros, pero pensó que sería demasiado complicado justificarse si alguien le preguntaba qué coño hacía con un libro. Kevin se paró frente a Kimy. Ella pidió una Carlsberg y le dio los quinientos euros como pago.

—Gracias.

—De nada. ¿Te queda todavía?

—Sí, sí. Dany vino esta mañana a reponer existencias.

La mujer de mirada desolada los miraba fijamente mientras conversaban. De pronto, su voz croó con un tono quebrado de borracha:

—Pe... pe... pero ¿no es esa la querida niñita de su papi... de nuestro sup... súper gran jefe?... Eh, ¿no eres tú Kimy, la hija del gordo cabrón de tu padre...?

El barman intervino:

—¡Valérie, cierra el pico!

---

11   Momento en el que algunos establecimientos ofrecen la bebida a un precio menor del habitual. (N. del T.)

—¡Mira el eunuco! ¡Cáaallate túuuu! ¡Cierra tu sucia boquita de mariquita! Así que tú eres la hija de ese gran cerdo cabrón de Jacky, ¿eh? Dicen que ya eres una verdadera zorra para tu edad.

Kimy giró ciento ochenta grados sobre su taburete. Aquello se ponía feo.

—¿Sabes lo que hace tu papito, caaariñiiito? Droga a las putas y las viola... Sí, sí... ¡A mí me dio por el culo! Te ha comido la lengua el gato, ¿eh?

Kimy la estaba evaluando, inexpresiva. Los dos tipos de la barra parecían más molestos que divertidos. Sin embargo, espoleada por su presencia, la fulana estaba dando el espectáculo. Levantó la voz:

—¡Síííííí, asíííííí fueee! ¡Y tu tío también me pasó por la piedra!

El volumen seguía subiendo, ahora en tono crítico. Bramó:

—¡Y el bueno del capitán de los gendarmes, Beloncle, ese! Un auténtico salvador de la humanidad. ¡El mismo!

Kevin empezaba a perder los estribos. Si la gilipollas de su hermanastra seguía así, empezaría a gritar a los cuatro vientos que había droga por todo el pub. Ella se le acercó a Kimy, furiosa, con la cara llena de odio y escupiendo saliva.

—Y a lo mejor también ha catado a esta pavita, ¿eh? ¿Verdad, potrilla? ¿También te ha pasado a ti por la piedra? Se dice que así es...

El puño de Kimy le aplastó la nariz. Desconcertada, Valérie se cayó de culo. Kimy se quedó de pie, en guardia, dispuesta a darle una patada en toda la cara, pero Kevin intervino. Agarró a su hermanastra y la levantó bruscamente por el pelo. Esta se palpaba la nariz, mirándose la mano ensangrentada sin podérselo creer. Los dos clientes salieron corriendo. No habían pagado, pero Kevin les dejó que se largaran.

En cuanto les cerró la puerta, arrastró a su hermanastra por el pasillo hasta los servicios. Loco de rabia, la abofeteó a dos manos.

—¡Cierra el pico! ¡Cierra el pico! ¡Cierra el puto pico!

La otra gimoteaba protegiéndose con los antebrazos.

—¡Sí, sí, ya me callo, que me callo, me callo! Por favor, Kevin, para. ¡Para, Kevin! ¡Para!

El barman, al borde del colapso, se calmó por fin y volvió a colocarse la coleta en su sitio con un brusco movimiento de cabeza. Valérie bajó la guardia y él le pegó otra en plena cara. Ella chilló. Él se calmó sin dejar de jadear.

—Anda, ve a arreglarte la jeta.

Abrió la puerta del baño y plantó a su hermanastra delante del lavabo.

—¡Anda, mírate!

Estaba hecha un desastre. Tenía las mejillas embadurnadas de sangre y mocos. El rímel se le había corrido en profundos zigzags. Su pelo parecía crin de caballo. Bajó la voz:

—Arréglate, vuelve al puticlub y date un punto en la boca. Si la mitad de lo que acabas de decir es cierto, yo en tu lugar me escondería bajo las piedras y me quedaría quietecita. ¿De verdad quieres que esto llegue a oídos de los dos hermanos? Si Beloncle te oyera, ¿de verdad crees que iba a dar curso a tu denuncia, zorra estúpida?

Valérie se puso lívida.

—Anda, ponte guapa otra vez si puedes y lárgate de aquí.

Cuando volvieron, Kimy ya no estaba. Kevin miró con preocupación la puerta abierta.

Hizo las entregas a toda leche, furiosa. En ninguna de sus paradas se entretuvo a fumar la pipa de la paz. No estaba de humor. Tampoco respondió a los mensajes desesperados de Lilou. Aspirando a una soledad radical, ya no quería relacionarse con ninguno de ellos, ni con los fumadores, ni con su padre, ni con su abuela, ni con Lilou, ni con ella misma. Solo hubiera querido encontrarse con su madre, esa herida abierta. Apretó fuerte los ojos hasta que vio un baile de luces multicolores, apretó los dientes como para rompérselos, apretó los puños hasta que los nudillos se le pusieron blancos. Compresión. Explosión.

22

Tras releer escrupulosamente los expedientes durante todo el día, pene en mano en los momentos más emocionantes, Waldberg seleccionó a tres. Se reservó para él a Marie, *sin-dudar-lo*. Solicitarían a los servicios departamentales de la Ayuda Social a la Infancia que les dejaran convertirse en la familia de acogida de la dulce, dulce, dulce pequeña Marie, una solicitud que sería tanto más fácil de obtener por cuanto Sidonie Waldberg era la directora del Servicio Público para la Protección Maternal e Infantil de Viaduc-sur-Bauge. La Ayuda Social a la Infancia llevaba años concediéndoselo con los ojos cerrados, llegando incluso a avisar a Sidonie Waldberg, con varios días de antelación, de los poquísimos controles que se hacían. Marie había sido maltratada por su madre durante años. Por ser la mayor, había intentado sin éxito proteger a sus dos hermanastros y tres hermanastras de correr la misma suerte. Luego, se metió por medio, de paso, un padrastro que se pegó mucho a Marie, muy, muy pegado, de aquella manera. Las otras dos, Alizée y Anastasia, permanecerían bajo el cuidado de Delveau en el internado de la Casa de Acogida. Alizée iba por el quinto intento de suicidio a sus catorce años. Cuando no estaba cayendo en la politoxicomanía y el alcoholismo, se sometía a un tratamiento de desintoxicación a base de Subutex y varios antidepresivos. Su camisa de fuerza química la mantenía en un estado de permanente semiinconsciencia. Habría hecho cualquier cosa por un poco de droga. A esta se la podía comprar con un paquetito de Heineken. Anastasia presentaba un problema diferente. No sabía leer ni escribir. Huía de todas las familias de acogida, tomaba las de Villadiego en cuanto le daban la espalda y se hacía las aceras como una profesional. Habitual del sexo de pago a los catorce años, había debutado a los once, primero en familia, iniciada por un tío muy atento, razón por la cual había sido colocada bajo protección por el juez. Seguiría sin dificultad entregando su joven cuerpo a la profesión más antigua del mundo. Bastaría con pagarle un poco. Waldberg se frotó las manos con satisfacción. Todo eso anunciaba unas sesiones maravillosas. Su colección de pornografía infantil se vería reforzada.

Normalmente, Jacky Mauchrétien se ponía en contacto con él al final de la tarde para saber cómo iba la selección de las candidatas. Por un porcentaje razonable, Mauchrétien proporcionaba el sitio de los encuentros sexuales y aportaba una gran parte de los clientes, en su mayoría habituales, viejos cariñosos, caballeros intachables, o también todo lo contrario, grandes cerdos campesinos manchados de barro, alcohólicos y violentos hasta decir basta. Jacky tenía un gran número de puntos de encuentro. Había para todos los gustos, desde la clásica habitación de un discreto estudio hasta el rincón más recóndito del bosque, desde el siniestro sótano de un almacén abandonado hasta la entrega directa en casa del cliente. Las fantasías iban desde una colegiala con coletas hasta una víctima suspendida por cuerdas. Elección a la carta. A veces Jacky las hacía trabajar a dúo con sus putas adultas. En el móvil de Waldberg sonó la sonata *Claro de luna*. Era el Oso.

—Hola.

—Hola, Jacky, estaba esperando tu llamada. Todo bien. Tenemos tres. Dos ya están disponibles de inmediato. Te pasaré las instrucciones de uso del material. La tercera tardará un poco más. Primero se quedará con nosotros un tiempo. A partir de la semana que viene, llamaré a Delveau para concertar los encuentros.

—OK, Eric, quedamos así. ¿Están buenas las chicas?

—Creo que hay disfrute para rato. Bonita carne, lindo coño, lo mejor de lo mejor. Si quieres probar, sabes que invita la casa.

—No me lo pienso perder. Vamos, viejo, te llamaré pronto.

El Oso colgó, encantado.

—¿Y bien? —preguntó Dany.

—Todo va bien. Waldberg ha seleccionado a tres chicas con suerte. Todo el hatajo de pedófilos de la zona están que se comen las uñas. Llevan tiempo a palo seco. Les va a salir caro. Esto no es París. Aquí es más difícil encontrar coñitos jóvenes discretamente. Punto n.° 1 resuelto. Siguiente. Breve evaluación de nuestros progresos: los camellos que instalamos en Nointot, Crevel-Becqueville y Parson, ¿cuánto están produciendo?

—No van nada mal. Pero que nada mal. Esos tres puebluchos dependen de la zona de Embray. Las dos escuelas y los dos institutos pueden aportar mucho dinero.

—¿Se puede esperar alguna resistencia?

—Muy poca. Los pequeños traficantes de hierba simplemente no pueden competir, ni en cantidad ni en calidad. Caerán rendidos a nuestros pies, sin violencia. También podemos tener grandes esperanzas con los éxtasis, el perico y el jaco. Embray tiene un número impresionante de puertos y hay tres clubes nocturnos cerca: el nuestro, La Véranda en Bréville-sur-Dion y el Alexia en Touques. Si somos listos, se puede hacer mucha pasta. Pero tendremos que ir con cuidado con las discotecas, a ver si no le pisamos los pies a alguien. Me han dicho que hay muchos gitanos en el Alexia.

—Si hay algún problema serio, lo consultaremos con Dumontier.

—¿Confías en él?

—Completamente.

—¿Le tienes miedo?

—Sí, le tengo miedo.

—¡Coño, Jacky! Creo que es la primera vez que te oigo decir eso...

—Será mejor que se lo tengas tú también, créeme. Y también recuerda tenerme miedo a mí.

—No lo olvido.

—Muy bien. ¿Qué más asuntos tenemos?

—Valérie.

—¿Valérie?

—Sí, a la que nos follamos por turnos cuando el fin de la veda, ¿recuerdas?

—Sí... ¿Y bien?

—Está largando por toda la boca. Le dice a cualquiera que quiera escucharla que fue violada, que la están drogando y otras verdades molestas. Solo faltaría que todo eso llegara a oídos indiscretos. No para de empinar el codo y de embucharse la nariz. También toma antidepresivos. Todo eso más el cannabis, no veas qué mezcla.

—Tenemos que neutralizarla. ¿Qué hacemos? ¿La dejamos sin chuches? ¿La invitamos a otra visita en El Revolcadero? ¿La llevamos a que se la follen los burros como castigo?

—La eliminamos.

—OK. Llévatela a El Revolcadero y te encargas de ella. Eso mantendrá ocupado al Zumbado. Lo veo andando de acá para allá y se está poniendo nervioso.

—¿Algo más, Jacky?

—Sí, Kimy. Hace semanas que no la veo. Mercadea muy bien. Estamos colocando la droga en tiempo récord y el dinero sigue llegando.

—¿Cuál es el problema?

—No confío en ella. Está creciendo. Nos odia. Me gustaría saber a qué se dedica, con quién va y todo eso.

—Tú ya conoces a todos sus amigos. Siempre es la misma camarilla, la hija del alcalde y todos los demás.

—Aun así. Lo cierto es que ya no es una puta. Una lástima, me dirás, cosas de la pérdida y la ganancia. Pero ya tenemos bastantes chicas. Además, ya no tiene edad para interesarles a Duthil o Delveau.

—O a ti.

—O a mí. Pero eso significa que hay horas muertas en su jornada, demasiadas. Y no me fío.

—Bueno, me pondré a ello. La vigilaré durante un tiempo.

—OK. Último punto: hemos vendido más rápido de lo esperado. Tendré que volver a contactar con Dumontier para ver si puede abastecernos por adelantado o si tiene suficiente para darnos hasta Año Nuevo. Si te jode estar presente, me da igual recibirlo yo mismo.

—Me parece bien.

23

Lilou golpeaba con furia la pantalla táctil. Le había enviado ciento veintisiete mensajes a Kimy en tres días, pero la zorra no quería contestar. ¿Qué demonios estaba haciendo? Ya casi era el día de la vuelta a clase de noviembre y no se habían visto en todas las vacaciones. Solo un beso glacial, un beso de ruptura a decir verdad, en casa de Mahaut, antes de que saliera huyendo como una ladrona. ¿Había alguien más, o qué? Lilou sintió cómo los viles colmillos de los celos le mordían las entrañas. ¡Mataría a esa zorra! El suelo se hundía bajo sus pies. La ausencia de Kimy la estaba minando, por no mencionar el hecho de que necesitaba una reserva que le durara hasta Navidad y no tener que estar corriendo luego detrás del costo y las *party pills* como una posesa. Envió el centésimo vigésimo octavo mensaje de texto, presionando con el pulgar de tal manera que casi rompe la pantalla de su *smartphone*.

Una vez hechas las entregas, Kim apenas salía de su habitación. Se liaba porros a placer, justo lo que necesitaba. Bebía cerveza a intervalos regulares, tampoco demasiadas. Siempre se aseguraba de cerrar con llave la puerta de su habitación. Así tendría tiempo de escapar por la ventana en caso de amenaza, ese medio segundo providencial. Comprobaba de vez en cuando el indicador de carga de su puño eléctrico, un Concorde de 1.800.000 voltios. Dudaba que aquel artilugio pudiera detener a su padre, pero era mejor que nada. Solo salía de su habitación para ir al baño, lavarse y comer, y solo cuando estaba segura de que su padre se había ido. Se centró seriamente en los dos libros. El hachís no le ayudaba a concentrarse, al contrario, pero tenía tiempo de sobra. Los cuentos le parecieron interesantes, aunque no tanto como la novela de Steinbeck. La sencilla historia de esos dos chicos solos en el mundo la conmovieron y el final era desgarrador. Era, con diferencia, su favorito. Estaba contenta, no solo por haberlo leído, sino porque le había gustado. Y volvió a leerlo. Tendría cosas que comentar con Henri. Cuando miraba los mensajes de su iPhone, a veces sonreía socarrona. Lilou estaba que echaba humo. A Kimy no le disgustaba atormentarla.

También había mensajes desesperados de Mahaut. Necesitaba más ¡ya! Era insaciable. Kimy hizo un cálculo rápido. En una semana, había consumido quinientos euros en polvo. Estaba gastando, por lo bajo, dos mil euros al mes. No era de extrañar que aceptara hacer las cosas más viles por un poco de droga. Todo el mundo sabía que Mahaut grababa vídeos *amateur* muy guarros (Uro, BDSM) para disponer de suficiente dinero cuando su padre le cerraba el grifo de la paga. Se dejaba montar por todo tipo de tíos, desde el niño de papá BCBG[12] al camionero pasado de kilos. Muchos de esos vídeos volaban de teléfono en teléfono por el instituto. Kimy no tenía una gran opinión de sí misma, pero Mahaut había caído en lo más bajo. Sentía por ella asco y lástima, pero Kimy no sabía exactamente en qué proporción lo uno y lo otro. De acuerdo. Le conseguiría un nuevo suministro de cocaína y marihuana. Un pico también para calmar la ansiedad del bajón posterior. Y le sugeriría que se tomara cajas y cajas de Neocodion para aplacar a la rata que le devoraba el cerebro sin cesar.

---

12   «Bon Clic Bon Genre», sitio de ropa casual pija. (N. del T.)

24

En su despacho del aserradero, el Oso examinaba meticulosamente sus libros de contabilidad. Su sistema de blanqueo brillaba por su simplicidad. Lo utilizaba tanto en la tienda de comestibles de su madre como en el club nocturno, el pub, las tiendas de kebab y su negocio forestal. Las facturas de su contabilidad reflejaban las cifras correctas, pero las que presentaba a los clientes tenían un descuento sistemático de entre el cinco y el veinticinco por ciento. La diferencia se compensaba con el dinero procedente del tráfico y las putas. Normalmente, los mafiosos cobraban de más. Él prefería cobrar de menos. Era un poco menos lucrativo, pero mucho más seguro. Nada llamaba la atención. Pagaba sus impuestos religiosamente y lo mismo a sus empleados legales. Las tres auditorías fiscales a las que ya se había sometido no habían revelado nada. En la tercera, Hacienda incluso le hizo una devolución. Se sentía muy cómodo en su traje de honrado empresario. El negocio iba bien y daba trabajo estable a los jóvenes de la zona. Ahora necesitaba inversiones adicionales para reciclar el creciente flujo de caja. Estaba sopesando si comprar otra tienda de kebabs o una pizzería de comida rápida que le gestionaría un tipo de confianza, el del Big Ben, por ejemplo. De paso le aumentaría el sueldo y tendría derecho a un poco más de coca para su propio consumo. Eso le haría olvidar lo que le habían hecho a su hermanastra. Tal vez invertiría en nuevos apartamentos para las chicas, o en una furgoneta nueva para la prostitución ambulante.

Levantó la cabeza y miró por la ventana. Violentos chaparrones de fría lluvia azotaban con furia las ventanas del almacén a ráfagas verdaderamente brutales. Era como estar en un barco en plena tormenta. Jacky Mauchrétien observó a sus empleados embutidos en impermeables amarillos afanándose bajo la lluvia torrencial. Enormes troncos permanecían amontonados a la espera de ser cargados en camiones. Otros eran llevados a la serrería para ser cortados en tablas, vigas o armazones. Un agradable olor a madera inundaba el aire, el aroma a pino, la fragancia del roble saturado de tanino. Los vehículos industriales con sus luces intermitentes iban y venían en todas direcciones, grandes insectos testarudos trabajando incansables. El embriagador pitido de las máquinas, los gritos de los hombres, el sordo rodar de los troncos que bajaban de los camiones, todo aquello era una dulce música tarareada en sus oídos, la canción del trabajo y del bosque. En esos momentos se olvidaba de que era traficante de drogas y proxeneta. Pulsó un botón en el teléfono.

—Catherine, tráeme un café. Muy fuerte.

—Enseguida, señor Jacky.

Catherine entró trotando con una taza de café humeante en la mano.

—¿Eso es todo?

—Sí, puedes irte.

Cuando se dio la vuelta, el Oso le dio una palmada en las nalgas. Ella fingió que le gustaba. Luego, sacó una petaca del cajón de su escritorio y vertió un generoso chorro de Calvados en el café. Se asomó a la ventana, encendió un Camel y observó cómo un capataz dirigía como a una orquesta el *ballet* de camiones y grúas. Toneladas de madera eran descargadas en un tiempo récord. Eso sí que era un trabajo bien hecho. Sintió una punzada de nostalgia.

25

Valerie pasaba junto a una furgoneta cuando su puerta lateral se abrió con un estruendo. Ni siquiera le había dado tiempo a gritar antes de que el Zumbado la metiera dentro. El coche había arrancado a toda velocidad. Dany conducía.

—Así que, al parecer, tienes queja de algo, ¿no, guapa? Somos empresarios modelo: te escuchamos.

Valerie se puso a balbucir, negando de manera inconexa con excusas ininteligibles.

—¿Lo oyes, Zumbado? Dice que no ha hecho nada. Es muy raro. La estamos acusando entonces sin motivo.

Ella empezó a lloriquear con fuerza. El Zumbado la había abofeteado con toda la mano abierta. Se hizo un ovillo, hasta que, alertada por los botes que daba el vehículo, se dio cuenta de adónde la llevaban. Entonces se puso a suplicar, abrazada a las rodillas del Zumbado: «¡Por favooorr, nonono, porfavooor!».

Intentó forcejear cuando la furgoneta se detuvo. El Zumbado le dio unas cuantas patadas en la barriga. Luego la sacaron a rastras del vehículo. Pataleaba, resoplaba, gritaba. Los árboles se erguían cómplices en el silencio de la fría niebla. La llevaron al centro del bosque. El Zumbado iba delante, tirándole del pelo. Ella les seguía como podía, forcejeando a trompicones. Llegaron a una fosa. Una pala y unos sacos de cal yacían listos para ser utilizados. Entonces se le acabó todo el valor. Dejó de resistirse. La pusieron de rodillas. Dany la degolló como a un gorrino. La chica abrió mucho los ojos, con una mirada de asombro, y cayó de cabeza en el agujero. El Zumbado vertió cal sobre el cadáver, rellenó la fosa silbando y se tomó una cerveza cuando terminó el trabajo. Luego se meó sobre la tumba y se alejó con su tambaleante paso de gnomo.

26

Dany se dedicó entonces a vigilar a Kimy. Lo hizo solo. El Zumbado —¡solo Dios sabía lo que pasaba dentro de su mollera hidrocefálica!— siempre había estado colado por Kimy. Tenerlo allí pegado a él habría complicado innecesariamente el seguimiento. Además, era demasiado estúpido para esas cosas. Dany lo había dejado en la perrera con los de su especie. La siguió casi todos los días hasta finales de noviembre. Jacky tenía razón. Algo chirriaba. Seguía vendiendo hierba y pastillas con eficacia, seguía saliendo con sus amigos durante el día, pero por la noche y los fines de semana ya no se veía con sus colegas de copas. Debía de estar saliendo con otra persona, en otra parte. Pero ¿con quién? Kimy era prudente y astuta, una gran zorra que tenía ojos en la nuca. Se movía mucho a pie, lo que hacía difícil perseguirla en campo abierto. Así que le llevó algún tiempo burlar sus precauciones.

Cuando la vio con un hombre de mediana edad dando de comer a unos burros, presumiblemente en su propiedad, la cosa quedó clara: Kimy se había liado con un cincuentón al que se la estaba chupando en su propio beneficio financiero. Dany volvió allí una noche. Se acercó a la cabaña y echó un vistazo por la ventana de la cocina. ¡Qué espectáculo! No se lo podía esperar de ninguna de las maneras. Kimy y aquel tipo estaban sentados a una mesa enorme, uno frente al otro. Y no estaban enrollándose. Delante de ellos había una botella de leche, chocolate en polvo y unos tazones. ¡Chocolate! Junto a ellos había libros. ¡Libros! Kimy tenía uno en la mano. El tipo parloteaba, un estirado distinguido y petulante, moviendo las manos mientras ella leía la contraportada del libro. Era peor de lo que había imaginado. Si se hubiera tratado de follar, no habría habido mucho de qué preocuparse. Los ojos de Kimy brillaban mientras le escuchaba. Las neuronas de Dany se pusieron a crujir dolorosamente. Hasta donde podía recordar, no creía haber visto nunca a Kimy con un libro en las manos. Era nula en la escuela, como toda la familia. Pasaba de ella olímpicamente. No por falta de inteligencia, desde luego, sino simplemente porque la escuela les importaba una mierda, a todos ellos, a los paletos de la parte baja de la región, a la gente de los bosques y los campos, a la gente de las viviendas de protección oficial y las industrias en quiebra. ¿Qué se estaba cociendo allí? Dany volvió atrás y se zambulló en la oscuridad.

A la mañana siguiente se plantó en el límite del bosque, al otro lado de los campos de labor, observando la casa con unos prismáticos. Una a una se fueron apagando las luces de la casa. El hombre parecía a punto de salir. Dany corrió hacia su coche, que había dejado oculto a la vista. Resoplaba como un buey en el yugo. ¡Maldita sea! Comía demasiado, fumaba demasiado, bebía demasiado. Su barriga se bamboleaba al ritmo de sus zancadas. Se apoyó en el coche antes de meterse en él, recuperó el aliento como pudo y se puso al volante. Abandonó la pista forestal, salió a la carretera provincial, rodeó los sembrados y se detuvo en el cruce. Dany aminoró la marcha. Dejó cierta distancia entre su coche y el del hombre, que acababa de salir de su propiedad. Los dos vehículos abandonaron la llanura, bajaron por la sinuosa colina y llegaron a las afueras de Viaduc-sur-Bauge. Era la hora del transporte escolar, el centro de la ciudad estaba saturado de coches, autocares y buses urbanos. El coche de aquel tipo estaba a unos diez metros del suyo. No había riesgo de perderlo. A paso de tortuga, atravesaron la ciudad. Al llegar al teatro, giró a la derecha y se incorporó al carrusel de coches en la avenida del colegio. Rodeó el edificio y se metió en la calle de atrás. Dany iba oliéndole los calzoncillos. El tipo puso el intermitente y entró en el aparcamiento del colegio. Dany se subió a la acera y se puso a mirar. Había dejado el coche al final del aparcamiento. Salió, abrió el maletero y sacó una cartera.

¡Un profe! A Dany le entró la risa. La gran Kimy se lo estaba haciendo con un profe. Luego, se puso serio. Dany odiaba a los profesores por dos razones: en primer lugar, por todo lo que sabían y él ignoraba; en segundo lugar, por su debilidad congénita y su desprecio por la violencia. Arrancó el coche. Ya tenía suficientes pruebas sólidas para informar a Jacky.

27

Una tarde, Kimy se dio de bruces con una mujer tan ancha como alta, vestida con una blusa gris. Llevaba guantes rosa de limpieza y pasaba la fregona en el vestíbulo. Al ver a Kimy, se detuvo conteniendo la respiración, se apoyó en la escoba y le preguntó con descortesía:

—¿Qué quieres?

—Nada en especial. Solo he venido a saludar a Henri.

—No está aquí.

Se miraron fijamente. Kim le preguntó con un deje de preocupación:

—¿Se ha ido?

—No, no se ha ido. Tenía una reunión en el colegio.

—Bueno, ya me voy. Volveré en otro momento.

Justo cuando estaba a punto de irse, la gorda asistenta la detuvo.

—Eh, chica.

—¿Qué?

—No le hagas daño.

—¿Cómo?

—Es una buena persona. Y, créeme, ya ha pasado bastante.

—Ah, ¿sí? ¿A qué se refiere?

—¿No te has enterado? ¿No te lo ha dicho?

—No.

—Entonces, yo tampoco. Que te lo explique él... si quiere. Pero no le hagas daño.

Kimy se encogió de hombros y se marchó.

La conversación con la mujer de la limpieza le había picado la curiosidad. A Kimy le habría encantado saber un poco más sobre Henri, pero la menor insinuación sobre su pasado siempre recibía una negativa. Él se replegaba tímidamente dentro de su caparazón, con un brillo de absoluta angustia en la mirada. Apenas podía tragar saliva y le empezaban a temblar las manos. Era evidente que ocultaba algo demasiado pesado que le sobrepasaba. Exactamente igual que ella. Tenía unas ganas tremendas de contárselo todo, las violaciones y la prostitución, el tráfico y las drogas, el odio y el sufrimiento, pero temía su reacción. Podría asustarse y echarla. Así que en esas estaba: tenía miedo de perderlo. Cuando había faltado un pelo para que le contara algo, una vez pasado el peligro, Henri se volvía taciturno y su mirada se perdía en la distancia. A veces ella pensaba que él iba a acabar decidiéndose, vencer su desasosiego, pero no. Se detenía justo antes, como quien coge carrerilla y se detiene al borde mismo del precipicio. Ella solo sabía dos cosas: que su mujer le había dejado y que escribía correos electrónicos a su hija.

Solo recuperaba el buen humor cuando la conversación recaía en los libros. A decir verdad, no siempre entendía lo que le explicaba, pero le gustaba escucharle. Tenía una voz cálida. Su tristeza se disipaba por completo y su rostro volvía a cobrar vida. Sus manos revoloteaban, punteando su discurso con pasión. A ella también le gustaba cuidar de los burros con él.

Intuía que no haría nada sin Henri. De un modo u otro, tendría que abrirse a él porque necesitaba apoyo. ¿Y quién más podría dárselo? Mirara donde mirara, solo veía amenazas, interés o desprecio. Sus planes de venganza estaban en punto muerto. Incluso se preguntaba si no debería huir sin más, sin pedir ayuda. Pero la idea de que su padre se fuera de rositas le repugnaba. Tampoco quería matarlo sin más. Habría sido demasiado fácil. Tampoco quería acabar en la trena por culpa de esa escoria. Sería un doble castigo. Ya la había torturado toda su vida, ¿y encima la haría sufrir después de muerto? De ninguna manera, ¡joder! Por encima de todo, ella quería destruirlo antes de que muriera, arrasar con todo lo que había construido y vengar a todos los que él había aniquilado. Era imprescindible convencer a Henri.

28

Marie iba al lado de Laurent Delveau. Rígida como una estatua, miraba fijamente la carretera delante de ella. No se atrevía a girar la cabeza. Un pánico abominable la tenía paralizada. Quería aparentar dureza, pero su fragilidad podía leerse como en un libro abierto. Viejos y profundos temores le arrugaban el rostro. Delveau no paraba de hablar. Su boca brillante de saliva vertía una verborrea que la aburría:

«Ya verás, Marie, cómo ellos te van a mimar... Verás, Marie, cómo él... Verás cómo ella...». Y, durante todo el trayecto, la mano regordeta de Delveau no había dejado de acariciarle el muslo con el pretexto de tranquilizarla. El contacto de sus dedos amorcillados le infundía un terror loco. Si la mano hubiera subido hasta sus bragas, ella no habría podido hacer nada. El coche frenó finalmente delante de un chalet vulgar con un jardín de perfecto mal gusto. Unos falsos ciervos de alabastro retozaban sobre una hierba corta, vigilados por enanos de escayola. En el porche había un hombre bajo y regordete. Su pelo color de orines formaba una rala corona alrededor de una calva salpicada de manchas en la piel. A su lado había algo parecido a una mujer. Su barbilla descendía en múltiples niveles. Su vestido anticuado la envolvía como una funda. Era horrenda, sobre todo cuando sonreía con pequeños tics que le producían unas arrugas sobrenaturales.

Marie sostenía su bolso delante de ella, como un escudo. Delveau le daba empujoncitos en los riñones con una mano que resbalaba, como por casualidad, sobre sus nalgas.

—Vamos, Marie. Vamos, no tengas miedo. No seas tímida.

Subieron por el camino de entrada hasta el porche. Cuando la niña pisó el primer escalón, oyó la voz del hombre, el marido de aquella cosa, sin duda. María se estremeció. La voz tenía sus propios registros, pero en la entonación melosa se parecía a la de Delveau, y también a la de su padrastro. La tibia hipocresía antes de la masacre. Sus antenas vibraban en estado de máxima alerta.

—Bienvenida, Marie. Haremos todo lo posible para que tu estancia sea inolvidable.

Su paquidérmica esposa también soltó su discursito. Siempre el mismo tono. Marie se desmoronaba por dentro. ¡La gorda se daba cuenta! Todos sus sentidos le decían que huyera, pero la poderosa garra de Eric Waldberg se cerró sobre su hombro. Con la otra, le arrebató la bolsa que contenía todas sus pertenencias, no gran cosa, a decir verdad. Hundidas bajo la grasa, las miraditas del monstruo brillaban de lujuria. A espaldas de Marie, Delveau guiñó un ojo sonriendo a los Waldberg. Se dio la vuelta y regresó a su coche, riendo entre dientes. ¡Una estancia inolvidable! Este Waldberg no tenía precio.

29

Allí se encontraba lo mejor de su vida. Últimamente solía olvidarlo con frecuencia. En esa mañana de llovizna y frío, un silencio sepulcral se cernía sobre el bosque. De las ramas negras caían perlas plateadas. Cuando expulsaba el aire, columnas de vapor se quedaban suspendidas frente a él, pequeñas nubes adheridas a su barbilla áspera. Vació su taza de café sobre las hojas muertas, se echó la mochila a la espalda, se sujetó la correa del rifle al hombro y se puso en marcha. Su paso era pesado. Su cuerpo podrido por los excesos se quedaba pegado al humus. Pero pronto dejaría de pensar en el cansancio, en los arañazos, en las chicas, en las drogas y en el dinero. Un gran macho merodeaba por la zona. Había visto las señales. La huella medía más de diez centímetros. Lo quería solo para él a aquel viejo solitario. Primero tenía que caminar hasta la Bola de las Hermanas, una roca de granito casi esférica en el cruce de tres caminos. Luego recorrería la senda de la izquierda unos quinientos metros y la abandonaría girando de nuevo a la izquierda. Avanzaría unos trescientos metros a través de una espesa capa de hojas, entre helechos marrones. Entonces se toparía con el rastro dejado por el paso habitual de las piaras. La tierra húmeda, mil veces hollada, conservaba todas las huellas, el trotecillo de los jabatos, los rastros más pronunciados de las jabalinas, esas bestias pelirrojas, y los de los jabalíes machos, pero, sobre todo, las más profundas eran las de aquel solitario. Era la época de celo. El gran jabalí pronto volvería a unirse al grupo para expulsar a los jóvenes y cubrir a las hembras.

Al borde de la fila de huellas, el Oso se arrodilló y olfateó el aire. El olor característico de los jabalíes impregnaba la atmósfera: una poderosa fragancia a basura. Recogió algunas hojas muertas y tierra. Se frotó con ellas las manos y la cara, renovando con este ritual su lealtad al bosque. La tierra le habló, él le respondió. Luego escrutó el arroyo con atención. Allí estaban. Divisó las marcas de sus manos y de sus defensas, las cuatro uñas del viejo macho. Aquí, allí y allí de nuevo. Siguió a las de las hembras de la piara. Midió el tamaño de la huella. Más de diez centímetros en total, seguramente doce, trece quizás. La zancada era de unos cuarenta centímetros. Impresionante. Debía de andar por los ciento ochenta kilos, quizá más. Las huellas eran frescas y numerosas. Al pie de los árboles, la tierra había sido removida profundamente. Esas hozadas y todas esas huellas indicaban que eran animales casi sedentarios. Se sentían cómodos en ese terreno, al que volvían una y otra vez, y volverían a pasar por ahí. El Oso vio el enorme tronco caído de un castaño, a ciento veinte o ciento treinta metros del remanso. Pasó con cuidado por encima del camino que seguían los jabalíes y se dirigió directamente al castaño caído.

Se sentó en el hueco dejado por las raíces arrancadas. Era perfecto. Estaba fuera de la vista y de la dirección del viento. Se descolgó la mochila, sacó con cariño el rifle de su funda. Se echó sobre la cabeza la capucha del capote encerado, se tumbó y esperó. Podía quedarse quieto durante horas, listo para disparar. Tenía la paciencia de las piedras.

Oyó la berrea de los ciervos. Sus bramidos resonaban a kilómetros de distancia. Recuerdos sueltos de sus años de paraca pasaron por su cabeza. Puso la mente en blanco. Se le aceleró el corazón cuando oyó el típico crujir de hojas. Era una manada de quince, pero el gran macho no estaba en ella. La jabalina líder guiaba a otras jabalinas más jóvenes; los jabatos y otros jóvenes la entorpecían. En ausencia del jefe, los jovencitos la precedían, gruñendo y resoplando con fuerza. El Oso siguió esperando, impasible. A veces utilizaba la misma táctica con los hombres. Y entonces los otros se liaban a hablar, sin tener nada que decir. Llevaba horas allí tumbado. La luz declinaba. Pronto sería el momento. El crepúsculo empujaría al viejo macho fuera de su guarida.

De repente lo vio. Era un jabalí enorme, de pelaje negro y crespo. A simple vista, tendría unos doscientos magníficos kilos. El corazón de Jacky retumbaba con fuerza. El viejo solitario se quedó inmóvil. Husmeaba el aire con su hocico tembloroso tachonado de negro, marrón y rosa. Jacky se caló la culata del rifle en el hueco del hombro con infinitas precauciones. A través de la mira telescópica pudo ver claramente la cabeza del animal, sus colmillos enroscados dentro de la tierra, un hilillo de espuma en la boca. Miraba en dirección a Jacky con las orejas muy levantadas. De repente, levantó la cola. El penacho de su frente se movía sobre unos ojos penetrantes. Había percibido la amenaza y estaba a punto de esprintar. Su escasa vista no le permitía ver a Jacky a tanta distancia, pero tenía un olfato y un oído agudos. El Oso tenía que disparar. Una bala, solo una.

El jabalí se quedó congelado durante unos segundos sobre sus cortas patas. Luego cayó de lado y rodó como un tonel. El Oso salió de su escondite. Cuando llegó a donde estaba el animal, silbó de admiración. Se había equivocado. Nunca había disparado a uno tan grande, al menos en Francia. A simple vista, pesaba doscientos veinte kilos. Jacky sacó de la funda el cuchillo curvo que llevaba al cinto. Le abrió la garganta, le cortó la lengua y la mordió con fuerza. La sangre caliente le corrió por la barbilla. Se la untó por toda la cara, levantó la nariz hacia el cielo y gritó con fuerza. Fuerza vital en estado puro. No había poder más real que ese.

30

Mahaut temblaba tanto que apenas podía escribir su mensaje de texto. Volvía a suplicarle a Kimy que le consiguiera algún pico, la única droga que realmente le interesaba ya. Su padre se había negado a adelantarle la paga de enero. Tuvo que aceptar una sesión de sexo en grupo. Los chicos la habían maltratado de todas las formas posibles, por treinta euros cada uno. Eran cuatro. Pero al final solo le habían dado cincuenta euros en total, muertos de risa, diciendo que era más que suficiente para una putita de mierda como ella. Habían filmado la escena. Eran chicos del instituto de FP. Iban a hacer rular el vídeo por ahí, por supuesto, que circularía de teléfono en teléfono. Mahaut se preguntó si los hombres que se masturbaban viendo este tipo de películas imaginaban solo por un segundo la vida de las chicas que sufrían los abusos de aquella gentuza. Por supuesto, había auténticas ninfómanas. Mahaut se había topado con unas cuantas. Pero la mayoría eran jóvenes vulnerables de algún modo: madres sin recursos, yonquis, enfermas mentales, víctimas de agresiones sexuales, esclavas de compañeros sádicos, prostitutas, divorciadas sin rumbo, a veces, todo eso a la vez. ¿Pensaban en eso los tipos delante de una pantalla cuando se limpiaban con un *kleenex* al final de una triste paja? Tembló de odio. Se secó con rabia una lágrima.

Mahaut pulsó en «Enviar». Si Kimy contestaba, si le daba por mirar algún mensaje y se apiadaba de ella, quizás aceptaría darle algo más de lo que le correspondería por cincuenta euros. Pero eran muchos «si» condicionales. Mahaut llevaba semanas sin ir a clase. A su padre no parecía preocuparle, probablemente demasiado ocupado con las elecciones legislativas de primavera, su club de *bridge* y su golf. En cuanto a su madrastra, veintidós años más joven que su padre..., En fin. Se abrió una cerveza e intentó tragarse una pastilla entera de Neocodion. Temblaba solo de pensarlo. La maldita droga le provocaba unas náuseas de mil demonios. Encendió el porro que había liado con mucha dificultad, se bebió la cerveza de un trago y al final se decidió por el whisky con Valium, una combinación más que chunga, como caminar peligrosamente por la cuerda floja con el mono encima. Miró la hora en su teléfono. Las 15:33. En el mejor de los casos, no tendría respuesta hasta dentro de unas horas. Si Kimy no venía, tendría que echar mano de ese hijo de puta de Malik. Se estremeció de asco, cerró los ojos y pidió ayuda a los dioses del mono. Las ratas de la abstinencia ya le estaban royendo la cabeza frenéticamente.

31

El encuentro con el Albanés había ido bien. Había felicitado a Jacky por su eficacia. A pesar de las prisas, Dumontier había tenido tiempo de preparar adecuadamente la entrega extraordinaria. A petición del Oso, había incrementado las cantidades. Se presentó con dos bultos prensados que hacían un total de noventa kilos de resina. En cuanto a la hierba, se la puso por las nubes al Oso:

—Mírala, Jacky. Me la han proporcionado los vietnamitas. Tienen unas instalaciones increíbles. Las he visto. Tienen varias naves en los suburbios de los alrededores de París donde cultivan miles de plantas. Tienen currando allí a inmigrantes ilegales. Así les pagan los veinte mil dólares del pasaje. En cuanto a las nenas vietnamitas, tienen una boca que es pura dulzura... y son dóciles por naturaleza, ¡no como esas negratas asquerosas! Quizá te envíe una o dos, un día de estos. Tengo buenas relaciones con subsaharianos. Son trabajadores y metódicos. Como a mí me gusta.

El Oso estuvo conforme. Dany no había aparecido por allí. El ambiente era propicio. Entonces, Dumontier sacó la cocaína, las pastillas de MDMA y el caballo. El Oso puso los sobres marrones sobre la mesa y los dos se repartieron el dinero. Como la reunión no había sido programada y no podía desbaratar el orden fijado por sus socios, Dumontier no se iba a llevar a sus chicas. Tendría que esperar hasta la fecha inicialmente prevista, es decir, el día de Año Nuevo.

La Navidad estaba a punto de llegar. Los pedidos llovían ya de todas partes. Las hormigas del entramado ya llevaban tiempo moviendo sus antenas. Jacky, con la ayuda de Dany y el Zumbado, se ocupaba de todo con rapidez. Recorrían la región en todas direcciones. Eran auténticos agentes de ventas. Se repartieron las zonas de la siguiente manera: Dany, las zonas que controlaban desde siempre; Jacky, las nuevas. Quería comprobar por sí mismo las posibilidades que había de expandirse. Lo que Dany había previsto resultó ser cierto: cuando había vendedores en esas zonas, no eran otra cosa que impresionables estudiantes de instituto, matones de pacotilla pasados de moda. Nada serio. Nada de tipos duros. Compraban algunos cientos de gramos en las grandes ciudades, no mantenían una relación estrecha con los peces gordos de los barrios, que los despreciaban. Eran clientes minoristas que revendían a clientes aún más insignificantes. Microempresas. Cuando veían la calidad de la mercancía, se pasaban sin pensárselo al bando del Oso. Él los atrajo como moscas a la miel, sin violencia. Elevó a los distribuidores de Viaduc-sur-Bauge a la dignidad de *missi dominici* [13], tipos que conocían todos los resortes y que no se la jugarían a traición. El Oso aceptaba pequeños beneficios. Al igual que hacía en Viaduc-sur-Bauge, les prohibió adulterar la droga. En pocas semanas, se había establecido en más de un tercio del territorio cuyos contornos había trazado con Dumontier. En dos pueblos ya había abierto una tienda de kebabs y otra de bocadillos. El dinero se reciclaba en el acto. En cada pueblucho colocó a una chica, en un apartamento, para ir abriendo camino. La prostitución también era un mercado que aún no se había desarrollado en todas esas zonas. Había mucha pasta por hacer. En cuanto a la costa, ya generaba beneficios sustanciosos. Los pescadores y los camareros de los restaurantes esnifaban mucha cocaína. Había que adaptarse a los nuevos tiempos.

---

13   En la época del emperador Carlomagno, los *missi dominici* o enviados del señor eran una especie de cuerpo de inspectores de confianza del emperador que supervisaban el buen gobierno del imperio carolingio. (N. del T.)

También en el remoto mundo rural, el tintorro estaba siendo suplantado por la mierda y el cubata.

Las revelaciones de Dany sobre Kimy eran la única nube que quedaba en aquel cielo despejado. Pensó durante mucho tiempo en cómo proceder. La astucia de Kimy era bien conocida y esa zorra se había curtido con los años. Lo odiaba, y con razón. Una mañana, el Oso fue a reconocer el lugar. Entró tranquilamente en la propiedad. Haciendo visera con la mano, pegado a las ventanas, observó las habitaciones de la planta. El mobiliario rústico y la decoración le gustaron bastante, pero la visión del despacho le dibujó en los labios una mueca de desprecio. Miles de putos libros. Ese tipo debía de ser maricón. Pero ese no era el problema. El problema era que Kimy se había vuelto escurridiza como un pez. Ese tipo seguro que tenía algo que ver. ¿Y qué le habría contado ella? ¿Sospechaba algo? ¿Qué sabía de Kimy? ¿Y de él? ¿Kimy se lo estaba follando? Si era así, ¿qué le estaría contando en la cama? Preguntarle a Kimy hubiera sido como preguntarle a un ladrón si te había robado algo. El Oso se fue con más preguntas que respuestas. Y eso no le gustaba.

32

—¿Qué te traes entre manos con ese profesor?

Kimy no se lo esperaba, ni a él ni a su pregunta. Estaba mordisqueando una rebanada en la cocina. Su padre había aparcado el Amarok, a propósito, en la parte trasera de la casa. Se había quedado esperando al acecho a que ella regresara para pillarla desprevenida. Estaban cada uno a un lado de la mesa. Pero, incluso desde el otro lado, la chica podía oler su aliento apestando a *bourbon*. El alcohol pintaba fuego en sus ojos llamaradas de loco. Peligro extremo. Kimy era consciente de lo precaria que era la muralla que los separaba. Todos sus sentidos se pusieron alerta, el canuto que se acababa de fumar agudizaba su paranoia.

—¡Eh! ¿Que qué demonios haces con ese tipo?

Kimy pensó que era más sencillo y más prudente decirle la verdad:

—Leyendo libros.

El Oso rugió:

—¿Que lees libros? ¡Tú, leyendo libros! ¡Te estás riendo en mi cara, gilipollas! ¡Ten cuidado!

Sin darse cuenta, habían comenzado una danza ritual alrededor de la mesa, la eterna coreografía del cazador y su presa.

—¡Es la verdad! Me presta libros. ¡Eso es todo! Toma, mira.

Kimy sacó un libro de su sudadera. Se lo tendió a su padre. Con la velocidad del rayo, el Oso le tiró el libro de un manotazo. Kimy sintió sus dedos tratando de agarrarla por la muñeca. Falló, pero por poco. Había tenido suerte. Su ritmo cardíaco se aceleró. El baile se reanudó a un ritmo más sincopado. Izquierda, derecha, izquierda, derecha.

—¿Qué le has contado? ¿Qué sabe?

—Nada, ¡maldita sea!

—¿Se droga? ¿Se la estás vendiendo tú?

—Eres un gilipollas.

El Oso gritó:

—¿Ah, sí? ¡Ya verás si te pillo! Hace mucho que no follamos, guapa. ¡Ya verás si soy un gilipollas!

—¡No te lo aconsejo, imbécil!

—¿Cómo me lo vas a impedir?

—¡Estoy enferma! ¡Tengo sida! Si me tocas, se lo largo a todos tus colegas y clientes. Pensarán que todas tus chicas están igual de podridas que yo, ¡por no hablar de los que me han follado gratis! Y puede que tú también lo tengas.

El Oso se detuvo, sorprendido. La amenaza iba en serio. Eso podría poner todo el negocio de los chochos en la cuerda floja. En ese momento del baile, Kimy estaba de espaldas a la puerta de la cocina. Aprovechó la vacilación de su padre. La adrenalina estaba anulando por completo los efectos del porro. Dio rápidamente media vuelta, se escabulló por el pasillo y salió de la casa.

Pasmado, el Oso renunció a perseguir a su hija. De todos modos, ella le llevaba demasiada ventaja. El sida... ¡Mierda! Era muy posible. Y encima no había podido sacarle nada. A partir de ahora, Kimy tendría aún más cuidado. Tenía que proceder de otra manera. Se fijó en el libro que estaba en el suelo, le dio una patada con rabia y salió volando. Al ver las páginas revoloteando se le ocurrió una idea. Se lanzó a su coche, animado por sus voces. Les respondió, cabreado:

—¡Ya voy! ¡Dejadme en paz!

Se puso a espantar a manotazos mosquitos invisibles que revoloteaban alrededor de su cara.

33

Para pillar desprevenida a una presa, no hay nada como el efecto sorpresa. Henri salía del aseo de la planta baja, abrochándose el cinturón. No tuvo tiempo de reaccionar. Una especie de gigante se plantó frente a él, vestido con un mono de granjero y grandes botas verdes. El monstruo cargó contra él y le propinó un puñetazo en el plexo solar. Henri se desplomó con un gemido, sin respiración. El pánico se apoderó de él. Se retorció como un pez fuera del agua, abría la boca con desesperación, pero no le entraba aire. Aquella enorme figura se alzaba ante él. Su agresor esperaba cruzado de brazos. Henri hizo esfuerzos por calmarse. Uno, dos, tres. Uno, dos, tres. Poco a poco, fue capaz de dar pequeñas bocanadas. Inspiró con cuidado. El aire volvía a fluir. Entonces el coloso lo agarró por el cuello y lo levantó sobre sus piernas desmadejadas, sin esfuerzo aparente. Acercó su cara al rostro lívido de Henri. Ojos vidriosos, mejillas moradas, aliento que apestaba a alcohol: el ogro estaba borracho. Lo sujetaba firmemente con la mano izquierda. Levantó la mano derecha, que se abatió sobre la cara de Henri, sus gafas salieron volando.

—Habla.

También le dio con el revés de la mano con la misma fuerza de antes.

—¡Habla!

Aturdido, Henri solo balbuceó monosílabos sin comprender. Aquel matón volvió a hacerlo. A derecha e izquierda, blam-blam.

—¡Habla!

—Pe… pe… pe… pero ¿de qué? ¿De qué?

—Sobre Kimy.

Nuevas bofetadas. Luego lo agarró por el cuello con ambas manos y lo lanzó contra el platero. El mueble se tambaleó peligrosamente sobre sus patas, y casi le cae a Henri sobre la cabeza. Se oía derramarse la vajilla. El dolor inmovilizó a Henri contra el borde del mueble. Había oído con claridad un crujido en su costado derecho. Las costillas habían recibido la peor parte. El monstruo volvió al ataque.

—¿Qué estás buscando con ella?

—Nada… Nada de nada.

—¡Mentira!

Esta vez, la mano se cerró formando un puño compacto, una verdadera masa, un arma cien por cien natural. La nariz de Henri estalló en una nube de gotitas rojas, que florecieron detrás de sus ojos, como un hongo atómico. Estaba deslumbrado. El sabor ferroso de la sangre le invadió la garganta.

—Huuuu…

El segundo puñetazo le incendió el pómulo izquierdo. El Oso hizo una pausa. Henri articuló apenas:

—¿Es… usted… su padre?

—Soy yo quien hace las preguntas. ¿Te ha contado algo? ¿Lo que piensa hacer? ¿O lo que yo pienso hacer?

—¿Cosas? ¿Qué quiere dec…?

Una ráfaga de bofetadas cayó sobre su rostro. Su cara parecía un horno, podía sentir cómo le salían los moratones a medida que aquella batidora le amasaba el rostro.

—¡Contesta! ¿Qué te ha dicho?

—Nada… de nada.

—¿Te la follas?

Henri todavía tuvo fuerzas para indignarse:

—¡No! ¡Hijo de la gran puta!

Error. La rodilla del Oso le pegó como un torpedo en el estómago y volvió a dejarle sin aliento. Y su nariz inflamada a un tamaño tres veces de lo normal no le ayudaba mucho a respirar. Una andanada de patadas le obligó a hacerse un ovillo.

—¿Qué demonios estáis tramando? Vamos, siéntate a la mesa.

Lo apoyó contra el mueble. Para entonces, Henri ya estaba completamente derrotado. Se estaba licuando sobre el mueble de la vajilla. El Oso se dio cuenta de que no debía pegarle más y se arrodilló a su lado.

—Nosotros... aaah... nosotros... solo... aaahh solo leemos. Yo... aaahhh... le presto libros... aaahhh... Ella me los… devuel… ve cuando los… acaba.

—¿Cómo habéis trabado contacto?

—Aaahh... Me… robó un libro en el jardín. Una tarde… me lo devolvió. Nos caímos bien. Yo... Yo... Eso es todo... No sé nada de ella. Aaaahhh... Aaaahhh...

Henri estaba dispuesto a mantener su dignidad. Y añadió:

—Solo sé que no parece gustarle su padre... aaaahhh... ¡Un… completo imbécil!

El Oso levantó la mano, vaciló y luego la dejó caer sin más. Eso encajaba con la versión de Kimy. Mierda. Se había descubierto para nada. Se enderezó lentamente, apoyando las manos en sus poderosos muslos.

—¡Vale, vieja maricona! ¡Te aconsejo por tu bien que cierres la boca! Si cuentas lo que acaba de pasar, no van a poder juntar tus huesos ni en seis meses. ¿Entendido? Y si se la quieres meter a Kimy, ¡prepara la pasta!

El Oso dio media vuelta y se marchó sin cerrar la puerta tras de sí.

34

Kimy había corrido sin parar. Solo la tensión nerviosa le había permitido realizar tal hazaña deportiva. Su cuerpo, poco acostumbrado a semejante esfuerzo, se rindió rápidamente. Al cabo de ochocientos metros, se dobló en dos, jadeando como una posesa. Miraba con nerviosismo, de vez en cuando, por encima del hombro. Su padre no estaba a la vista. Tosió, echó escupitajos del tamaño de un medallón, que rodaron por el suelo. Se recuperó como pudo, tosiendo y escupiendo como una enferma de cáncer terminal. Le temblaban las manos, pero no pudo reprimir una sonrisa. Le había plantado cara. Otro granito de arena que había añadido al edificio de la resistencia. Se levantó y continuó por el camino de los Aduaneros. La caminata le sentó bien.

Aunque hubiera hecho todo el trayecto corriendo, Kimy no habría tenido tiempo de llegar antes que su padre. Como no podía imaginar que atacaría a Henri, no se asustó demasiado al ver la puerta abierta. Subió tranquilamente por el camino de acceso y se desvió hacia el corral de los burros. Se había encariñado con Marx y Reagan. Les dio un puñado de heno y sostuvo la cabeza de Reagan entre sus manos. Luego se dirigió a la cabaña. Se quedó clavada un segundo en la puerta al ver a Henri, antes de precipitarse hacia él.

Estaba doblado en el suelo. Tenía la cara amoratada. El ojo izquierdo se veía hinchado, del tamaño de una mandarina grande, y partido en el medio como un grano de café. La sangre le manchaba la barbilla y la camisa con vetas de color vino.

Su nariz azulada y negruzca había adquirido proporciones alarmantes. Su respiración sonaba como un fuelle agujereado. Con el ojo bueno la miraba con expresión indefinida. ¿La reconocía? Kimy se inclinó sobre él e intentó apoyarlo contra el mueble de la vajilla. Él emitió una queja apagada. Desistió de intentar incorporarlo y susurró, como si una voz demasiado fuerte hubiera podido rematarlo:

—Henri, ¿puedes oírme? ¿Henri? Apriétame las manos.

Sus dedos agarraron los de Kimy.

—¿Ha sido mi padre?

Henri asintió. Kimy se mordió los labios.

—¡Mierda, qué hijo de puta! ¡Qué grandísimo hijo de la grandísima puta! Bueno, escucha. Llamaré a los bomberos. Es mejor que no te muevas. No te preocupes, me quedaré contigo.

Un cuarto de hora más tarde, el vehículo rojo se detuvo ante la puerta principal. Los bomberos evaluaron rápidamente el estado de Henri y lo tumbaron en la camilla, que metieron en el camión. Kimy permaneció a su lado. El furgón regresó a Viaduc-sur-Bauge, en dirección a urgencias.

35

La médica de urgencias, una mujer gruesa y de aspecto cansado, empezó a atenderlo. Limpió con cuidado la cara de Henri. Le hizo abrir la boca, pero consiguió hacerlo con dificultad. Inspeccionó el orificio bucal con una pequeña linterna. Luego, guardó la linternita en un bolsillo de la blusa. Le tocó la cara, manipulando los contornos con precaución. Sus dedos enguantados parecían delicadas patas de insecto. Apuntó con la linterna al ojo bueno de Henri. La movió de izquierda a derecha. El ojo siguió la trayectoria lateral del foco de luz. Apagó la linterna y levantó la mano derecha. Levantó dos dedos, Henri vio dos y medio. Sentada junto a la cama, Kimy se mordía la uña del pulgar; movía las piernas con nerviosismo. La médica abrió la camisa de Henri. Una fea mancha le pintarrajeaba el lado derecho de la caja torácica, por no hablar de un montón de moratones. Lo palpó con delicadeza, pero Henri dio un respingo de dolor. Le pasó el estetoscopio por el pecho y el estómago. Finalmente, emitió un «¡Bien!», más como punto final que por tranquilizarlo.

—Hay que hacer algunas pruebas más. Le vamos a llevar a radiología. Mientras tanto, tendrá que tomarse este antiinflamatorio.

Luego garabateó en una hoja de papel y se volvió hacia Kimy.

—¿Qué ha pasado?

Kimy se mostró grosera sin querer.

—¡Y yo qué sé! Me lo encontré así. Está claro que le han dado una paliza, ¿no?

—¿Es usted su hija?

—No.

—¿Familia?

—No.

—¿Una vecina?

—¡No! Y usted, ¿es médico o poli?

La médica frunció el ceño.

—Escucha, querida, tu novio, tu vecino, tu viejo tío, me importa un bledo como quieras llamarlo, está bastante jodido. Cualquier información puede ser importante, desde un punto de vista estrictamente médico.

La ira de Kimy subió de nivel, pero se controló.

—¡Ya le he dicho que no lo sé! Me lo encontré en el suelo. Parecía noqueado, pero aun así me reconoció.

—¿Tienes idea de quién le atacó?

—No, ninguna.

Kimy se puso su famosa máscara impenetrable, fundida en una sola pieza del metal más duro y sin ningún defecto. La médico de urgencias comprendió que no conseguiría nada, suspiró y tocó el timbre. Una enfermera vino a buscar a Henri. Lo pusieron en una silla de ruedas.

&

Kimy volvió a la sala de espera. Para pasar el rato, sacó su iPhone. Una oleada de mensajes surgió atropelladamente en la pantalla luminiscente. Muchos de los mensajes no tenían importancia. Marcó las casillas y los borró sin leerlos. Leyó los mensajes de Lilou, que oscilaban entre la esperanza y el odio, el amor loco y la furia. También le enviaba un vídeo. Kimy lo abrió. Era una maraña de cuerpos masculinos girando alrededor de otro cuerpo, el de una chica muy delgada. En un cambio de ángulo, Kimy reconoció a Mahaut tumbada boca arriba, con un sexo en la boca y otro en cada mano. Un tipo se la empotraba, además, entre sus muslos. Kimy paró el vídeo. Lo acompañaba con un mensaje de texto: «LOL»[14]. ¿Para morirse de risa? No, la verdad es que no. ¿Qué le pasaba a Lilou? No era la primera vez que esa actitud perversa suya molestaba a Kimy, pero iba a ser la última. Decidió cortar por lo sano y replicó: «¡K me deges en P! S'acabó, tú i yo. N m envies nunka m vidios asín sino t rebiento».

Pulsó la pantalla. Demasiado tarde para volverse atrás. Luego leyó los múltiples SOS de Mahaut. Kimy se mordió los labios por enésima vez aquel día. No tenía sentido mentirse a sí misma: su responsabilidad era evidente. Podría haberse dicho a sí misma que Mahaut debería haber tenido más cuidado. Ella misma casi nunca esnifaba nieve y nunca había cabalgado el jaco. Su padre se lo había prohibido terminantemente, so pena de un severo castigo. Le había hecho darse a la bebida, sí. A menudo la emborrachaba antes de violarla. La había animado a fumar hachís. Pero nunca heroína. No porque le preocupara su salud, por supuesto, sino porque necesitaba que se mantuviera lo suficientemente lúcida para distribuir la mercancía con precaución en el instituto. Además, ella conocía demasiado bien a qué extremos eran capaces de caer algunas de las chicas. No deseaba convertirse en uno de esos infraseres. Pero sí, ella había sido la chispa que había prendido fuego a Mahaut, y en nada de tiempo, un auténtico récord. Un montón de paja seca ante la llama de un mechero. ¿Qué hacer, qué coño hacer? Solución número 1: la cobardía, no volver a abrir los mensajes de Mahaut y huir de ella como de la peste. Solución número 2: negarse a venderle otra cosa que no fuera mierda de mala calidad. Solución número 3: dirigirla a otros vendedores, el gerente del Big Ben, por ejemplo. Solución número 4: ignorar los escrúpulos y seguir pudriendo a Mahaut. Eliminó la primera y la cuarta solución. La solución número dos era poco realista. Mahaut la acosaría todo el tiempo para que le diera algo más que mierda. La cuarta era imposible: Kimy se dio cuenta, con pesar, de que tenía conciencia. La tercera era viable. Kevin le parecía bien. Como yonqui que era, conocía perfectamente cómo actuaba el mono. Además, estaba bastante segura de que la droga que él

---

14   «Lot of laugh» (un montón de risa), expresión en inglés, común en las redes sociales. (N. del T.)

le vendería no estaría cortada y de que no le exigiría a Mahaut hacer ninguna cochinada. Sonó el iPhone. Apareció el número de Lilou. Kimy cogió la llamada.

—Te lo ruego, Kim (sollozos incontenibles). No lo hagas. Sigamos (más sollozos). Te necesito, ¡entiéndelo! ¡Me muero sin ti! ¡Si me dejas, me mato! ¡Te mato! ¿Me oyes?

Kimy no contestó nada y cortó sin miramientos. Ignoró los nuevos intentos de Lilou, quien, incansable, había reanudado el envío de mensajes.

෫ꞔ

La médico de urgencias la sacó de sus cavilaciones.

—Las pruebas han terminado. Puede pasar.

Se trasladaron a una pequeña sala. La enfermera colgó las radiografías en una pizarra retroiluminada. El cráneo de Henri, desde todos los ángulos. La médico se detuvo en una.

—Este es su pómulo izquierdo. Mire aquí. ¿Ve esta grieta? La base orbital está dañada. No es demasiado grave, pero habrá que tratarlo adecuadamente. El hueso de la nariz también está fracturado. No se puede hacer nada. Se curará solo. Algunos dientes se han movido. Tendrá que ver a un estomatólogo. Aparte de eso, no hay otros daños, salvo los hematomas, claro.

Retiró las imágenes del cráneo y las sustituyó por las radiografías de las costillas. Kimy no necesitó que le explicara nada. La fractura de dos costillas saltaba a la vista.

—Ha tenido suerte. Ha estado cerca de perforarle el pulmón.

—¿Puedo verlo?

—Sí, puede. Incluso tendrá que acompañarlo de vuelta. No podemos retenerlo más por lo que tiene, pero tiene que estar bajo vigilancia las próximas cuarenta y ocho horas. Sufre una ligera desorientación. Si vomita, se siente mareado o somnoliento, si se queja de fuertes dolores de cabeza o pierde el conocimiento, debe volver a traerlo cuanto antes. Le he recetado antiinflamatorios potentes y ansiolíticos. Tras una agresión así pueden aparecer síntomas como ansiedad o ataques de pánico. Si es necesario, que los tome durante un mes.

Guardó las radiografías y se las entregó a Kimy.

—Ya he completado el papeleo. Le he dado una baja de tres semanas y he redactado un informe para la denuncia.

Pasaron a una habitación contigua. Henri estaba sentado en el borde de la cama, con las piernas colgando y en un estado lamentable. Su camisa abierta dejaba ver las anchas vendas que le envolvían el torso. El cuadro reflejaba exactamente lo que parecía: un hombre deshecho, envejecido, sucio y agotado. Kim le puso una mano en el hombro para confortarlo.

—Espera un momento, Henri. Llamaremos a un taxi. Te llevaré a tu casa.

Henri se sintió demasiado mal para protestar. Asintió lentamente con la cabeza.

Kimy pidió al conductor que se desviara por el centro de la ciudad. El taxi se detuvo en doble fila frente a una farmacia. Henri se quedó en el coche. Kimy entregó la receta a la dependienta, que volvió con cajas, tubos y vendas. Anotó la dosis en todas las cajas. Kimy escuchó atentamente la explicación.

—Hay que abonar una parte. Son veintiún euros con quince.

Kimy sacó un fajo del bolsillo, pagó y cogió todo lo que le había dado. Se sentó en la parte delantera del taxi. Con su ojo bueno, Henri miraba por la ventanilla con aire ausente.

—¿Adónde los llevo?

—A la carretera del calvario número 3, en Les Cabots —contestó Kim.

36

Diez minutos más tarde, el taxi los dejó frente a la cabaña. Kimy se bajó, le abrió la puerta a Henri y lo llevó como a un ancianito hasta el sofá. Le ayudó a sentarse, salió y le pagó al conductor. Se quedó mirando el vehículo hasta que abandonó la propiedad. Observó el paisaje y se estremeció. Era espeluznante. Exhalaba un ambiente gris que quedaba flotando sobre los campos pelados. Los tallos segados del maíz parecían estacas medievales. La luz se iba desvaneciendo. Dibujados como a carboncillo sobre ese fondo gris, los negros bosques acentuaban el aspecto deprimente. Solo el graznido de los cuervos y el sonido de los disparos señalaban alguna presencia. Kimy volvió a mirar a su alrededor. No había nadie. Entró y cerró la puerta con llave.

Se arrodilló frente a la chimenea, arrugó un papel, sacó leña de un cajón y algunos troncos. Encendió una cerilla. El fuego crepitó. Las llamas doraban la cara de Kimy. Avergonzada, no se atrevía a darse la vuelta. Cuando por fin lo hizo, no supo qué pensar. Desde el principio se sentía desarmada ante él. Que un hombre fuera dulce y amable le desconcertaba. Estaba perdiendo toda su agresividad, su habitual muralla defensiva. ¿Qué había detrás del aturdimiento de él? Miedo, sin duda. ¿Pero cierta ira contra ella también? ¿Le pediría que se marchara para no volver jamás? Se lo temía, porque tendría todo el derecho del mundo para hacerlo. Le colocó unos cojines en la espalda, le ayudó a darse la vuelta, lo tumbó con cuidado y se sentó en el borde del sofá. Él no decía nada. Tenía la cabeza maltrecha.

Los moratones se estaban poniendo cerúleos, un feo moteado de púrpura, negro y azul. Más tarde serían amarillos y verdosos. Ella lo sabía por experiencia.

—¿Puedo quedarme esta noche? Será mejor que no vuelva a casa.

Henri asintió con un gesto de dolor.

—Ahora intenta relajarte.

Kimy le echó encima la manta.

Apagó el iPhone. Los que la esperaban, que siguieran esperando. Se sirvió una cerveza, sacó un cigarrillo del paquete y lo encendió. Normalmente, Henri le pedía que saliera a fumar. Esta vez se colocó frente a la chimenea. La corriente ascendente aspiró el humo del pitillo. Bebía a sorbitos, sin decir palabra. El fuego le calentaba agradablemente la espalda y las nalgas. En cuanto a Henri, a pesar de su debilidad, había muchas preguntas agolpándose en su dolorido cerebro: parecía una olla exprés. Pero no tenía energía suficiente para iniciar una larga conversación. Así que se miraron en silencio. Kimy vació su botella de cerveza y tiró la colilla a las brasas. El dolor se extendía por todo el cuerpo de Henri, pero una vocecita interior le tarareaba la canción *Las palabras azules* sobre la imposibilidad de hablar de amor. No había por qué romper aquel frágil momento.

37

El Oso sabía muy bien que Kimy no volvería aquella noche. Borracho como una cuba, entró en su habitación y empezó a arrancar los *pósters*. Luego destrozó la mesilla de noche. Del cajón cayeron bolsas de marihuana y pastillas. Dio la vuelta al colchón, sacó el cuchillo y lo rajó a todo lo largo. Hizo lo mismo con el edredón y la almohada. Después de levantar y apoyar el somier contra la pared, pateó el montón de licores y cerveza. Luego fue al armario y sacó la ropa una a una, rebuscando en todos los bolsillos. No había nada. Miró la gran pantalla plana. Con maligno regocijo, la partió de una patada. Como le parecía poco, agarró el reproductor multimedia y lo aplastó con el tacón. Ya no buscaba nada. Era destrozar por puro placer. Golpeó con las dos manos el escritorio juntándolas como un martillo y lo destrozó tirándolo contra la pared. Luego llegó el turno de la cómoda. Desgarró los sujetadores y las bragas, deteniéndose a olisquear una. Con un gruñido, levantó el mueble y lo estampó contra el televisor, que seguía en pie. Todo se vino abajo. Resoplaba como una bestia. ¡Esto le enseñaría a esa zorra! Cogió una de las latas de cerveza que Kimy almacenaba, la destapó, se la bebió de un trago y la tiró. Se bajó la bragueta y se meó a gusto en la ropa de su hija. Satisfecho, volvió a meterse su enorme falo y salió de la habitación. De vuelta a la cocina, sacó de su mono cuatro paquetes de veinticinco gramos, una bolsa con cincuenta pastillas, cinco gramos de cocaína y otros cinco de heroína. Los puso sobre la mesa en el lugar habitual. Lo importante seguía siendo lo importante.

38

Hicieron voto de silencio durante toda la tarde. Ella le ayudó en todo lo que necesitó. Le aplicó la pomada en su nueva cara de australopiteco, le dio los antiinflamatorios, pero él rechazó los ansiolíticos con un gesto. Le dijo que ya estaba en tratamiento para eso, lo que no pilló de sorpresa a Kimy. Después de atenderle hasta que se durmió en el sofá, Kimy tomó un rápido tentempié y se bebió tres cervezas, luego se lio unos canutos, puso más troncos en la chimenea, le echó un vistazo a Henri y entró en el despacho. Se quitó los pantalones y la sudadera, pero se dejó puesta la camiseta, el tanga y los calcetines. Recorrió las estanterías y se detuvo en la sección de cómics. Henri tenía un número impresionante. Rebuscó al azar. Vio *Los Compañeros del Crepúsculo*. La portada le despertó la curiosidad. Se tumbó en aquel sofá pasado de moda, puso a su lado una cerveza y un vasito de yogur vacío a modo de cenicero, se acurrucó bajo la manta, encendió el canuto y abrió el cómic. Desde la primera calada sintió una plácida plenitud. Se sentía feliz y segura.

En mitad de la noche, Kimy se despertó al oír unos gemidos. Se levantó. Henri estaba teniendo una pesadilla. Sudaba. Le tocó la frente, que estaba ardiendo, fue a la cocina, llenó un vaso de agua fresca y cogió la caja de antiinflamatorios. Lo despertó con cuidado y lo ayudó a incorporarse. Le dolía todo el cuerpo.

—Ten, tómate esto y bébete todo el vaso de agua. Te sentará bien.

Henri se moría de sed. Vació el vaso de un trago.

Kimy se lo quitó de la mano.

—Dame, te traeré otro.

Con su ojo bueno, no pudo evitar contemplar el adorable culito de Kimy, partido por la minúscula tira roja del tanga. Fue un acto reflejo. Le dio un vuelco el corazón. Su camiseta no ocultaba mucho por debajo de la cintura y esculpía sensualmente todo lo que quedaba por encima. Cuando ella regresó, Henri desvió la mirada. A Kimy se le iluminó la cara, sarcástica. Después de todo, seguía siendo un hombre. Se sentó a su lado. Él bebió con avidez.

—¿Te encuentras mejor?

—Sí. Gracias. Sabes, no tienes que...

— Shh, shh. No pasa nada.

—Vamos a tener que hablar de todo esto.

—Vale, lo hablaremos mañana.

—Tú tendrás que ir a clase.

—No, no tengo ganas. Venga, dame el vaso.

Henri estaba demasiado agotado para hablar.

—Si necesitas algo, llámame.

Volvió a mirar los muslos y las nalgas de Kimy, insoportablemente bonitos. Ella miró por encima del hombro, segura del efecto que le causaba, le sonrió a Henri, apagó la luz y volvió al estudio.

Las brasas ya moribundas salpicaban la habitación de rojo y naranja. Con el fuego en el hogar, las sombras se agitaban, oscilando entre el hollín y la lava, lo transportaban en su somnolencia hacia los umbrales de otros mundos. Henri no dejaba de pensar. Aquel dolor sordo tenía picos repentinos, punzadas dolorosas. Le obligaba a controlar su respiración, a ir tomando con cuidado el aire a pequeñas bocanadas.

En cuanto su caja torácica se ensanchaba, sentía como una puñalada. La sangre latía a un ritmo infernal en su cara. Palpó la hinchazón del ojo. No debía de ser bonito de ver. Estaba asustado. Su vida había vuelto a dar un vuelco, como un barco, había volcado en medio de aguas oscuras y hostiles y chapoteaba presa del pánico en un universo desconocido. Antes de que Kimy lo despertara, le atormentaron visiones angustiosas. Había soñado con su mujer. Él era un bebé sujeto fuertemente por las correas de seguridad en una silleta. Anna se inclinaba sobre él, veía su rostro y su imagen distorsionados, como a través de la mirilla de una puerta. Rodeada de baúles y maletas, le dijo que tenía que marcharse sin demora. Henri lloraba, Anna se reía con crueldad. Le acariciaba la mejilla, pero sin muestras de cariño. Cuando ya se marchaba, lo miró fijamente y le gritó que no tenía derecho. En el fondo de la escena, un hombre enorme secuestraba a su hija Charlotte y la golpeaba, dosificando las patadas con cierta cadencia. Charlotte se desmayaba y él se la echaba al hombro como un saco de patatas. Se la llevaba echando una mirada irónica a Henri, el bebé, como anunciándole que el tormento de Charlotte no había hecho más que empezar. Henri no podía hacer absolutamente nada para ayudar a su hija. Una especie de tetraplejia lo tenía soldado a su silleta. Oía a lo lejos a Marx y a Reagan bramando desconsolados, y luego Kimy lo despertó. Tuvo miedo de volver a dormirse.

࿇

La madrugada dejaba entrar un resplandor incierto por las ventanas. El día volvería a ser triste y húmedo. El cielo se confundía con la tierra. Todo se veía resbaladizo entre tanta humedad. Henri se armó de valor. Tenía que levantarse para ir al baño y llamar al instituto. Se giró con cuidado, hizo fuerza con brazos y piernas y se separó del sofá. Sintió un latigazo en el costado. Lanzó un quejido. El teléfono más cercano estaba en el despacho. Kimy dormía profundamente. Incluso dormida, su rostro delataba su terquedad, su dureza. Henri le subió un poco la manta, cogió el teléfono y salió. Llegó dificultosamente hasta la cocina y se dispuso a prepararse un café, moviéndose lo menos posible. Mientras la cafetera bullía, llamó al instituto. Descolgaron al cuarto tono de llamada.

—¿Agnès? Hola, soy Henri. ¿Puedes avisar de que voy a faltar por baja? ¿Qué? No, no.

Henri hizo una pausa. Su mandíbula dolorida se quejaba a cada sílaba. Articuló lentamente:

—Volveré después de las vacaciones... Sí, bastante. He tenido un accidente. Me han dado la baja médica para tres semanas... ¿Qué?... No, no te preocupes... Te enviaré los papeles. Gracias. Adiós.

Colgó el teléfono suspirando con cuidado.

Se sirvió una taza grande de café y volvió al sofá. Puso más leña sobre las brasas. Se tomó los antiinflamatorios y dos pastillas de Tranxene. Se tumbó de nuevo y cayó en un duermevela hasta que la cabeza despeinada de Kim apareció en la puerta.

—Hola. ¿Qué tal has dormido?

—¡Bah! ¿Y tú?

—Sí, muy bien. Tu sofá para perros es muy mullido. *Los Compañeros del Crepúsculo* me ha encantado.

Sus ojos eran cálidos y somnolientos. Con su camiseta hasta los muslos, su larga melena negra revuelta y la cara reflejando aún la noche pasada, estaba para comérsela. Henri no podía contener su lujuria. Kimy tampoco es que le ayudara. Caminaba indolente por el salón. Henri se incorporó ligeramente para contemplar las dos adorables nalgas que se balanceaban al borde de la camiseta, lo que le costó sentir una terrible puñalada en las costillas. Solo le funcionaba un ojo, pero por suerte, porque contemplar aquel espectáculo con los dos ojos a la vez le habría achicharrado el cerebro. Kimy le soltó:

—¡No te cortes, colega! ¡No seas tímido! Te permito mirar gratis con todo gusto.

Avergonzado, Henri se dejó caer. Su cabeza de coliflor desapareció bajo el horizonte. Kimy se rio.

—Te digo que no me molesta. Me gusta que me mires.

Esto ya no era coqueteo, era un ataque en toda regla. Kimy se estaba sirviendo una taza de café. Henri se arriesgó a echar otra mirada. Cuando ella se inclinó sobre la encimera para coger el azúcar, él pudo observar cómo se entreabría aquel divino valle, la tela del tanga estirándose al máximo. Sus largas piernas eran perfectas, su culo, indescriptible. Aquello era insuperable. Kim sonrió y estiró aún más las piernas.

—Disfruta. Te lo has ganado, ¿no?

Con la taza en la mano, como una reina desvergonzada, la chica se acercó, con paso ondulante, a sentarse en el borde del sofá.

—Voy a recoger algunas cosas en casa de mi padre. Volveré más tarde. Tengo cosas que hacer, gente que ver. Pero no te preocupes, volveré.

—No estoy preocupado. Y eso es lo que me preocupa.

Kimy soltó una risita.

—¡Qué tonto! Vaya, veo que te las has apañado bien. Pero estás todavía más feo que ayer. ¿Te has mirado en el espejo?

—No. No es algo que me preocupe de momento. Cuando vuelvas, tendremos que mantener una conversación. Necesito entender qué pasa.

Ella se puso seria.

—Te diré todo lo que quieras saber. Confío en ti.

Henri esbozó una sonrisa y apartó el mechón de pelo que le tapaba la cara. Ella le cogió la mano y depositó en ella un beso furtivo con gravedad. Se la mantuvo cogida mientras terminaba su taza. El corazón de Henri latía con fuerza. Ella se levantó, dejó la taza en el borde de la chimenea y entró en el despacho. Se vistió a toda prisa.

—Henri, ¿no tienes un abrigo o algo? Ayer salí con lo puesto.

—Sí, mira en el vestíbulo. Hay un impermeable amarillo colgado en el perchero. Cógelo.

Kim se puso el impermeable. Parecía un payaso porque las mangas eran demasiado anchas y demasiado cortas. Saludó a Henri con la mano.

—Me voy. Nos vemos. Te he dejado mi número de móvil en la mesa, por si acaso.

—Vale, hasta luego. Cuídate.

Kimy salió corriendo. Ya a solas, Henri se quedó mirando las vigas del techo.

39

Kimy rodeó la casa de su padre. Se aseguró de que el Amarok no estuviera esta vez aparcado en el patio trasero. Con mucha cautela, entró por fin en la casa. Escuchó con atención y se detuvo varias veces, dispuesta a salir corriendo. Cuando vio el estado de su habitación y de sus pertenencias, no reaccionó ni con rabia ni con tristeza. Recitó una y otra vez uno de sus mantras favoritos: «No te importa, no te importa, no te importa». Ya esperaba represalias. Se precipitó hacia el armario y levantó la tablilla inferior. ¡Uf! Los billetes seguían allí, una buena suma fruto de su pequeño porcentaje clandestino sobre todas las ventas, unos nueve mil euros. También recuperó un bote de gas lacrimógeno, una navaja, un puño americano, y un iPhone de repuesto con toda la música que tenía guardada. Con cuidado, volvió a colocar el listón en su sitio. Nada le impedía volver a utilizar ese escondite. Luego ordenó rápidamente las pocas pertenencias que habían escapado a la furia de su padre. Toda su ropa interior estaba hecha jirones. Ese hecho en concreto le produjo un escalofrío. La amenaza sonaba fuerte y clara en sus oídos: una agresión sexual por poderes. Tendría que comprarse bragas y sujetadores nuevos. Olió su ropa y arrugó la nariz. Su padre se había meado en ellas. Cogió una bolsa de basura y metió dentro las menos sucias. Las lavaría más tarde. Luego recogió las latas de cerveza y las minibotellas que permanecían intactas, así como las bolsas de marihuana y las pastillas. No era mucho. Todo cabía en su bolsa Adidas.

Fue a la cocina. Apenas eran las diez, pero abrió una cerveza y encendió un cigarrillo. Al ver los cuatro bloques de marihuana y las bolsas que su padre había dejado sobre la mesa, decidió volver a encender el iPhone. Recibió una ráfaga tintineante de notificaciones de mensajes. Lilou. Mahaut. Marco, Romuald y otros más. Eliminó todos los mensajes de Lilou. De los otros, ya conocía el contenido. Babeaban por su trocito de hierba o sus pastillas de fiesta. ¿Qué podía hacer? Si dejaba las drogas sobre la mesa, sería como una declaración de guerra. Algo inútil y peligroso. Aún era demasiado pronto para romper las hostilidades. De todas formas, no era la forma correcta de proceder, por no mencionar que no tenía intención de privarse de ninguna manera de ese excelente hachís. Solo la heroína le preocupaba. La cogió para Mahaut, pero sería la última vez. También había un mensaje del cerdo de Waldberg. Le proponía hacer un trío con otra chica, previo pago, claro. Ella ya conocía esas proposiciones de Waldberg. Su padre había ganado bastante dinero con ellas cuando se la ofrecía a alto precio a los Beloncle, Duthil y demás. Hervía en deseos de llamarlo para ponerlo verde, pero se aguantó. No le iba a pasar nada a Waldberg por esperar un poco. Kimy se estremeció: un coche estaba entrando en el patio. Corrió hacia la ventana. ¡Uf! Solo era el Renault 4L de su abuela, pero, aun así. La presencia de la arpía no tenía nada de agradable. Al ver a su nieta, la anciana le espetó:

—¡Pero bueno! ¿No estás en el instituto, zorrita? ¿Qué has hecho esta vez? Anoche tu padre estaba más que cabreado.

—¡El imbécil de tu hijo intentó follarme otra vez, vieja! ¡Soy su hija, maldita sea, su hija!

—¿Y qué? No eres más que una puta hembra, disponible para ser jodida. Mírala, se viste como un putón y quiere hacerse pasar por santa *mírame-y-no-me-toques*. No eres más que una guarra.

Kimy le mostró un elocuente dedo corazón.

—¡Vete a tomar por el culo, vieja, y que te folle a ti el retorcido de tu hijo, si quieres! ¡Tú también eres una hembra, como a ti te gusta decir!

La Mauchrétien enrojeció de indignación y le levantó la mano. Kimy se puso delante de ella. La superaba en estatura con mucho.

—Adelante, atrévete y verás —la actitud de Kimy no dejaba lugar a dudas, su rostro traslucía un odio frío y poderoso—. Vamos, venga.

La anciana retrocedió murmurando barbaridades, Kimy había conseguido arrancarle los colmillos a la serpiente. Mauricette Mauchrétien había perdido aquella batalla.

—Ve a ordenar la pocilga que tienes de habitación.

—Muérete, vieja. Ha sido tu verraco el que ha puesto mi habitación patas arriba. ¡Ahora es *su* pocilga!

La vieja se retiró refunfuñando. Kimy recogió su bolso y se escabulló.

40

Le dio prioridad a Mahaut. Le envió un mensaje avisándola de su llegada. Mahaut debía de haberse implantado el móvil en el cerebro, porque le contestó de inmediato. Kimy subió la colina de Saint-Sulpice y entró en el pabellón de la entrada de la residencia del alcalde. Aquello apestaba como una perrera. Mahaut estaba tumbada en el sofá, descompuesta y con una delgadez conmovedora. Kimy no pudo contener una exclamación.

—¡Joder, Mahaut! ¿Qué estás haciendo?

En su rostro demacrado, los ojos de Mahaut brillaban de fiebre y parecían más grandes.

—¡Me hace falta, Kim! Necesito un pico. ¡Lo necesito! ¡No puedo más! ¡Porfa!

—Espera. Toma esto.

Kimy sacó la dosis de su bolsillo. Mahaut temblaba de tal manera que Kimy le preparó ella misma el papel de aluminio. Mahaut aspiró el humo con expresión de placer, cogió el resto de la droga con la punta del dedo índice, se lo lamió con avidez y suspiró aliviada.

—Te compro todo el caballo y la nieve, Kim, todo lo que tengas. ¿También tienes éxtasis y maría?

—Sí, tengo.

—Entonces también me lo quedo. ¿Qué te debo?

Kimy hizo un cálculo rápido. Cincuenta pastillas a seis euros cada una. Diez gramos de polvo, cinco de caballo y cinco de nieve, a cuarenta euros el gramo. Cien euros por veinticinco gramos de hierba.

—Son ochocientos euros.

—Ve a mi habitación. Mira en el último cajón de la cómoda, debajo de las bragas. Hay mil euros. Cógelo de ahí.

Kimy hizo lo que le decía. El olor a sudor y semen rancio le golpeó en las fosas nasales. Apestaba literalmente a hurón en aquel cuchitril. Kimy rebuscó entre las bragas, cogió el dinero y volvió con Mahaut.

—Mahaut, tenemos que hablar.

—Adelante, te escucho.

—Tienes que desengancharte. ¿Has visto los vídeos que andan por ahí? Déjalo todo, ve a rehabilitación. Sálvate. Deja el pueblo. No es broma, vas a palmarla. Los grandes ojos de Gollum[15] de Mahaut se llenaron de lágrimas.

—Lo sé muy bien, pero no puedo ni imaginar cómo sería la vida sin droga.

—En cualquier caso, conmigo se acabó. Hablaré con Kevin. Tendrás que tratar con él cuando estés con esa mierda. No quiero venderte más. Mírate, mira este cuartucho.

—¡Muy bien, a la mierda! Mensaje recibido... Solo para que lo sepas, le he robado ese dinero a la imbécil de mi madrastra. Follar por dinero ya no es suficiente. Supongo que un felpudo como el mío no vale mucho en el mercado del sexo. Anda, coge una cerveza de la nevera.

Kimy rechazó el ofrecimiento. Aquel ambiente enfermizo le estaba afectando. Se levantó para marcharse.

—Adiós, Kimy. No volveré a molestarte, te lo prometo. Has sido muy guay. Iré al Big Ben cuando lo necesite. O volveré a tratar con ese hijo de puta de Malik. Si dejo que me la meta por el culo, a veces me da una dosis. Por cierto, hablando de amor: Lilou no deja de llamarme, de llamar a todo el mundo, mejor dicho; no deja de lloriquear y berrear. Nos tiene hasta los huevos. Quizás deberías mandarle un mensaje caliente.

Kimy asintió. Cogió su bolsa Adidas y miró a Mahaut para llevarse una última imagen: un esqueleto tragándose una pastilla con un sorbo de cerveza.

---

15   Personaje contrahecho de *El señor de los anillos*. (N. del T.)

Al mediodía fue al instituto y ventiló rápidamente el hachís. Se guardó dos chinas de veinticinco gramos, que pagaría de su bolsillo. Era el momento de empezar a tener una pequeña reserva personal. De un modo u otro, el imperio de su padre se iba a desmoronar. Y ella le daría el empujoncito que hiciera falta. Mientras tanto, tenía que precaverse contra la escasez que surgiría tras la quiebra del negocio de su padre.

Se dirigió entonces al Intermarché, en las afueras de Viaduc-sur-Bauge, y se ocupó de lo más urgente. Dos pares de vaqueros, dos sudaderas, camisetas, un cortavientos, calcetines, tangas, compresas y tampones, cepillo y pasta de dientes, champú y gel de ducha, un cepillo, algo de maquillaje y laca de uñas, minibotellas de vodka y Carlsberg de medio litro. Lo metió todo en la bolsa. En el centro comercial compró un cartón de Lucky Strike, tabaco de picadura, papel de fumar y dos mecheros. Ya estaba preparada. Levantó la bolsa, se la colgó a la espalda y se dirigió a casa de Henri. Con un cigarrillo en la boca, cruzó el puente y subió por la cuesta de la Virgen, que desembocaba en la del Calvario. La llovizna caía como un vapor gris pegajoso. Solo habría una viscosa penumbra hasta que cayera definitivamente la noche. Todo goteaba con una humedad fría. A ambos lados de la carretera, desde la negrura de los bosques, surgía un olor a tierra vegetal. Se subió el cuello del impermeable. Se moría de ganas de estar junto al fuego. Por primera vez en su vida, sintió que en algún lugar la esperaban solo por ella misma.

Pero llegó en el momento equivocado. Henri no estaba solo. Como había anunciado que iba a estar ausente varias semanas, Sylvie se había preocupado. Kimy no esperaba encontrar a nadie con él: entró como un golpe de viento y se encontró cara a cara con ella. La alumna incorregible olfateó a la profesora, la profesora olfateó a la chica rebelde y, peor aún, a la rival. La animadversión fue inmediata, mutua, en toda su extensión. Miró la bolsa de Kimy, luego examinó en detalle la larga figura de aquella chica que se quitaba el impermeable; Sylvie había reconocido la prenda a primera vista. Evaluó la redondez de sus curvas, notó el rubor afrutado de su piel. Tanto si Henri ya se la estaba follando como si no, Sylvie no tenía ninguna posibilidad contra una chica así. Estaba noqueada. Kimy, por su parte, nunca había imaginado que Henri pudiera tener vida sexual, sobre todo con un esperpento así, y este descubrimiento la puso de mala leche. El ambiente de la habitación se enfrió varios cientos de grados. Con su único ojo abierto, Henri, incómodo, miraba a una y luego a la otra. No sabía exactamente de qué, pero se sentía culpable. Las dos, la joven y la madura, lo miraban como a un pilluelo al que han pillado con las manos en la masa. Y Sylvie sabía que de alguna manera él le debía el lamentable estado de su cara de calabaza a aquella zorrita. Luego, adoptó un tono formal y cortante:

—Bien. Me voy. No dudes en llamarme si necesitas algo.

—Lo haré. Gracias por venir. Has sido muy amable.

Sylvie se puso el abrigo de mala gana, sin levantar la vista. Al salir, empujó queriendo a Kimy con el hombro, que aguantó sin decir nada, haciendo un esfuerzo considerable, por el bien de Henri. Guardaron silencio un momento tras el portazo. Kim rompió el hielo.

—Tengo hambre. ¿Tú has comido?

—No, no he comido.

—¿Quieres que prepare algo?

—Sí, ¿por qué no?

—¿Tienes huevos?

—Sí.

—¿Tienes pasta?

—Sí.

—Tortilla y espaguetis, vamos allá. Venga, siéntate. Yo me encargo.

—Sí, mejor. Yo estoy hecho polvo.

Henri se sentó a la mesa.

—¿Dónde están los platos, vasos y todo eso?

—Vasos y platos, en el primer armario sobre la encimera, cuchillos y tenedores en el cajón al lado del lavavajillas. Cacerolas, sartenes y escurridor están en el armario de abajo, primer compartimento. El aceite de oliva, la pasta y la sal están en el armario justo encima de la placa.

—Entendido, *boss*.

—No me llames así. No soy tu jefe.

—Vale, *boss*... Vamos, no te enfades, solo estoy tonteando.

Puso el agua a calentar, colocó en un plato la pasta para cocer y distribuyó todo lo demás sobre la mesa. Luego batió cinco huevos. No se dirigían la palabra, Kimy concentrada en su trabajo, Henri concentrado en Kimy. Cuando los huevos estuvieron batidos, Kimy fue a buscar su bolsa y la acercó a la nevera. Sacó las cervezas y las puso a enfriar. Se quedó con dos. Le puso una delante a Henri y se la abrió.

—No sé si...

—Bébetela. Para lo que vas a oír, será mejor que te tomes unas cuantas.

Abrió la otra y le dio un buen trago.

El amargor de la Carlsberg le refrescó el gaznate.

—¿Puedo coger una botella de vino? Yo también la voy a necesitar.

—Claro.

Una tras otra, Kimy fue sacando y volviendo a guardar las botellas de la estantería. Se decidió por un Saumur. Cogió la botella y se sentó frente a Henri. Levantó la lata.

—Por ti, Henri.

—Por ti.

—Y por toda esa gente que nos quiere... Realmente estás hecho una mierda, pobrecito.

Por primera vez desde el día anterior, Henri sonrió, lo que le provocó un dolor de perros en la mandíbula y en los dientes. Kimy se rio también, y luego volvió a ponerse seria.

—Bien. Ahora sí que tenemos que hablar, Kim.

Ella agradeció que la llamara por su diminutivo. Levantó la mano.

—Espera un poco más. La comida está casi lista.

—Vale.

Kimy volvió a los fogones. La tortilla chisporroteó en la sartén, escurrió la pasta. Henri se sentía agotado, pero ligeramente eufórico. Media lata, junto con los ansiolíticos, y la cabeza ya le daba vueltas. No duraría mucho.

41

Empezaron a juguetear con el tenedor. Kimy se decidió y respiró hondo.

—¿Qué quieres saber?

—Todo.

—¿Todo como qué?

—Por ejemplo, ¿qué quería decir tu padre con lo de: «Si se la metes a Kimy, prepara la pasta»?

Kimy sostuvo la mirada de Henri, con dureza, sin expresión en el rostro.

—Quiere decir que, si me follas, tengo la obligación de llevarle el dinero de cada polvo.

—Pero eso no... Tú no...

—¡Significa lo que significa, Henri! Soy, o mejor dicho era, una puta de las de mi padre. Me violó por primera vez cuando tenía trece años. Ya tenía edad para eso, «unas buenas tetazas», «su zorra», como solía decir. Después de eso, siguió así y me hizo acostarme con otros tíos por dinero, mucho, quiero decir mucho dinero y muchos tíos, tíos que van de caza con él normalmente, incluyendo mi propio tío.

Henri se encogió en su silla y se puso lívido, le temblaban las manos.

—¿Por qué nunca se lo dijiste a nadie? Podrías habérselo contado, no sé, a la trabajadora social del colegio o a la enfermera.

—Has visto a mi padre de cerca, ¿verdad? Claro. No hace falta decir que habría sido capaz de aterrorizar a cualquiera.

—¿Y ahora qué?

—Ahora ya no quiero, ¡nunca más! Mi padre ya casi me deja en paz respecto a eso. De todas formas, ya soy un poco mayor para la mayoría de esos grandes cerdos. La última vez que lo hice fue justo antes de llevarme tu libro.

Él hubiera deseado no saber nada más, pero había que acabar de sajar el absceso. Al menos ella lo necesitaba.

—¿Y los demás?

—Campesinos, cazadores, notarios, Waldberg y...

—Espera, espera... ¿Waldberg? ¿El monitor deportivo, el del ayuntamiento?

Kimy le respondió con un hilo de voz y una expresión pétrea. No le gustaba que lo conociera.

—Así es, sí... ¿Sabes quién es?

Henri tragó saliva.

—Sí. Bueno, no. Muy poco. Absolutamente nada personal. Por mi trabajo. Lo vi dos o tres veces en el instituto, no más. Hace ya bastante tiempo. Trabaja con el hogar de niños. Por eso el centro a veces trata con él.

Henri bebió. Sus manos temblaban cada vez más. Derramó un poco de vino sobre la mesa.

—¿Y tu madre? Ella debe haber sido...

—Nunca la conocí. Y no tengo ninguna información sobre ella. Cada vez que traté de averiguar algo, recibí una buena paliza. Al parecer, se quitó de en medio cuando yo tenía pocas semanas.

—¿Tu padre te crio solo?

—¿Estás de broma? No, fue mi abuela. Pero, incluso para ella, criar es una palabra demasiado fuerte. Nos odiamos.

—¡Aun así! Ella podría haberte apoyado, ¿no?

Kimy frunció los labios con desprecio. Sus ojos se entrecerraron. Dos ojos de gato preparados para el ataque.

—¡Ella lo sabe todo, la vieja!

Henri se encogió aún más.

—¿Que tu abuela estaba al corriente de todo?

—Sí, y no de pasada. Ella explota las putas de mi padre en su café. Puede que lo conozcas: es la tienda de ultramarinos de Saint-Georges-du-Calvaire.

Algunas piezas del rompecabezas encajaron inmediatamente en la cabeza de Henri: la vieja astuta, la cabeza del jabalí muerto por su hijito, aquella hostilidad latente por parte de los habituales del bar. La cabeza de jabalí encajaba perfectamente con Jacky Mauchrétien. Se grabó cuidadosamente la información. Nunca más iría a aquella tienda de comestibles. Luego volvió a preguntar:

—¿Las putas de tu padre?

—Sí, las putas. Tiene chicas por todas partes, no solo en Viaduct, recorren los pueblos de la zona. Las aloja en apartamentitos que él les alquila a precios muy altos. También las hace trabajar en furgonetas, al borde de la carretera, en las áreas de descanso de la carretera provincial y en la A13, en las gasolineras. A veces van a casa de los clientes, para fiestas sexuales y vídeos, ese tipo de cosas. Y también está lo de las niñas.

—¿Las niñas?

—Sí, las niñas. ¿Crees que yo era la única? Repone el *stock* regularmente. Con Wadlberg y Delveau es fácil. Es un gran negocio.

—¿Delveau?

—Sí. El director de la Casa de Acogida de menores en exclusión social. Materia prima garantizada. ¡Coños para todos los gustos!

A Henri se le levantó el estómago. Una voz le ordenaba que se callara, que lo dejara estar, pero el demonio de la curiosidad le empujaba a averiguar más. Por sí mismo. Se rascaba frenéticamente las heridas.

—¿Así que ha sido eso? Al parecer tu padre pensó que me habías contado sus secretos.

—Sí. Justo antes de darte esa tunda, casi me agarra a mí también. Quería saber lo que tú y yo nos decíamos, y también follarme, de paso.

Henri sintió que en su estómago, sus pulmones y su garganta florecía la planta del pánico. Una flor de fuego y veneno. Se terminó el vaso de un trago para apagar el incendio. Rápidamente, otro. Llenó un vaso tras otro.

—Pero le hice creer que tenía el sida. Me reí a gusto después del sofocón.

—¿Y qué más?

—No confíes en nadie. Aquí todo está podrido. Mi padre tiene bien untados a todos los que tienen algo de poder.

—¿Cómo?

—Es rico... Muy rico. Y muy violento. Es el traficante de drogas de la zona. No un traficante cualquiera, ¿eh? Sino *el* traficante.

—¿Y tú?

—Fumo hachís, de paso me meto algún éxtasis, bebo mucho. Pero sé que eso acabará conmigo si sigo. Y trafico para mi viejo. Me conviene vender bien por la cuenta que me trae, créeme. Siempre es mejor que hacer la calle, ¿no?

Henri interrumpió a Kimy con un gesto de la mano. Sintió como si fuera a desmayarse. Se sentía tan mal que retrocedió a seis años atrás. Tenía la necesidad de gritar. Ayuda... Por piedad... Os lo suplico... Pero nadie podía hacer nada por él. Nadie podía oírle. Fue como ahogarse por segunda vez.

Kimy, la chica dura, lloraba en silencio. Henri apartó su plato y tomó dos vasos más de vino. Ella hacía como si comiera la tortilla, sin mucha convicción, dándole sorbitos a su vaso, con la cabeza gacha, triste. De repente, preguntó sin rodeos:

—Te doy asco, ¿verdad?

Henri frunció el ceño:

—¡No! ¡En absoluto! ¿Cómo puedes pensar algo así, Kim? Lo que me he quedado es pasmado.

—¿Quieres que me vaya?

—No. Me parece que no.

—¿Te parece que no? ¿Sí o no? Puedo arreglármelas muy bien sin nadie.

—Ya lo sé. Lo he visto perfectamente. No. Quédate... ¿Tienes amigos, amigas?

—En realidad, no. Solo soy quien les abastece. El eslabón necesario. Si no, no se interesarían por mí. Solía tener una novia, Lilou, pero se está volviendo una pervertida. Está enamorada de mí, pero no quiero verla más. Y encima todos se cagan en los pantalones. Solo con ver a mi padre o a mi tío se desmayarían. Es mejor para ellos, y para ellas sobre todo. Con mi padre y sus amigos, las chicas tendrían mucho que perder.

—¿Y los policías?

—Con los de Viaduc, al menos, nada que hacer. Beloncle es un viejo corrompido. Mi padre lo tiene agarrado por los huevos.

—¡Vamos, Kim, no digas tonterías!

—¿Tú qué crees? Los amigos de mi padre son gente retorcida, como él. Mi padre les pone en bandeja todo lo que les gusta. Los unta, los invita a cazar, les da buenas comilonas y gatitas en abundancia. Puedes ir a poner una denuncia, si quieres. Sus marionetas registrarán tu queja, seguro, pero nunca le darán curso. O peor. Beloncle se lo contaría a mi padre y el maldito hijo de puta podría cabrearse y volver a hacer que esto que ha hecho.

Henri se puso blanco como la leche. Así que Beloncle participaba en todos esos horrores... Todo se aclaraba de repente. Quiso hacerle otra pregunta a Kimy, pero ella se le adelantó:

—¡Cuidado con ellos, Henri! ¡Joder! Siento muchísimo haberte metido en todo esto. Si lo hubiera sabido, no habría vuelto a devolverte el libro. Si lo hubiera sabido, ni siquiera lo habría cogido. ¡Te juro de verdad que no quería que pasara todo esto! Me crees, ¿verdad? ¡Dime que me crees! Nunca pensé que iba a hacer lo que ha hecho. Mi viejo está cada vez más fuera de control. Habla solo. Siempre está esnifando y bebiendo... De todas formas, no vale la pena ni pensar en los maderos de Viaduc. De un modo u otro, Beloncle les impedirá hacer su trabajo. No. Hay que pensar otra cosa.

—¿Cómo consigue tu padre sus suministros?

—De un tipo que viene de París, una verdadera basura también. Mi padre lo llama el Albanés, pero su verdadero nombre es Dumontier. Lo he visto tres veces. Me desnudaba con la mirada. Yo temí incluso que mi padre le propusiera echarme un polvo. Tiene una pinta de lo más repulsiva.

Henri se frotó la cara, con lo que se reavivó el fuego de sus magulladuras. El ataque de pánico volvió a apoderarse de él, sintió en el estómago cómo le crecía una angustia que lo arrastraba hacia abajo como un yunque. Tuvo que contenerse para no salir corriendo. Se mordió el interior de las mejillas. Sintió como descargas eléctricas en los dientes. Genial. Kimy continuó:

—Él es el que le trae la droga y también viene con chicas muy jóvenes, extranjeras. Mi padre las pone a trabajar con las suyas. Parece que le tiene miedo a ese tipo y eso sí que es increíble. Lo he visto en sus ojos. Un brillo especial. Dumontier debe ser realmente muy peligroso. Nunca creí que mi padre pudiera tener miedo de algo. Se reúnen varias veces al año. Mi padre y mi tío venden la merca, luego se reparten las ganancias con Dumontier. Al parecer comparten grandes proyectos.

—¿Qué piensas hacer?

—Uno, voy a seguir traficando para mi padre. Soy una buena hormiga. Si dejo de hacerlo, me voy a comer un marrón. No tengo ganas de que me revienten. Dos, se acabó que me follen, prefiero que me maten. Por eso es por lo que tampoco puedo dejar de traficar. Es un *ni pa' ti ni pa' mí* por ahora. Tres, quiero que todos esos mierdas paguen por lo que hacen, sea como sea. Y, cuatro, quiero dejarlo. Estar bien de una vez. Eso es todo.

—¿Qué pasa con el instituto?

—Me importa una mierda. No es para mí. No me interesa. Créeme, nunca ha habido allí nadie que se interesara en que hiciera los deberes. Si todavía voy al instituto, es para vender. Recuerdo que el año que estaba en tercero, mi padre no paraba de montarme. Me lo pasaba continuamente acojonada. Me dolía todo el tiempo. Nunca hacía los deberes. Cuando iba a clase, los idiotas de los profesores creían de verdad que lo peor que me podía pasar era que no quisiera hacer los deberes, o el hecho de ir al insti. ¡Tenía el culo hecho mermelada! A veces sangraba. ¿Es que nadie se daba cuenta? ¡Y una mierda! Y no soy la única que está pasando por lo mismo... Ahora necesito ayuda, Henri. Por favor.

Como Henri no respondía nada, los ojos se le encendieron de ira. Ya no lloraba. Se incorporó e hizo una pausa.

—No me crees, ¿verdad?

—No lo sé, Kim.

—¿Quieres verlo?

—¿Qué quieres decir?

—¿Puedo usar tu ordenata?

Acababa de sacar del bolsillo de la sudadera el disco de memoria externa.

42

El Oso se metió una larga raya de coca. ¡Sniiiifffaaaaaah! Se echó hacia atrás en la silla y se frotó la nariz. Eran las once de la mañana. Los trabajadores estaban atareados, los troncos entraban en el aserradero y salían convertidos en tablones, vigas y planchas. Una esencia a pino perfumaba el aire. Ya era su segunda raya esa mañana, pero ni la coca ni los múltiples cafés cargados conseguían librarle de los efluvios del resacón. Sus hazañas de esos días le habían dejado un regusto amargo. Romperle la cara al profesor había sido una auténtica cagada. Meter en cintura a un puñado de prostitutas que no le interesaban a nadie nunca tenía consecuencias. Pero reventar a un tipo de orden, sin ninguna relación con su negocio, suponía una torpeza comprometedora. El profesor no solo no sospechaba nada antes de esa masacre, sino que, ahora, seguro que sí debía de sospechar algo. Era increíble, pero Kimy le había dicho la verdad. ¡Kimy leyendo libros! ¿Adónde vamos a parar? ¡Menuda maricochada! La cabeza le zumbaba. Sus cogorzas eran cada vez peores. Sentía como si el suelo se abriera bajo sus pies a cada paso. Las paredes tenían ojos. Tenía la impresión de que algo lo estaba observando siempre. Una amenaza difusa que se cernía sin cesar sobre su cabeza. Incluso el bosque estaba infestado de almas en pena. Empezaba a tener miedo de internarse solo en él. Le hablaban con voces de ultratumba. Eran imaginaciones suyas, por supuesto. Pero tuvo que decírselo a sí mismo en voz alta para convencerse. Tenía que ser inteligente y controlar lo que se estaba metiendo para el cuerpo. Se hizo una serie de buenos propósitos: aflojar con la botella, no más cocaína durante el día y nada de éxtasis fuera del fin de semana. Dany y él estaban logrando muchos objetivos. Ya no se trataba tan solo de una expansión del mercado, sino que era una invasión en toda regla, una auténtica guerra relámpago a lo largo y ancho de la región. Su facturación mensual se triplicaría. Era el momento de prescindir de Kimy. Las opciones en cuanto a qué hacer con ella eran reducidas. Podía largarla, o podía tenerla bajo control, o incluso matarla. ¿Pero quién le aseguraba que el jodido profesor no metería las narices en sus asuntos? Entonces también habría que eliminarlo. No, lo mejor era dejarla en paz, a cambio de lo cual ella seguiría traficando. No se podía poner en duda su talento para el trapicheo: estaba haciendo un trabajo inmenso. Una vez tomada esta decisión, se quitó un gran peso de encima. Por otra parte, había montones de cosas que hacer, le llovían problemas de todas partes. Los cerdos de los pedófilos gruñían sin parar. Le ahogaban las peticiones. Los cabrones temblaban ante la idea de volver a echarle el guante a más carne joven. Seguir teniéndolos sujetos por las riendas no hacía sino aumentar su calentura. Preveía un diluvio inmediato de billetes de cien. Había que concertar las citas y organizar los lugares de encuentro, en consonancia con las fantasías de dichos señores. Sobre todo, había que ocultar cuidadosamente todo el equipo de vídeo. Esos papis cariñosos no lo sabían, pero se estaban convirtiendo en estrellas de cine. Era el seguro de vida del Oso. Beloncle ya había probado a Alizée. La había esposado antes de violarla por todos lados. Delveau y Waldberg estaban ya sazonando la carne. El vídeo promocional que le habían enviado era prometedor. Por unas cervezas y dos miserables canutos, la niña se dejaba hacer de todo. ¿Qué no haría por éxtasis o algo de coca? Con la otra, Anastasia, todo lo que tenía que hacer era ponerle algo de dinero delante de la nariz para que se pusiera manos a la obra. Una verdadera profesional la susodicha, dócil y trabajadora. No se la entregaría a Dumontier. Jacky le había reservado un buen lugar en su organigrama para cuando ya tuviera los catorce años. Por el momento, Waldberg y su esposa mantenían a la pequeña Marie en secreto. Muerto de risa, Waldberg le había contado al Oso cómo la habían disfrazado de Primera Comunión, con su velito, su vela, el rosario y toda la parafernalia religiosa. Luego, tras la violación, la habían golpeado como a una bola de masa de harina. Cuando acabaran con ella, la confiarían a los atentos cuidados de Jacky Mauchrétien. Y, a todo esto, se iban acercando las fiestas navideñas.

Llevaban retraso con el corte del hachís, el pesaje de la cocaína, el embolsado, las entregas... Se imponía un serio empujón. También tenía que dar los últimos retoques a las fiestas de Navidad y de Nochevieja en el Granero, su discoteca. Afortunadamente, Dany le ayudaba eficazmente en el día a día.

En resumen, el Oso no tenía tiempo para seguir preocupándose por el caso de su hija. Se sirvió otra taza de café, resistiendo la tentación de regarlo con Calvados, y encendió un Camel, con nerviosismo.

43

En el despacho, Kimy se sentó ante el ordenador y conectó el disco de memoria externa.

—Te lo diré en dos palabras: mi padre filma a todos los cabrones que se tiran a las chicas. Lleva años haciéndolo. He sacado los archivos de su ordenata. Están Waldberg, Duthil, Campion, Delveau, un médico de Viaduc y muchos otros. Se les reconoce a todos muy bien. ¿Vas a querer verlo?

Henri asintió como un sonámbulo.

Los vídeos lo espabilaron violentamente. Apartó la mirada cuando Kimy abrió un vídeo en el que *ella misma* era la niña abusada. Sintió una puñalada en el corazón.

—Por favor, Kim, tú no... ¡Por favor!

—Como quieras... ¿Y ahora me crees? Cerró el archivo.

—Con estas películas hay suficiente para que caigan todos juntos. Dime, ¿me ayudarás?

Henri tuvo de golpe una corazonada.

—¡Un momento!

Se sentía tan mal que creyó que se iba a desmayar. Puso la mano en el hombro de Kimy y se apoyó en ella, tambaleándose.

—¡Henri! ¿Te encuentras bien? ¡Dime algo! ¿Estás bien? ¡Estás pálido, joder!

—¿Desde hace cuántos años que se vienen grabando estos vídeos?

—No estoy segura. Siete, ocho años. Tal vez más. ¿Seguro que estás bien?

Henri no quitaba los ojos de la pantalla. Había en ella docenas y docenas de iconos.

—Selecciónalos todos y ordénalos por fecha de creación. ¡Rápido!

—Vale... Ya está... Pero ¿qué quieres ver?

—Busca un vídeo de hace cinco años y medio más o menos, hacia abril o mayo.

Kim lo hizo.

—Ya está. Solo hay uno.

Henri se pasó la otra mano por la cara, temblando como en un ataque de Parkinson.

—Adelante. Ábrelo...

44

—¡Qué zorrita! ¿Crees que no sé en lo que tú y tus amigos estáis metidos? Me has cogido quinientos euros del bolso. ¿Y qué hay de los otros mil de la última vez? ¿Tú te crees que no lo veo? ¡Bebes! ¡Tomas drogas! ¡Te comportas como una puta de las más baratas!

La madrastra de Mahaut apenas tenía diez años más que ella. Tenía todos los atributos de una Barbie, empezando por los inevitables implantes mamarios, una cintura de avispa y unos labios admirablemente adaptados a la succión. Su padre la había recogido en una de sus juergas o, mejor dicho, *ella* era la que lo había pescado. Su madre biológica se había escapado de casa con un joven amante unos años antes, con el consiguiente escándalo y el revuelo en la buena ciudad de Viaduc-sur-Bauge. Al principio, el señor alcalde pudo consolarse de su roto matrimonio en brazos de numerosas amantes. Pero, increíblemente, había metido otra vez la pata al picar de nuevo el anzuelo. La verdad es que la joven Barbie eclipsaba a sus predecesoras con su impecable cirugía plástica y su consumado arte de la felación, pero casarse con ella había sido un lamentable error. Candice era de una ignorancia supina y tan descaradamente estúpida que más que una verdadera aliada era un impedimento, una vergüenza, una especie de herpes gigante que él llevaba a todas partes como un estigma. Cada vez que abría la boca, la estupidez que soltaba era tan enorme que mortificaba al edil, proporcionando material de cachondeo durante semanas a las buenas gentes de la comarca. No cabía duda de que aquella boca estaba hecha exclusivamente para tragar. Así que el alcalde últimamente ya no solía llevar del brazo a Candice a fiestas, reuniones y actos benéficos. Las elecciones legislativas se acercaban a pasos agigantados. No era cuestión de darle a la oposición argumentos por culpa de tal pavo real. Y el bello animal se aburría mortalmente en la mansión familiar de los Gaillard, había empezado a amargarse y a mostrar una clara inclinación hacia el alcoholismo, así como a frecuentar al jardinero. Pero su mejor pasatiempo era la guerra de trincheras que entablaba con su hija adoptiva.

Mahaut desafió a Candice:

—¡Sí, te los he robado! ¡Lo único que tienes que hacer es chupársela a mi padre! Para eso te paga, ¿no? Por cierto, ¿él sabe que el jardinero te está regando el arriate?

Una bofetada golpeó la pálida mejilla de Mahaut, pero Candice había perdido la iniciativa. Retrocedió y salió de espaldas del pabellón, todavía horrorizada por aquella mugre, por aquella sórdida pocilga, la antítesis de lo que la idea de femineidad superficial y bien peinada de Candice podía soportar. La energía abandonó de repente el frágil cuerpo de Mahaut. Se desplomó en el sofá, rebuscó entre los trastos de la mesita en busca de un culo de cerveza y la colilla de algún porro. Apestaba. En sus escuálidas nalgas le habían salido dolorosos abscesos. Aunque consiguiera de alguna manera equilibrar el mono y el posterior bajón, ya se había fumado toda la heroína. Donde se inyectaba, ya se empezaba a notar la necrosis. Aún le quedaba algo de hachís y pastillas, pero su obsesión la llevaba a visiones maravillosas de cuencos llenos de pasta base de cocaína. ¡Qué tormento! Tenía que volver a la agotadora búsqueda de dinero y drogas. Ya nadie iba a pagar por acostarse con ella. En el mejor de los casos, la utilizarían como juguete los borrachos de la calle. Fuera solo la esperaba la oscuridad de la noche.

45

—¡No, no, no, no!

De golpe, Henri se vio arrasado por un tsunami de horror. Gritó tan fuerte que Kimy saltó de la silla. Soltó un gemido largo y sin fin, se sujetaba la cabeza con ambas manos horrorizado, con cara de demente, incapaz de apartar los ojos de la pantalla. Se veía a una chica desnuda atada por las muñecas. La cuerda que la ataba estaba firmemente sujeta a un árbol. Forcejeaba como una loca y daba vueltas alrededor del tronco como un animal acorralado. Se la veía gritar. Afortunadamente, no había sonido. Un hombre encapuchado apareció de espaldas en la pantalla. Kimy tuvo el impulso de agarrar el ratón y cerrar el archivo.

Henri estaba completamente fuera de sí. Tenía los ojos desorbitados y gritaba el nombre de su hija hasta quedarse ronco. Kimy ya había oído esos gritos antes. Ella también había gritado así. Así berrean las víctimas. Él se dio la vuelta, salió en tromba, se dio un golpe contra la puerta, chocó contra el quicio, se enderezó como pudo y siguió recto. Voló literalmente sobre el sofá, dio una voltereta y se estrelló contra el suelo. Kimy se lanzó tras él, un miedo terrible la roía por dentro. Pura locura. Henri se había convertido en un gemido. Se golpeaba la cabeza contra el suelo sin darse cuenta. Ella oía los golpes secos en las baldosas. Estaba sangrando. Ella se arrodilló y lo inmovilizó, él se desgañitaba cada vez con más fuerza. Ya no sentía las costillas. Estaba completamente histérico. Kimy gritó a su vez, suplicándole:

—¡Para! ¡Para! Por favor, ¡para! ¡Para!

Se lo gritaba una y otra vez, como si fuera su propia cabeza lo que él estaba golpeando contra el suelo.

—¡Para, Henri! ¡Para! ¡Para! ¡Para! ¡Por favor! ¡Por favor!

Forcejearon. Como pudo, le dio la vuelta y se le echó encima, estrechándolo con todas sus fuerzas contra sí hasta que se le agarrotaron los músculos. No lo soltaría por nada del mundo. Prefería aguantar sus sacudidas y sus cabezazos. En un abrir y cerrar de ojos no exento de ironía, se dio cuenta de lo mucho que lo necesitaba.

—¡Para! ¡Cálmate! ¡Para! ¡Cálmate!

Repitió el mismo mantra las veces que hizo falta hasta que Henri quedó como hipnotizado y dejó de agitarse. Los vaqueros de Kimy estaban manchados de sangre. Henri sollozaba con desesperación y mugía. Sus lágrimas empapaban la tela. Kimy podía sentirlas en su piel. Tenía frío y miedo. Henri se calmó un poco. Ella aflojó un poco la presión con que lo sujetaba. Él liberó los brazos y rodeó las caderas de Kimy, acurrucando la cabeza en su regazo. Ella le estuvo acariciando el pelo durante horas. Hacía tiempo que había oscurecido. Kimy tenía el cuerpo ya anquilosado, pero no pensaba moverse por nada del mundo. Cuando creyó que él estaba preparado, le invitó a hablar. Le susurró:

—Adelante, Henri. Es tu turno. Cuéntamelo.

Henri se dio la vuelta, apoyó la cabeza en los muslos de Kimy y cerró los ojos. Con voz insegura, por fin se decidió. Ella apenas podía oírle. Al principio hablaba de manera desordenada y a Kimy le costó seguirle. Ella le fue guiando. Luego lo entendió claramente. Resultaba que, seis años antes, Charlotte había desaparecido y no había vuelto del fin de semana. Tenía dieciséis años. No era su forma de actuar. Lo único que sabían con certeza era que no había cogido el autobús para volver a casa desde el instituto. Henri y Anna se temieron inmediatamente lo peor. Y lo peor ocurrió. La encontraron unos días después, violada, golpeada y estrangulada. El asesino no fue detenido. Ni una sola pista. Henri descubrió que el infierno no siempre espera a que estés muerto para llevarte. Se hundió. Se obsesionó con que su hija seguía allí, en algún lugar, viva. Permanecía en la habitación de Charlotte la mayor parte del tiempo y ya no pudo trabajar. Hablaba con ella en la mesa, en las tiendas, en el instituto, en todas partes. Repasaba una y otra vez los álbumes de fotos y las películas familiares. La investigación seguía en punto muerto. Era Beloncle quien la dirigía. Henri se hundió aún más. Anna se hundía a ojos vista. Ella resistió con valentía los dos primeros años. Luego su resistencia se quebró. Volvió a remontar, sobrellevando la vida lo mejor que pudo. Henri, no. Tuvo que ser internado frecuentemente, sin ninguna señal de progreso. Después de tres años de enajenación mental, Anna estaba agotada y lo abandonó. Él no se lo reprochó. Todo había muerto con su hija. Se divorciaron unos meses después. Ella le dejó la casa. Luego, Henri se recuperó un poco. Su cabeza finalmente aceptó que su hija había muerto. Pero su corazón no lo aceptaba y nunca lo haría. Las recaídas y las mejorías se fueron espaciando. Volvió a trabajar a tiempo parcial y vivió a base de dosis masivas de antidepresivos. Asustaba a la gente, no tenía amigos y contaba con los dedos de una mano los que se atrevían a acercarse a él sin que hubiera algún motivo. Milímetro a milímetro, de pequeña victoria en pequeña victoria, Henri volvió a aprender todas las rutinas de la vida diaria: preparar una comida, asearse con regularidad, hablar, e incluso, en los últimos tiempos, reír a veces. Hacía un año ya que se estaba acostando con Sylvie. Pero seguía escribiéndole correos a Charlotte. Había creado una dirección para ella. Esa fue la última concesión a su locura. Entonces Kimy había irrumpido en su precaria existencia, como un elefante en una cacharrería.

—¿Quieres que me vaya?

Henri abrió por fin los ojos. Alargó la mano hasta la mejilla de Kimy. La acarició con la punta de los dedos. Ella aceptó pensativa aquel gesto de ternura.

—Claro que no.

—Vamos. Tenemos que dormir.

Se levantaron con dificultad, como esos boxeadores groguis que se apoyan el uno en el otro al final de un combate. Kimy hizo una mueca de dolor al desplegar sus piernas agarrotadas. Se puso a cuatro patas y se levantó tirando de Henri por los brazos. Él emitió un quejido. Ahora sí sentía sus costillas. Se acurrucaron lo mejor que pudieron en el sofá, bajo la manta, y se durmieron profundamente.

46

Cuando se despertaron, estaban arrugados como sábanas viejas. Henri parecía un vagabundo. Tenía los ojos hinchados y Kim tenía un dolor de cabeza insoportable. Ella le acarició la cara.

—Henri, tienes que lavarte sin falta. Es importante. Por favor.

Él asintió, se desincrustó del sofá dificultosamente y dio un rodeo para acercarse a la mesa. Se tomó unos antiinflamatorios y se tomó cuatro pastillas rosa a la vez. Subió al primer piso.

No reconoció al hombre del espejo. Tenía la cara sucia, hinchada, estaba desgreñado. La herida de la frente se había secado. Pero, curiosamente, no se sentía tan mal como esperaba. Se había quitado un enorme peso de encima. Ningún psiquiatra podría haber conseguido semejante resultado. Nunca superaría la muerte de Charlotte, lo sabía. Nadie se recupera de semejante horror. Pero ahora aceptaba la idea de vivir con ello. Todo era nuevo. Gracias, Kimy. También se dio cuenta de que podía hacer algo, de que tenía una buena razón para seguir adelante, para intentar destruir a los miserables hijos de puta que habían matado a Charlotte. Llenó el lavabo de agua muy caliente y empezó a afeitarse. Luego se cepilló los dientes y se dio un baño caliente. Enjabonarse era doloroso, pero lo hizo con gusto. Tiró toda su ropa al cesto y se dirigió al dormitorio. Abrió el armario, cogió unos vaqueros, una camisa y un jersey. Volvió al cuarto de baño y se peinó.

Cuando volvió a bajar, Kimy recogió su bolso del despacho y subió, a su vez, a la otra planta.

—¿Puedo?

—Estás en tu casa.

Ella también tenía mucha necesidad del agua bendita, como cuando después de que la obligaran a un polvo humillante. La ropa que llevaba puesta la iba a tirar a la basura. Se lavó durante un buen rato y luego se puso guapa. Se cepilló los dientes y, tras pensarlo un momento, dejó el cepillo en la repisa. Eso era todo, se iba a vivir con Henri. Se peinó, se maquilló un poco, nada llamativo, y se puso la ropa nueva que se había comprado el día anterior.

Henri estaba sentado a la mesa. Había preparado café. La esperaba delante de dos tazas. No mencionó las confesiones de la noche anterior. Y fue él quien lanzó la pregunta:

—¿Tienes un plan?

—Creo que sí.

—Explícate.

—Vamos a entregar todos los vídeos. No a la pasma local, obviamente.

—De acuerdo. ¿Y en cuanto a tu padre?

—Primero, lo rastrearemos.

—¿Cómo piensas hacerlo?

—¿Has oído hablar de programas espía que se pueden instalar en ordenadores o móviles?

—Vagamente.

—Lo he investigado. Es increíble todo lo que se puede hacer con eso. Solo tienes que instalarlo en el teléfono y listo.

—¿Y crees que tu padre te va a dejar hacerlo?

—Hay un momento en que es posible. Si llego lo suficientemente temprano, todavía estará allí. Suele ducharse por la mañana antes de salir. Escucha las noticias en la radio del cuarto de baño. Se tarda menos de cinco minutos en instalar el *software* en un teléfono.

—Digamos que sí. ¿Y luego?

—Le robaremos el dinero a mi padre. Dumontier lo va a masacrar.

—¿Cómo nos las vamos a apañar para robárselo?

—Eso es lo difícil. Por el momento, no lo sé. ¿Sigues conmigo?

—Al cien por cien. Ahora es mi turno. Tengo que pedirte un favor.

—Adelante.

—El vídeo de ayer... Tienes que verlo por mí. Yo no puedo. Sé cómo termina, por desgracia. Solo quiero saber quién es el tipo. Tal vez lo reconozcas.

—De acuerdo, Henri.

47

Para no perder tiempo, primero hizo lo que Henri le había pedido. Se encerró en el despacho. Abrió el expediente fechado el 27 de abril de 2010. Charlotte esperaba a su verdugo. Él caminaba hacia ella. Se tomó su tiempo para desnudarse, pero no se quitó el pasamontañas. Charlotte daba vueltas alrededor del tronco, atada con sus ligaduras. Él la perseguía. Kimy aceleró, pasó el principio de la violación. Mierda. No iba a poder ver la cara de ese cabrón. Pero de repente ocurrió algo. Kimy detuvo la lectura rápida y retrocedió un poco. Charlotte luchaba como una leona. Liberó una de las manos y la lanzó a los ojos del otro. ¡Se había liberado! Kimy quería creerlo, aunque ya conocía el trágico desenlace. El hombre se enderezó dolorido. Charlotte tiró del pasamontañas. ¡Beloncle! Se volvió completamente loco. La tiró al suelo, la acribilló a puñetazos y la estranguló, con el rostro rojo de odio. Charlotte forcejeó un poco más y se acabó. El hijo de puta se levantó, miró asustado a su alrededor, se vistió a toda prisa, cogió su pasamontañas y huyó. La cámara filmó el cadáver durante horas. La luz fue declinando. Luego, la película se detuvo.

Al otro lado de la puerta, Henri esperaba, impasible. Cuando Kimy salió del despacho, no dijo nada. Ella se sentó a su lado. Primero dijo el nombre del asesino. Beloncle. Henri esbozó una sonrisa de asco. Recordó las entrevistas con el agente de policía, los deprimentes informes de una investigación siempre en punto muerto. ¡Y con razón... jodida escoria! Kimy dejó que asimilara la información. Le cogió la mano. Temía una posible crisis, pero no pasó nada.

—Eso no es todo...

—Adelante, Kim. Te escucho.

—Tu hija luchó. Ella no dejó que ese bastardo se lo hiciera. Se las arregló para arrancarle el pasamontañas. Fue entonces cuando ese cerdo repugnante la mató. ¡Ella luchó, Henri! ¿Me oyes? Ahora es nuestro turno. Los atraparemos. Imagina lo que podemos hacerle a Beloncle si sabemos usar bien esta película.

Henri se volvió hacia Kimy. Parecía decidido.

Asintió con la cabeza.

&ℭ

Esa misma tarde, Kimy compró un Ultrabook Samsung NP53 serie 900, una verdadera joyita. Quería tener su propia herramienta informática para no dejar ningún rastro comprometedor en el ordenador de Henri. En cuanto tuvo el Ultrabook en sus manos, pidió por Internet la versión Black Extreme del *software* Global GSM Control Black. Con este espía informático, podía hacer absolutamente cualquier cosa: descargar directorios de direcciones, leer mensajes de texto, escuchar conversaciones en directo, localizar el teléfono por triangulación o incluso activar el vídeo y el micrófono de cualquier teléfono a distancia, sin ser detectada. El teléfono del Oso se convertiría en sus oídos y sus ojos. En cuanto pagó la compra, recibió un correo electrónico de confirmación con el manual de instrucciones y el código de activación. Solo quedaba instalarlo en el teléfono de su padre. Se le disparó la tensión solo de pensarlo.

48

A la mañana siguiente, se levantó muy temprano y bajó a la granja por el camino de los Aduaneros. El Amarok estaba aparcado en el patio. El Oso estaba en su guarida. Kim dio la vuelta a la casa. Se pegó a la pared entre la puerta principal y la ventana de la cocina. Nada más asomarse para echar un vistazo, tuvo que recular a toda velocidad. Su padre estaba sentado de espaldas a la ventana. Estaba desayunando. Kim volvió a esconderse. Al cabo de unos minutos, el Oso abandonó la mesa para darse una ducha.

El corazón le latía con fuerza en el pecho. ¡Vamos! Se encogió de tamaño. Deslizó la llave en la cerradura y entró conteniendo la respiración. La suerte le sonreía: su padre se había dejado el teléfono encima de la mesa. Lo cogió y se conectó a Internet. ¡Mierda! No había cobertura. ¡Joder, no podía ser verdad! Sus manos empezaron a temblar. ¡Venga! ¡Venga! Lo intentó de nuevo. Un minuto, dos minutos, tres minutos. Todavía nada. No había manera de conectar. Cambió de posición, se puso de puntillas. ¡Vamos! Solo se permitía respirar una de cada cinco veces. El sudor le corría por todos lados. Ya está. Tecleó la URL del sitio web y descargó el *software* en el teléfono. ¡Estaba temblando! Siguió uno a uno los pasos de la instalación. Rápido, rápido, rápido. Desde donde estaba, no podía vigilar a su padre. Ya casi había terminado. ¡Por el amor de Dios! Oyó abrirse la puerta del cuarto de baño. Su padre estaba saliendo. Rápido, rápido... ¡Sí! La instalación había terminado. Pero tenía el teléfono en la mano. Estaba petrificada. El sonido de los pasos se oía más fuerte. Ya venía, maldita sea, ya venía... Oyó crujir las escaleras bajo el peso del mastodonte. Estaba subiendo a su habitación. ¡Uf! Cogió y expulsó el aire lentamente varias veces. Amortiguando el paso, volvió a la mesa y colocó el teléfono exactamente de donde lo había cogido. Vio las chinas de hachís y las pastillas de droga al otro lado de la mesa, pero volvería a por ellas más tarde, para no despertar las sospechas de la bestia. Volvió a salir a hurtadillas pegada a las paredes de la casa y desanduvo el Camino de los Aduaneros en dirección contraria.

&

Al llegar a casa de Henri, hicieron una prueba. Kimy se conectó e introdujo sus contraseñas y su nombre de usuario. Era increíble. Iban y venían a su antojo dentro del portátil de su padre. Comprobaron la función de escucha. El micrófono del teléfono se encendió. Su padre estaba en el aserradero. Podían oír la maquinaria de fondo. El Oso estaba dando instrucciones a Catherine. Luego probaron el GPS. En la pantalla del teléfono de Kimy apareció un mapa. Un punto marcaba la posición del teléfono de su padre. Funcionaba a las mil maravillas. Ahora tenían acceso a todo lo que pasaba por el móvil del Oso. Sin más tardanza transfirió con cuidado el contenido a su Ultrabook. Si querían, también podían controlarlo desde cualquier ordenador conectado. La trampa ya se estaba cerrando sobre él. La caza del plantígrado había comenzado. Kimy se desperezó como un felino.

—Voy a sobar un poco. Todo este estrés me está matando.

— Vale, Kim. Hasta luego.

—Hasta luego... Henri.

—¿Hmm?

—Nada de hacer tonterías, ¿eh?

—No, no te preocupes. Por cierto, se me había olvidado.

—¿Qué?

—Gracias.

49

Por la tarde, mientras hacía las entregas por el centro de la ciudad, tuvo la sensación de que la seguían. Se dio la vuelta: Lilou le pisaba los talones. Con una actitud a medias entre el sufrimiento y la agresividad, se precipitó sobre Kim, que ya se estaba dando la vuelta.

—¡No, Kim! ¡No tienes derecho! ¡Para! ¡Para, mierda!

Estaba hablando a gritos. Los transeúntes se volvían hacia ella. Esa imbécil estaba llamando demasiado la atención. Irritada, Kimy decidió escucharla. Lilou estaba fuera de sí, histérica, llorando a lágrima viva.

—¡No puedo más, Kim! Dime qué te he hecho. Si he metido la pata, dímelo. Te prometo que haré todo lo que quieras, ¡todo! ¡No me dejes!

Kim la miraba con frialdad de arriba abajo.

—No te quiero. Nunca te he querido. Déjame en paz.

Lilou se puso de rodillas, sin ningún reparo, sobre el pavimento. Gemía, hipando de pena. Se agarró a los tobillos de Kim.

—No me... No, eso no. Es demasiado... demasiado... duro. No digas eso. No es verdad. ¡Me hiciste el amor! ¡Te lo di todo, todo! Todavía te lo doy. ¡Tómame como quieras, como quieras! Trátame como a una perra, como a una esclava, como a un pedazo de mierda, pero quédate conmigo. ¡Te lo ruego! Quédate conmigo.

Lilou frotó sus mejillas contra las zapatillas de Kimy.

—Te he dicho que se acabó.

Kimy, de un tirón, liberó sus pies y siguió adelante.

50

Una mañana, Kimy escuchó un mensaje en su iPhone. Bea le decía que Mahaut se había suicidado. Se le doblaron las piernas, se dejó caer sobre el sofá con los ojos empañados y la llamó. Mahaut ya había sido enterrada, discretamente. Una señora de la limpieza enviada por su madrastra había encontrado el cadáver. Una rápida autopsia confirmó lo evidente. Mahaut se había cortado las venas. Pero había una complicación. En seguida, el alcalde había empezado a armar un gran alboroto, prometiendo remover cielo y tierra en búsqueda de la verdad. La autopsia había revelado una asombrosa cantidad de drogas de todo tipo. Kimy estaba muy afectada. Se mordió los labios. Las lágrimas brotaron de sus ojos, pero se contuvo con todas sus fuerzas. Después de todo, estaba harta de llorar. Ninguna llegó a rodar por sus mejillas. Colgó el teléfono, rechazó bruscamente a Henri, que quería saber qué pasaba, y salió corriendo de casa para ocuparse de los burros.

Los días siguientes los dedicó a la odiosa tarea de ordenar los vídeos. Decidió crear una carpeta para cada pedófilo. Puso juntos todos los vídeos en los que aparecía cada hombre distinto, en total treinta y uno diferentes. Ella misma aparecía en un número importante de vídeos. La mayoría de ellos la habían violado cuando tenía entre catorce y dieciséis años. A continuación, elaboró otra serie de carpetas, mucho más numerosa, sobre prostitutas adultas. Los clientes habían sido espiados mientras lo hacían. Kimy no lo supo hasta ese preciso momento, pero todos los apartamentos, alojamientos, pisos e incluso las furgonetas donde operaban las chicas también estaban forrados de cámaras en miniatura. El Oso vigilaba a sus putas y tenía un impresionante archivo de imágenes de prácticas sexuales, desde las más banales hasta las menos confesables. Kimy identificó a algunos de ellos, principalmente los de Viaduc-sur-Bauge, pero el grueso de la clientela seguía siendo desconocido para ella. En cuanto a los que se lo hacían tanto con niñas como con jóvenes mayores de edad, los clasificaba doblemente. Waldberg y Beloncle estaban entre ellos. También reunió todas las películas de las fiestas orgiásticas de su padre en un solo archivo al que llamó «El Revolcadero», ya que estas fiestas tenían lugar en la dacha. Un cuarto grupo de vídeos difería completamente de los tres primeros. Se trataba de las entrevistas entre Dumontier y su padre. El desarrollo de cada negocio quedaba perfectamente reflejado en ellos. Su padre sacaba sobres repletos a reventar de euros de una bolsa de deporte Adidas; él y Dumontier se repartían los fajos; su padre recibía la droga que traía el Albanés; luego procedían a poner en circulación a las chicas de Dumontier. Aquella bolsa Adidas le dio que pensar. Kimy nunca la había visto. Su padre la escondía cuidadosamente. ¿Pero dónde? Finalmente, formó un quinto grupo de vídeos que no habría nunca imaginado tener que clasificar. El vídeo de Charlotte formaba parte de él. Afortunadamente, «solo» había otros tres del mismo tipo. Tres chicas, que ella nunca había visto, siendo abusadas y luego asesinadas. Al parecer, la rabieta de Beloncle le había dado nuevas ideas a su padre sobre cómo diversificar la oferta. Probablemente, los padres aún seguían esperando noticias de sus hijas o progresos en una investigación que nunca llegaría a nada.

Henri la ayudó en su empeño, pero no quiso mirar los de la violación de Kimy, ni los del asesinato de Charlotte. Tabú absoluto. Sin embargo, intentó mirar los otros, un montón de horas seguidas con todo tipo de aberraciones. Su odio iba creciendo por momentos, cristalizaba, latía como un dolor de muelas infernal. Sentía cómo ese odio se iba extendiendo, poderoso y nocivo. Lo galvanizaba. Pensaba en la idea del asesinato, pero no quería que lo atraparan y encima ir él a la cárcel. Kimy tenía razón. Eso le habría encantado a su padre.

Varias veces al día dejaban de trabajar con aquella cloaca, cuidaban de los burros o salían a pasear por la adormecida campiña. Sin mucha dificultad, Kimy había convencido a Henri de que llevara siempre encima una pistola paralizante y una bomba de gas lacrimógeno. Ella siempre las llevaba, además de un cuchillo. Le había explicado cómo funcionaba y le había hecho una demostración. Henri tenía un verdadero espíritu inocente. No sabía nada de esos artilugios. Ya no bajaban a Viaduc-sur-Bauge. Para hacer la compra, iban directamente al Leclerc de Embray, a unos veinte kilómetros. Allí nadie los conocía. Por supuesto, evitaban la tienda de comestibles de la madre Mauchrétien.

Ella seguía hojeando los libros de Henri, solo cuentos o novelas cortas de tema romántico. Empezó a gustarle un poco Philip K. Dick, odió a Théophile Gautier desde la primera línea y leyó las colecciones de Maupassant que Henri le aconsejó. Leyó cuentos de Le Clézio, de Sternberg y de Bradbury. Y, sobre todo, leyó varias veces *De ratones y hombres*. Por la noche, devoraba tebeos. Nunca había tenido. A veces se quedaba extasiada ante la magia de los dibujos y los colores. Le entusiasmó *El Regulador*. Se identificaba vagamente con Aristide Nyx, el asesino solitario abandonado por su madre. *Sin City* le afectó mucho. *Murena* le hizo arrepentirse de ser tan inculta. Las misiones de *Black Sad* le fascinaron. Los dibujos eran tan perfectos que los acariciaba con la punta de los dedos respetuosamente. Tumbada cómodamente en el sofá del despacho, sintiéndose totalmente segura después de tanto tiempo, los leía con fruición mientras se fumaba un porrito.

Por las mañanas, al despertarse, se paseaba sin pudor en tanga y camiseta. Le divertían las miradas inquietas de Henri. Cuando lo pillaba *in fraganti*, le tomaba el pelo moviendo el dedo índice:

—¡Ah, ah! ¡Estás espiando! ¿No te da vergüenza?

Si hubiera querido acostarse con ella, estaba seguro de que habría aceptado sin dudarlo. Pero tenía cuidado de no decir nada inapropiado. Su vergüenza le hacía aún más atractivo. Ella nunca había sido más que un trozo de carne arrojado a los depredadores. Henri la respetaba. Y a ella le gustaba eso. Le ayudaba con las tareas domésticas, cocinaba e incluso le enseñaba algunas recetas. Su abuela la había explotado como pinche de cocina durante años, y por ello había adquirido unos conocimientos culinarios sorprendentes para una niña de la era de Internet. En general, Kimy era una compañía agradable. Le iba mejor gracias a ella. Curiosamente, a pesar de las circunstancias, se decía a sí mismo que la vida estaba volviendo a su cauce. Su franqueza y su brutal energía le estremecían. Ella bebía menos que cuando se conocieron. Tomaba dos o tres cervezas con las comidas, pero ya no bebía durante el día. Incluso le sorprendía verla tan animada. Después de todo lo que había pasado, bien podría haber acabado siendo una ruina demacrada en una casa ocupada, o una prostituta enganchada a la droga a diez euros el polvo o, lo más lógico, un esqueleto en una tumba. Por lo visto, se contentaba con fumar unos porros, casi siempre fuera de casa, excepto por la noche.

Henri había vuelto a su habitación de arriba. Tenía a gala poder apañárselas por sí mismo, aunque sus costillas magulladas no le permitían moverse aún con normalidad. Al llegar la noche, se tumbaba con los ojos abiertos en la cama grande, flotando en un éter de pensamientos incoherentes y de sueños en duermevela, solo interrumpidos de vez en cuando por punzadas de dolor. Intentaba aceptar los hechos en lugar de analizarlos más. La vida estaba dando un giro radical. Ella, como un niño caprichoso, había conseguido derribar los frágiles montajes que los pequeños seres humanos suelen levantar artificialmente y les incitan, o no, a construir otros nuevos, que a la postre son igual de efímeros. Henri resumía así el fruto de sus análisis mentales fatalistas: las cosas son como son, y punto. Presente radical. El adorable culito de Kim le atormentaba en sueños. Pero cuando sentía el impulso de masturbarse, desviaba sus fantasías hacia otro objeto, aunque con mucho esfuerzo. Se apañaba con las lascivas visiones de cuando Sylvie se calentaba. Aun así, cuando se limpiaba en las sábanas, no era en Sylvie en quien pensaba.

51

—Hola, ¿Jacky?

—Sí, ¿qué puedo hacer por ti, Beloncle? ¿Necesitas alguna vaginita estrecha?

El Oso lanzó una risotada que sonó larga e histérica como un relincho. Obtuvo un molesto silencio por toda respuesta. Tras unos segundos, Beloncle le espetó:

—Vamos a ver, Jacky… Sabes que la hija del alcalde se ha suicidado, ¿verdad?

Otra pausa. La abstinencia le ponía los nervios de punta al Oso. Luchaba con todas sus fuerzas contra su creciente necesidad de cocaína. Y aún no era mediodía. Oía sus voces en todos los rincones del aserradero y entonces se giraba para no encontrar sino el vacío. Demasiado pronto, era todavía demasiado temprano. Al menos tenía que conseguir no meterse más por la mañana, ¡maldita sea! Era una sensación delirante. Todos los subidones se le entremezclaban en una especie de fundidos que se superponían. Estaba atrapado en una red de sinestesia paranoica. Todo se deslizaba a su alrededor, vertiginosamente, sin que pudiera hacer nada para detenerlo o controlarlo. Cada vez que daba un paso sentía como si se fuera a caer y un picor furioso le electrizaba la piel. Ahora comprendía mejor por qué las chicas estaban dispuestas a cualquier vejación cuando el síndrome de abstinencia les devoraba las entrañas. Era un repugnante pulpo de dolor multicolor. Sentía que se hacía pedazos, todo su ser como pulverizado por una mina antipersonal. Luego, sentía cómo los pedazos dispersos de sí mismo se reorganizaban en torno a esa abstinencia, a ese agujero negro. Eso era todo lo que quedaba, un vórtice en su interior. Todo se contraía hasta alcanzar una masa crítica y entonces sentía como si reventara de nuevo. Sabía perfectamente que era capaz de meterse raya tras raya sin parar.

El Oso atacó, gruñendo.

—Escúpelo, Beloncle, tengo muchas cosas que hacer...

—Oye, Jacky, no te permito que me hables así.

—¡Cierra el pico! Te hablo como me da la gana. Deja de hacerte el bueno. ¿Qué tripa se te ha roto? No creerás que me impresionas, ¿verdad? ¿Qué pasa?

Beloncle perdió su aplomo. Tartamudeó.

—Pues eso. La autopsia ha revelado que su hija se había atiborrado de todo tipo de drogas. No hay que buscar muy lejos para averiguar dónde se abastecía la chica. Esta vez, tendré que meter las narices en el asunto y citar a los chicos, tu hija incluida.

Jacky Mauchrétien suspiró con cansancio.

—Tienes una dirección de correo electrónico privado, supongo.

—Sí, pero no veo...

—Dámela, ahora mismo. Venga, que tomo nota... Vale, ya la tengo. Escúchame bien. Vas a recibir un archivo adjunto. Y tengo muchos como ese. Si algo nos pasa a Kimy o a mí, lo que sea, caerás en picado con nosotros. ¡Así que arréglatelas como puedas!

Y el Oso colgó. Sacó el teléfono del bolsillo de su mono verde, se desplazó por los archivos de vídeo y seleccionó el que buscaba. Escribió un breve mensaje de texto, «Si yo caigo, tú caes», y envió el clip elegido como archivo adjunto.

Beloncle esperaba ansioso. La luz de la pantalla incrementaba la palidez de su rostro. El ordenador dejó oír una señal. El mensaje del Oso era escueto. Beloncle hizo clic en el archivo adjunto. El corazón se le paró en seco. Había reconocido inmediatamente el granero en ruinas. La chica estaba acurrucada en un rincón sobre la tierra, vestida como una puta gótica con coletas, minifalda negra de vinilo, medias negras, zapatos de enorme plataforma de cuña, maquillaje negro. Beloncle se sobresaltó al oír su propia voz.

—No tengas miedo, guapa. Seré muy bueno contigo.

Pero un momento después la abofeteaba, eructaba mientras se bajaba la bragueta, le retorcía los brazos a la espalda para esposarla. Entonces toda la escena desfiló ante los ojos asustados de Beloncle, hasta llegar al momento en que veía cómo sacaba su pene del recto de Alizée. Fin de la película. Solo este vídeo le acarrearía veinte años en la trena. Secuestro, violación, brutalidad, y todos cometidos por una persona con autoridad, y sobre una chica a la que ni siquiera era necesario preguntarle su edad, ya que era obvio que era menor de dieciocho años. La barbilla de Beloncle empezó a temblar. ¿Tenía muchos de estos? ¡Miserable! Lo tenía en sus garras. Presa del pánico, Beloncle se apresuró a borrar el vídeo. Su mundo se derrumbaba. No era justo, ¡maldita sea! Todo iba tan bien. A dos años de la jubilación. ¿Por qué se había tenido que desangrar esa zorra de Mahaut? ¡Menuda mierda! Tenía que calmar a Gaillard y sobre todo no lanzar ninguna sombra sobre Mauchrétien. Así que tampoco tenía que tocar a su hija. Necesitaba otro culpable, y rápido. Reflexionó profundamente dándose golpecitos en los labios con su bolígrafo Bic. Vio la luz al final del túnel. Tenía alguien a quien colgarle el muerto. En este caso, solo sería una mentira a medias. Malik, el traficante de la Zona de Urbanización prioritaria del Marais. Incluso tenían unas bonitas fotos en las que se le veía claramente vendiendo droga a la hija del alcalde. Había que reconocer que eran un poco antiguas, pero eran una prueba. Lo ideal, por supuesto, sería que no pudiera explicarse, ni siquiera testificar. Eso también podía arreglarse. Se le consideraba armado y peligroso.

಄

El Oso no pudo soportarlo más. Incluso antes de la llamada de Beloncle, el baileteo de las máquinas del aserradero le resultaba insoportable. Esa conversación había acabado con él. Sacó una elegante tabaquera que contenía todo lo necesario. Preparó dos rayas de longitud respetable y las esnifó con fuerza.

Solo lo tranquilizaba ese ritual. Se reclinó en la silla y dejó escapar un gemido de satisfacción. Ya podía pensar de nuevo. Era muy molesto, este asunto de la hija del alcalde. Pero esos son los gajes del oficio. Tenía bien agarrado por los huevos a Beloncle. Por otro lado, la gente ya decía desde hacía tiempo cosas raras de aquella muchacha, no muy buenas para la carrera de un candidato a diputado. Más le valía a su padre pasar desapercibido, mucho más que desapercibido. También se podría escarbar en esa dirección.

∞

Kimy y Henri reprodujeron varias veces la conversación de Jacky y Beloncle. Kimy grabó también en su ordenador esa nueva actuación sexual de Beloncle. Archivó el vídeo en la carpeta con el nombre del gendarme. De repente, la relación entre aquellos dos se había vuelto tensa. Sin darse cuenta, el Oso había abierto una brecha en su espíritu de grupo. Después de este chantaje, Beloncle nunca volvería a confiar en él. Era una pista interesante.

5²

Kimy copió todos los números de teléfono y direcciones de Internet que el programa espía había extraído del móvil de su padre. Completó el listado buscando en las páginas amarillas y blancas. Esto le permitiría implicar a decenas de otros contactos en el momento oportuno, familiares, amigos, socios, médicos, departamentos gubernamentales, comerciantes y banqueros con los que los violadores tenían relación. Pronto caería una lluvia de estiércol sobre esta tierra de criminales paletos. Henri era partidario de ir todavía más lejos. Se hicieron con los datos de contacto de las cadenas de televisión. Luego, sacaron los de la comisaría de Rouen, y, del portal del Tribunal Superior de Justicia, los del juez de instrucción y los de la fiscalía. Después de pensarlo mucho, decidieron no acudir al tribunal de Évreux, por estar demasiado cerca de Viaduc-sur-Bauge. Nunca se sabe.

Uno a uno, justo antes de las vacaciones de Navidad, los miembros de la pandilla fueron citados a declarar en la gendarmería. Beloncle se encargó de los interrogatorios, con indolencia, centrando deliberadamente sus preguntas en Malik. El proceso de investigación con los de la pandilla de los jóvenes se ejecutó con prontitud y se resolvió aún más rápido. Si los propios policías no les nombraban a Kimy, ¿por qué narices iban a mencionarla ellos? Ella conocía tantas cosas de todos ellos que era mejor no denunciarla. Todo el mundo sabía que Malik traficaba, que era un cabrón y un sucio proveedor. Tenía fama de cortar la droga con cualquier cosa, incluso con sosa o detergente. Y era verdad que Mahaut lo había frecuentado, así que...

No destacaba precisamente por su inocencia. Lilou sí quería hundir expresamente a Kimy, pero los demás la disuadieron con determinación. Béa le recordó con amargura la costumbre que tenía de filmarlo todo: el iPhone de Kimy sin duda rebosaba de vídeos que ninguno de ellos querría ver en manos de la policía o de sus padres. Como un solo hombre, arrepentidos y en plan colaborador, admitieron que Malik traficaba y que, tal vez, posiblemente, sin duda, Mahaut lo había llamado poco antes de su muerte. Ni una palabra sobre Kimy. Beloncle dejó escapar un «¡uf!» de alivio.

53

Kimy dejó a un lado el cómic para vigilar la actividad del teléfono de su padre. Revisó las llamadas entrantes, los mensajes y los correos electrónicos. Le llamó la atención un extraño mensaje de texto. Temblando de emoción, se volvió hacia Henri.

—Creo que por fin.

—¿Qué es?

—Mira.

Su padre había recibido un número de teléfono, sin ningún comentario. Kimy se apresuró a introducirlo en su móvil. Solo podía ser de Dumontier. Al momento, se produjo el aviso de una llamada desde el móvil de su padre. El Oso estaba marcando el número anónimo. Kimy pulsó el botón del altavoz para que Henri no se perdiera nada de la conversación.

—¿François? —Kimy hizo un gesto de victoria con el pulgar hacia arriba—. Hola, soy Jacky. Sí, dime, ¿cómo vamos a organizarnos para nuestra fiestecita de fin de año?

—Yo llegaré el día de Año Nuevo, a la una de la tarde.

—Perfecto. Prepararemos todo el día de antes. Le pediré a mi madre que lo tenga todo a punto. Ya verás, vamos a estar de puta madre. Para el menú, ¿venado?

—Sí, un buen plato.

—¿Chicas?

—Llevaremos a las mías.

—OK, François. Yo me encargo de todo. Chao.

—Adiós.

Kimy no podía estarse quieta. Se retorcía en el sofá por la excitación. Pero entonces se detuvo: su padre estaba llamando a Dany.

—Hola, Dan. ¿Vienes a El Granero esta noche?

—No. Estoy hecho polvo.

—¿Estás seguro? No importa... OK, escucha. Todo tiene que estar listo a las 13 horas del 1 de enero para nuestra pequeña fiestecita con François.

—Mierda, pero queda muy poco, ¿no? Con estas noches locas en la disco, ya vamos jodidamente justos. Y puede que no estemos lo que se dice frescos, frescos, frescos. ¿Tu albanés no celebra estas fechas tan entrañables? ¿No podría esperar un día o dos?

—Sí, sí, lo sé. Pero vender en un día festivo no es tan mala idea. De todos modos, no tenemos otra opción. Vamos a hacer lo siguiente. Vamos a dejarlo todo preparado con antelación. Le voy a pedir a mamá que se dé prisa. Iremos a El Revolcadero el 31 por la noche con las novietas de Dumontier y la bolsa de deporte. El Zumbado se quedará en El Revolcadero para vigilar el género. En cuanto a nosotros, volveremos directamente a la disco. Estaremos de juerga toda la noche, una rayita y ¡hala!, en marcha: al día siguiente, a mediodía, metemos la directa con el albanés.

—¿Crees que es prudente dejarlo todo allí la noche de antes, en El Revolcadero?

—¡Joder, Dan! La dacha está en pleno bosque. ¿Te imaginas a alguien pasando por allí en Nochevieja, sobre todo si sigue haciendo este tiempo de mierda? E incluso si no lo hiciera... El Zumbado es de sobra hijoputa, ¿no?

—De eso no hay duda. A veces me acojono de él hasta yo. A propósito, es probable que se enfade un poco. Ya sabes que le encanta mover el esqueleto en medio de las pibitas de la disco.

El Oso se rio ante la grotesca visión del Zumbado aleteando como un polichinela y jaleado por aquellas estrechas muertas de risa.

—¿Sabes lo que vamos a hacer? Le vamos a preparar una chica. La dejaremos bien atada. Cuando le entren ganas de echar un kiki, que lo haga. Sabes mejor que yo que le gustan mucho las zorras amarradas. En cuanto ve una no se puede contener.

Henri movió la cabeza con repulsión.

—Bien. Si no volvemos a vernos hasta entonces, quedamos allí. Nos reuniremos en la granja sobre las ocho de la tarde. Llevaremos a las chicas a las nueve como mucho. Junto con el dinero. Con eso, nos vamos a las nueve y media. Tiempo suficiente para prepararlo todo, encerrar a las gallinas en la jaula, darle instrucciones al Zumbado y tomar algo con él, y ya nos metemos en las diez y media o las once. Entonces, despegamos. Llegamos a El Granero a las once y media y que empiece la fiesta.

—OK. Por cierto, ¿sabes algo de Kim?

Kimy hizo un gesto. No le gustaba para nada que los machos de la familia se preocuparan por ella.

—No. Viene a casa cuando yo no estoy. Sigue trabajando. No intenta jugárnosla. La pasta llega a punto, y en el volumen esperado.

Avergonzada, Kimy miró al frente para no encontrarse con los ojos de Henri. Pero en su fuero interno se alegraba de haber continuado con el negocio.

—¿Dónde se está quedando entonces?

—Ni puta idea. Tal vez en casa de la maricona de su profesor.

Henri puso los ojos en blanco, esta vez con desprecio. Pero había algo tranquilizador en lo que decía. Aquel neandertal operaba según patrones simplistas.

—Bien. ¿Seguro que no vienes a la disco esta noche?

—Sí, seguro. Estoy hecho cisco. Me reservo para fin de año.

—OK, hermanito. Chao.

—Adiós, que te diviertas.

¡Yes! Kimy levantó el puño, victoriosa. Habían encontrado la oportunidad. Con la conversación entre Dumontier y su padre, se le había encendido la bombilla. Ahora sabía cómo hacerlo. Muy a su pesar, el querido Beloncle sería su brazo armado en la cruzada contra los hermanos Mauchrétien. El dinero iba a esfumarse en Nochevieja. Y Beloncle sería el ladrón. Le explicó su plan a Henri.

54

Beloncle era todo mieles.

—Hola, ¿Jacky?

—Sí. ¿Qué quieres ahora?

—Comprendí tu mensaje. Todo se va a arreglar, no te preocupes. El nombre de tu hija ni siquiera aparece en el atestado. Tengo al culpable idóneo. Pero lo mejor sería que no pudiera hablar.

—¿Te parezco preocupado? ¿Qué quieres exactamente, Beloncle?

—Bueno, me gustaría que Malik se fuera al otro barrio y que pareciera un ajuste de cuentas o algo así. Voy a montar un dosier demoledor sobre ese tipejo, suficiente para enviarlo a juicio y convencer al alcalde de que hemos encontrado al camello de su hija, pero demasiado tarde. Le echamos el muerto a un muerto. Caso cerrado. Y todos contentos.

—¿Cuándo?

—En Año Nuevo. Nochevieja siempre es sinónimo de desórdenes, peleas, incendios... Incluso asesinatos. Una pequeña reyerta de la que Malik sale malparado, por ejemplo...

—Nos ocuparemos. ¿Algo más?

—Ah, sí... Sobre los vídeos... Quizá podríamos olvidarnos de ellos...

—Ni lo sueñes, Beloncle. No lo olvides: reza para que no me pase nada, ni siquiera un accidente doméstico.

—De acuerdo, Jacky. Tú mandas —se arrastró Beloncle.

—Tú lo has dicho.

Y el Oso le colgó. El plan de Beloncle le parecía sólido. Tampoco le disgustaba deshacerse de Malik. Demasiados problemas con el moro. Dany estaría encantado de ocuparse de él.

∞

A cambio de una buena cantidad de marihuana y algunas pastillas, Kimy se hizo con un lote de teléfonos robados. Henri le estaba ayudando en su venganza. Elaboraron un esquema con diferentes opciones por si Beloncle daba problemas con el plan. Decidieron que sería Henri quien llamaría al móvil personal del gendarme. Kimy encendió uno de aquellos teléfonos y descargó la aplicación Voice Morphing. Ante ellos se presentó un amplio catálogo de voces artificiales. Eligieron la de «Darth Vader».

∞

El móvil sonó. ¿Un número oculto? Beloncle frunció el ceño.
—¿Sí?
La voz de Darth Vader retumbó:
—¿Beloncle?
—Sí, ¿quién llama?
Darth Vader continuó, con voz cavernosa y tono conminatorio:
—No te importa... (respiración ronca). ¿Quieres saber cómo echarle mano a los bonitos vídeos de Jacky Mauchrétien? (respiración ronca).
Henri oyó a Beloncle tragar saliva al otro lado de la línea.
—Pero cómo sabe que...
—¿Qué creías, Beloncle? (respiración ronca). Un secreto así no se puede guardar mucho tiempo.
Henri oyó claramente un grito ahogado de dolor.
—Espere... Yo... Deme un segundo.
Beloncle se quedó en silencio. Rumor de pasos. Se cerró una puerta.

—Adelante, le escucho.

—Dentro de poco, Jacky Mauchrétien mantendrá una reunión importante en El Revolcadero (respiración ronca). ¿Conoces bien su dacha?

—Sí.

—Bien. Le va a entregar a François Dumontier una bolsa de deporte y un grupo de chicas del Este, a cambio de lo cual Dumontier llevará una gran cantidad de droga y otras chicas (respiración ronca). En esa bolsa de deporte habrá cientos de miles de euros. Ese será el rescate para que recuperes tus vídeos (respiración ronca). Si me consigues la pasta, te doy todas las películas.

—Pero yo solo...

—¡Apáñatelas como puedas, Beloncle! Robarás esa bolsa de dinero. Me la entregarás. A cambio, tendrás los archivos. Y Jacky Mauchrétien nunca más te va a chantajear, porque Dumontier lo matará. Tú consigues los vídeos, yo consigo el dinero.

—Pero ¿cómo sé que cumplirás tu palabra?

Darth Vader alzó el tono.

—¿Acaso tienes elección, Beloncle? Escucha bien lo que pasará si no me obedeces, pedazo de mierda: pondré los vídeos en la Red, se los enviaré a tu mujer, a tus hijas, a tus colegas, a los noticiarios. ¿Entiendes?

Más gemidos ahogados en el teléfono.

—En unos segundos vas a recibir un archivo. Lo comprobarás por ti mismo. A partir de ahora, no te separes nunca del móvil. Te lavas con él. Cagas con él. Te follas a tu mujer con él. Déjalo encendido todo el tiempo. Te llamaré en una semana para contarte el resto. ¿Me has entendido?

—Sí, sí... Yo...

Click. Al cabo de un minuto, Beloncle oyó la alerta de un mensaje. Abrió la puerta del mismo infierno. Otro vídeo... de hace más de cinco años. El vídeo del asesinato de la alumna secuestrada por Jacky. Beloncle no quería ver más. Borró el archivo. ¡Por el amor de Dios! El Oso no le había mentido en nada: en efecto, había muchas más películas. Sin embargo, el cabrón le había ocultado la magnitud del desastre. No era el único que tenía esas bonitas obritas de teatro, a menos que él mismo hubiera sido traicionado. ¿Pero cómo podía saberlo? ¿Y quién le decía que no pudiera haber más gente, acechando en las sombras, que supiera de esos vídeos? ¿Había copias? En caso afirmativo, ¿cuántas? Y otra hipótesis que le producía más vértigo: ¿y si fuera el propio Mauchrétien quien le estaba proponiendo esta jugarreta, solo para probarlo? Vaya mierda.

La situación no pintaba bien. Estaba atrapado entre ese psicópata de Mauchrétien y un Darth Vader que le ponía el sable de láser en la garganta para chantajearle. Beloncle se sentía impotente y agotado. Un sucio terror le mordía las entrañas. No tenía valor suficiente para pegarse un tiro en la cabeza como Jeandreau. Incluso se notaba enloquecer de cobardía. Pero huir era inútil. Le atraparían en un santiamén. Se dejó caer en la silla y empezó a llorar, golpeándose los ojos con los puños.

55

Llegaron las vacaciones de Navidad. Kimy se agenció un trabajo, a partir de enero, como camarera en el albergue de Sainte-Halguse. La dueña la contrataría a prueba, a condición de que se matriculara en el Centro de Formación de Aprendices. Debía empezar después de Año Nuevo para sustituir a una chica embarazada. Ahora solo bajaba a Viaduc-sur-Bauge para repartir la mercancía. Una mañana, mientras depositaba el dinero y recogía la droga de su padre, tuvo un sobresalto. El Amarok entraba en el patio de la granja. Corrió a su antiguo dormitorio, vio que lo habían convertido en una especie de cuchitril, abrió la ventana y se subió al alféizar. Cuando oyó abrirse la puerta principal, huyó silenciosamente hacia el bosque. Hizo sus entregas. Después dudó si visitar la tumba de Mahaut, pero finalmente decidió que los muertos no necesitan para nada a los vivos. Compró cigarrillos y volvió a casa de Henri con la cabeza oculta bajo la capucha. Era un hermoso día de invierno, fresco, limpio y luminoso. En los jardines de los alrededores se oían, aquí y allá, los gritos exultantes de los niños. Los enanos expresaban así su alegría por librarse de la escuela.

La tensión iba en aumento. A cada rato, Kimy miraba lo que ocurría en el teléfono de su padre. No era cuestión de perderse algo. Incluso abría los *spam* y las ofertas en promoción. Rezaba para que nada inesperado alterara sus planes.

Henri daba vueltas por la casa. La espera lo devoraba. Un violinista horrible lo torturaba tocando desafinado con sus propios nervios en vivo como si fueran cuerdas. Gestionaba lo mejor que podía su toma de antidepresivos. La perspectiva de destruir a Beloncle le ayudaba a superar el golpe. Los largos paseos por el campo y los bosques eran el único momento en que su angustia aflojaba un poco. Los dos solían caminar en línea recta, hablando de todo y de nada. A pesar del sombrío telón de fondo en el que se movían, de vez en cuando aún les quedaban ánimos para reír. Kimy le impactaba con su manera tan temperamental y directa de hablar. Durante un paseo por el Bosque del Gallo, ella lo bombardeó, mirándolo de reojo, con preguntas acerca de Sylvie.

—Esa colega tuya que vino el otro día...

—¿Sylvie?

—Sí, la vieja.

Henri se rio con un bufido nada compasivo.

—Bueno, no exageres. ¿Y bien?

—¿Te la estás tirando?

—¡Kim! Perdona, pero no es asunto tuyo.

—Así que te la estás follando. ¿Y es buena? ¿Te hace guarradas, esa peonza?

Henri se rio por lo bajo.

—Tiene imaginación. Probablemente por su larga experiencia. Una de las ventajas de la vejez, supongo.

Kimy frunció el ceño.

—Bueee. Admitámoslo. También hay jóvenes que son buenos.

—«La gente con talento...[16]».

—¿Qué dices?

—Nada, nada. Es de una obra de teatro. Te la enseñaré cuando volvamos.

—Así que lo hace bien, la mona. ¿Por qué no vives con ella?

—Primero, porque está casada. Segundo, no me lo planteo. Estamos bien así. Cuando nos apetece, nos vemos en mi casa.

---

16 La cita exacta en francés del dramaturgo Pierre Corneille es «Aux âmes bien nées, la valeur n'attend pas le nombre des années». Lo que viene a significar, de manera libre: «Quien nace con talento, no necesita el paso de los años para aprender». (N. del T.)

—¿Y su marido?

—Hace ya mucho que ni la toca.

—O sea, que «quien nace con talento...».

Henri hizo un gesto con la mano y pensó que la vida no le había dado la oportunidad de comprobar esa triste realidad con Anna. Probablemente fuera cierto. Nadie escapa a la gravitación universal.

—¿Crees que está enfadada contigo?

—Sí. No me ha llamado desde el otro día.

—¿Y tú no la has llamado?

—No, no la he llamado. Precisamente porque no estamos casados. No tengo obligación, y viceversa. Esa es una de las ventajas.

—¿Echas de menos a tu mujer?

La conversación tomaba de repente un cariz mucho más serio. El rostro de Henri se ensombreció.

—No. La muerte de Charlotte se lo llevó todo.

Y se callaron. De la tierra negra surgió un poderoso aroma a humus y madera podrida. Kimy se quedó en silencio y deslizó su brazo bajo el de Henri.

Cuando él le preguntaba por su futuro, Kimy le aseguraba que dejaría el campo libre cuando todo hubiera terminado. Henri no lo dudaba, pero eso le apenaba, aunque no se atrevía a decírselo. Le encantaba la presencia de aquella chica grande y tosca. Ella le prometía que seguiría viéndolo y pidiéndole sus libros. Pero una sombra siniestra planeaba sobre todas esas especulaciones. Pasara lo que pasara, nada volvería a ser igual. El peligro había creado un vínculo íntimo. Si ella se marchaba, él volvería a estar solo.

—¿Crees que lo conseguiremos?

Cuando Henri le hizo la pregunta, la mirada de Kimy se perdió en el horizonte. La mueca de una duda se dibujó en su rostro habitualmente rudo.

—Más nos vale.

56

La mañana del 24 de diciembre se les echó encima sin darse apenas cuenta, oportunamente cubierta por un fino manto de nieve. Henri le preguntó por sus planes para esas fiestas. ¿No se había planteado salir con gente de su edad? Ella negó con la cabeza.

—En ese caso, prepararemos una auténtica cena de Nochevieja. ¿Qué me dices?

—De maravilla, Henri mío.

El posesivo le hizo ruborizarse. De nuevo *pertenecía* a otra persona.

—¿Qué te gustaría comer?

—Un plato de verdad, sin florituras. Un estofado y patatas fritas, por ejemplo.

—Pues que sea un estofado. ¿Pongo a enfriar un poco de champán?

—Sí, si quieres, pero unas Carlsberg también. Las prefiero. Y pon vino tinto para acompañar el estofado.

∞

Antes de que las carreteras se volvieran intransitables, se dirigieron a Embray. Los altavoces atronaban las calles con alegres canciones navideñas llenas de elfos, trineos, bolas de nieve y regalos. Transeúntes bien abrigados revoloteaban tímidamente de tienda en tienda. El centro de la pequeña ciudad resplandecía con la euforia de las fiestas. La nieve contribuía a ello. Cargados con las compras, Kimy y Henri dejaron un poco de lado su miedo.

—Tengo que buscar todavía dos o tres cosillas.

—Vale.

—Espérame allí, en aquel café.

—Bien. Primero, voy a poner todas estas cosas en el coche. Nos vemos allí.

Media hora más tarde, con un bolso de marca en la mano, Kimy se reunía con Henri, que estaba sentado tomándose un chocolate caliente. Ella pidió un café. Se miraron sin decir palabra. Terminaron su taza y se levantaron. Si no se daban prisa, se quedarían bloqueados en la carretera.

&O

Cuando volvieron a la cabaña, un cálido aliento les acarició la cara. Mientras Henri ordenaba sus compras en la mesa grande, Kimy salió de nuevo a reponer el heno de los dos burros en el establo. Se paró un rato a acariciarlos. Como de costumbre, apoyó la frente en la de los animales. El tacto cálido de los animales ejerció su encanto: le invadió una increíble sensación de calma. Comieron bocadillos y frutos secos y bebieron cerveza. La nieve caía copiosamente. Después de comer, se acomodaron en el sofá hipnotizados por el crepitar del fuego. No hablaban. Kimy se quedó dormida y se acurrucó contra Henri. Él se olvidó por completo del dolor en las costillas. A las cuatro de la tarde, Henri salió de su letargo. Miró por la ventana. Seguía nevando. Veinte centímetros de algodón cubrían la tierra con su blancura silenciosa. Acurrucado, Henri saboreó la felicidad del momento. Las fiestas de Navidad de los últimos años habían sido más que sombrías, y eso era quedarse corto. Se puso a escuchar. La respiración de Kimy subía y bajaba, como un oleaje perezoso, uniforme y apacible. Un brazo surgió fuera de la manta escocesa, luego otro. Kimy se desperezó y bostezó.

—Hola. ¿Has descansado?

—Sí. ¿Llevo mucho tiempo durmiendo?

—Un rato, sí. ¿Nos ponemos con el estofado?

—Venga, vamos.

57

Tras preparar la comida, Kimy fue a buscar en su bolso otro de los móviles robados. Volvió al sofá y descargó el *software* para modificar la voz. Repasaron los puntos principales del segundo sermón para Beloncle. Esta vez Henri eligió la voz de «Bruja sucia» y marcó el número. Con cada timbrazo, un *flash*: Charlotte atada en el maletero. ¡Ya verás, hijo de puta! Beloncle descolgó al cuarto toque. La voz de la bruja viciosa graznó, agria y sarcástica, en el oído del capitán, que sintió cómo se le contraían las tripas.

—¿Beloncle?

—Sí.

—Soy la bruja de la Navidad. Tengo información para ti.

—Escucho…

—La noche del 31 irás a El Revolcadero. No llegues antes de la una o las dos de la madrugada. En la casa estará el Zumbado vigilando.

—¿El Zumbado? Maldita sea, Dany, ¿eres tú? ¿Estás intentando jugársela a tu hermano…?

Henri decidió mantener el malentendido. No podía haber pasado nada mejor. Le guiñó un ojo a Kimy.

—¡Cállate, Beloncle! —lo calló, despótica, la bruja histérica—. Y lleva un arma.

—Una pistola, pero...

—¡Cierra la bocaza! Lleva un arma. La bolsa que buscas puede que esté en el sótano. Hay una trampilla en uno de los dormitorios, escondida bajo la cama. Lleva algo para romper las cerraduras y los candados, por si acaso. Habrá chicas allí, extranjeras.

—¿Qué pasa con ellas?

—No les harás daño.

—¿Pero y si me reconocen?

—¡Para qué están los pasamontañas! Lo sabes de sobra, por cierto... Bueno. Vas a recoger la bolsa. Te vas con ella. Aterrizas en el centro de Viaduc-sur-Bauge. Te llamaré a las 4 en punto. Ya te daré más instrucciones.

—¿Dany?

—¿Sí?

—¿Tu hermano tiene copias de los vídeos?

—No, he sacado todo de su ordenador. No tiene nada.

—Dany, ¿puedes jurarme que me darás todos los archivos?

—Tan pronto como consiga el dinero. Te doy mi palabra. Entonces serás libre. Ahora, ¿entiendes lo que tienes que hacer?

—Sí.

—¿Beloncle?

—¿Si?

—Si la cagas, todo el mundo sabrá que eres un asesino y que metes la polla en culitos que ni siquiera son mayores de edad.

Henri colgó. Kimy lo miró con tristeza.

—No me gusta oírte hablar así, Henri.

—Es parte del papel.

—Lo sé, pero de todos modos no me gusta —se quedó callada unos segundos y luego añadió:

— Bueno, voy a darme un baño, si no te importa.

—Está bien. No tengas prisa.

58

Henri acababa de enviar a Charlotte un mensaje deseándole Feliz Navidad. Reflexionó sobre esta práctica morbosa. Escribir a su hija muerta no le ayudaba precisamente. Tenía que dejar de hacerlo, pero aún no estaba preparado. Seguía soñando despierto delante del ordenador cuando, con una toalla alrededor de la cabeza y otra alrededor del cuerpo, Kim se coló despacio en el despacho. Él se sobresaltó.

—¡Me has asustado!

Kimy se quitó la toalla de la cabeza. Agitó su larga melena negra, esparciendo por la habitación las dulces moléculas aromáticas del champú que había comprado en la ciudad aquella misma mañana para ese preciso momento. Los mechones acariciaron la cara de Henri. A él se le puso la piel de gallina. Con otro movimiento se los echó hacia atrás como un latigazo. Con los ojos fijos en los de Henri, dejó caer la otra toalla a lo largo de su cuerpo. Él intentó apartar hacia el extremo de su campo de visión la mareante aparición de su oscuro pubis, hendido a la mitad como un billete de metro. Levantó las manos, a la defensiva.

—Kim, francamente, de verdad, no creo que...

—¿Cómo? ¿No me deseas?

—Sí... no. Quiero decir, sí... Quiero decir... No tienes por qué... ¡Mierda, Kim! ¡Podría ser tu padre!

Desafortunada frase. Kimy hizo un gesto como de recordar.

—¡Sí, bueno, pero no lo eres!

Dio un paso adelante. Henri se dio la vuelta. Se apretó contra él, le cogió la barbilla con una mano y le obligó a girar la cabeza. Le revolvió el pelo y le apretó la cara contra sus pechos.

—Vamos, no es nada malo. Es muy sencillo.

Henri permaneció petrificado, con los ojos cerrados, pero empezó a sentir dolor a causa de una terrible erección. Sus fosas nasales aspiraban ansiosamente el dulce perfume de Kimy. Ella volvió a susurrarle:

—Sabes, nunca he tenido muchas oportunidades de elegir. Nunca he poseído nada que mereciera la pena. Tú mereces la pena. Aunque seas muchísimo mayor que yo, por supuesto, y que tengas arrugas y canas por todas partes, y que estés hecho un desastre por dentro. Yo te deseo. Así que, adelante. Hazme recuperar el tiempo perdido.

Henri balbuceó, completamente enredado en impulsos contradictorios.

—Yo... yo... Nunca he intentado acostarme contigo.

—Lo sé... Por eso quiero hacerlo. Vamos, acaríciame.

Cogió las manos de Henri y las llevó hasta sus nalgas. Le fue guiando suavemente. Las manos empezaron a explorar tímidamente su cuerpo. Henri jadeaba, perturbado, con los ojos llenos de lágrimas. Besó sus pechos, los cubrió de besos, ella se inclinó un poco y él metió en su boca sus pezones endurecidos. Kim suspiró. Luego, lo separó con suavidad.

—Ahora, abre los ojos. Mírame.

Él obedeció. Por el amor de Dios. Ella era preciosa. Una escultura renacentista, una Afrodita nacida de la decadencia de los Borgia. Reculando, ella le fue tirando de las manos hasta alcanzar el sofá cama. Abrió las piernas.

—Desnúdate. Fóllame. ¡Deprisa! ¡Deprisa!

80

El estudio estaba casi a oscuras. Acurrucados el uno contra el otro, Kimy y Henri dormitaban bajo la manta escocesa. Fuera, la nieve atenuaba la furia del mundo. Abrieron los ojos al mismo tiempo y se sonrieron. Kimy le dio un golpecito en la nariz a Henri con el dedo.

—Feliz Navidad, Henri.

—Igualmente, Kim.

59

Por fin llegó el 31 de diciembre. Beloncle guardaba más o menos las apariencias, pero hervía por dentro. En los pasillos se murmuraba que quizás estuviera enfermo. ¿Dónde había metido su jovial carácter de bromista? Disimular lo tenía agotado. Llevaba días preparando el asalto a El Revolcadero, ensayando planes y vías de escape inverosímiles. Gracias a Google Earth tenía vistas aéreas del bosque. La zona era vasta, demasiado vasta. En las fotos de satélite se veía claramente la delgada franja de tres kilómetros que unía la dacha de Mauchrétien con la carretera local. Era la única ruta posible. Un rodeo a pie, a través del bosque y en plena noche, requeriría la habilidad de un hombre bien entrenado. Las armas, en cambio, no eran problema. Las conseguiría directamente en el arsenal de la gendarmería. Era fácil, él tenía las llaves. También tenía a su disposición el kit completo de visión nocturna Yukon Tracker 1x24. También llevaría un amplificador de sonido. Sería capaz de oír a ese estúpido del Zumbado dormitando el sueño de los justos. Pero la espera le corroía los nervios. La euforia le llevaba a veces incluso a tomarse la cosa con entusiasmo. Dany y él se desharían del Oso. Recuperaría los vídeos y la fiesta continuaría. Luego, abatido, se dejaba vencer por la desesperación. La trampilla del infierno se estaba abriendo bajo sus pies. Se veía a sí mismo cayendo en ella, aullando de terror. Nunca conseguiría tener las películas en sus manos. Dany le estaba tomando el pelo. Iba a matarlo o a metérsela bien doblada. Dios, ¿qué es lo que sería verdad y qué no? Se apretaba los ojos cerrados con los puños hasta que veía átomos luminosos girando dentro de ellos; se balanceaba hacia delante y hacia atrás. ¡A dos años de la jubilación! No, ¡era demasiado injusto!

∞

Kimy no había despegado los ojos de su móvil desde bien temprano. El tiempo se estiraba como un chicle viejo, insípido, grisáceo, largo hasta decir basta. Había interceptado la llamada de Dumontier, confirmando su llegada para el día siguiente. Henri intentaba calmarse. Almorzaron frugalmente. Kimy se permitió un vaso de cerveza, pero nada más. Tras la comida, se encendió un cigarrillo en el umbral de la casa, golpeando el suelo con un pie, nerviosa. Resistió la tentación de liarse un porro, a pesar de sentir cómo le subía la tensión.

Aquella tarde, incapaces de estarse quietos, decidieron dar un paseo por el campo. Caminaron describiendo un amplio bucle. El repentino deshielo había reducido la capa de nieve a grandes y duras manchas. Los campos rebosaban agua, anegados; por todas partes, la tierra exudaba hilos interminables de barro líquido. Se unían formando riachuelos y enormes charcos que se derramaban sobre los caminos. Los surcos lloraban. En los árboles negros, los restos de nieve dibujaban manchas siniestras. Regresaron a casa exhaustos. Dieron de comer a los burros. Kimy frotó la frente contra las de los dos animales. Por fin estalló.

—¡Joder, Henri, estoy cagada de miedo!

Henri la estrechó entre sus brazos, una protección bastante modesta.

Le dolieron las costillas.

—Yo también, Kim. Y probablemente más que tú.

Subieron directamente al dormitorio, se desnudaron, se acurrucaron juntos y se durmieron, vencidos por el terror.

60

Los trabajadores se fueron a su casa con la primera penumbra de la tarde. El Oso les había permitido irse antes. Todo estaba en silencio. Podía oler la madera recién cortada. Su rostro lleno de surcos irradiaba felicidad. Comenzaba la gran fiesta. Todo había sido preparado a la perfección. Cogió una cerveza de la nevera, la abrió, se sentó en el escritorio y sacó su tabaquera. Se hizo una rayita, solo una como aperitivo, por picar un poco. ¡Sniffaah! Y contestó a sus voces:

—Todo va bien. Muy bien.

Luego, llamó a Dany.

—Hola, Dan. Cuando termines, ven a recogerme a la granja.

—De acuerdo, hermanito. Nos vemos.

Apagó la luz. Desde la ventana podía ver todo el aserradero. Al fondo, el bosque se alzaba inexpugnable, opaco. Los árboles conspiraban. Los oía hablar continuamente. Era un don que solo él había recibido: el bosque le hablaba.

—Jacky... Jaaaackyyyy...

—Sí, sí, lo sé, cariño. Yo también, yo también.

∞

A las ocho en punto, Henri llamó a Beloncle. El gendarme dio un respingo en la silla de su despacho. Henri había seleccionado sin ganas de sonreír *Zombi demente*, lo que le daba un tono grave de ultratumba.

—¿Estás listo para pasar a la acción, Beloncle?

—Sí, estoy listo.

—Te llamaré a las cuatro en punto.

—Dany, júrame...

Tûû, tûû, tûû. En ese preciso momento, Dany y el Zumbado cerraban la puerta del piso de Malik. Acababan de dejarlo tieso desangrado. Se iban con todo su dinero y su mercancía. Todo lo que Beloncle tenía que hacer era cerrar el caso cuanto antes. El vínculo entre aquel tipo y la hija del alcalde ya era obvio para todos.

Beloncle salió de la comisaría. Para evitar situaciones embarazosas, le había dicho a su mujer que estaba de guardia. Ella se había ido a Niort a casa de su hija mayor. Naturalmente, sus hombres pensaron que él iba a reunirse con su familia. Así que, oficialmente, no estaba en ninguna parte. Condujo por el bosque, aparcó en uno de los caminos forestales estatales y esperó el momento oportuno. Había encendido la radio, pero allí no captaba ninguna emisora bajo las altas hayas. La apagó. Tenía cinco horas por delante. Puso la alarma del móvil, echó el seguro centralizado de las puertas y se arrebujó en la parka. Se recostó en el asiento y cerró los ojos, repitiendo por millonésima vez los diferentes escenarios que su atribulado cerebro había ideado. No podía dejar de morderse los estribos. Se le hacía eterna la espera hasta llegar al final de la noche.

∞

Después de haber matado el gusanillo en la granja, el Oso, su hermano y el Zumbado fueron a recoger a las chicas del Albanés. Todas los esperaban ligeritas de ropa, las vigilaba una de las prostitutas de Jacky, que estaba sentada y se había colocado en el regazo un hatillo con todos sus efectos personales. Tenían la vaga esperanza de volver a casa, o quizá de poder llamar a alguien en su país. Luego, una vez en El Revolcadero, cacarearon asustadas por la negrura de la noche que las rodeaba. Los hombres entraron. El Oso encendió la luz. Ellas parpadearon, deslumbradas. Un agradable calor irradiaba de la cocina de leña. Dany le dijo al Zumbado que eligiera una. Como no llegaba a decidirse, Dany metió el brazo en el montón y sacó una al azar. Hizo bajar a las otras al sótano, cerró los dos candados de la barra de seguridad y volvió a colocar la cama sobre la trampilla. Desnudaron a la chica destinada al Zumbado y la ataron a una cama, con las piernas y los brazos separados. Un torniquete le impedía levantar la cabeza. En cuanto se movía, le apretaba la garganta. La chica les suplicaba en su dialecto anglo-franco-ruso. *Pleasesitouplaîtpojalouïsta.* El Oso le agarró la mandíbula con su zarpa. Ella se calló. Deslizó la otra mano, pero cambió de idea. No era el momento adecuado. Sonrió a la chica y salió de la habitación. Fue a recoger la bolsa en el maletero del Amarok.

∞

La madre del Oso había preparado todo para el festín del día siguiente. Para no desordenar la impecable mesa, se sentaron en las butacas. El Oso les sirvió a los otros un *whisky* bien cargado. Se abandonó al suave abrazo del sillón y le vino un bajón repentino. Ya llevaba en las piernas dos noches de desenfreno y sentía el falo irritado. Le picaba la piel inflamada. Tenía delante al Zumbado. Al Oso se le escapó un bufido de risa. ¡El Zumbado! ¡Todo un poema! Ya era difícil mirarlo sin reírse cuando se estaba sobrio, pero bajo los efectos del alcohol... Con aquellas gafas de culo de vaso que parecían unas lupas, el Oso tenía la impresión de que sus ojos estaban a punto de salirse de su cara de gárgola con un suave sonido de succión. Le sermoneó.

—No vayas a apartarte nunca de la bolsa.

El Zumbado asintió con su enorme cabeza.

—*Sí, sí. Nunca aparto yo la bolsa.*

—Ni para mear.

—*Sí, sí, sí. Ni pa mear.*

—Ni para follar.

—*Sí, sí, sí. Ni pa follar.*

—Si alguien intenta entrar, lo liquidas. Con esto. Una de la familia del calibre 12.

El Oso golpeó con cariño la culata de un fusil de repetición contra el reposabrazos de su sillón.

—¿Llevas tu cuchillo?

—Sí, sí.

—Bien. Guárdatelo en el cinturón. Y no vayas a rajar con él a esa putita, ¿eh? No la estropees. Que no es nuestra.

Los tres rieron a grandes carcajadas rebosando testosterona.

Se tomaron otro whisky y luego, tras darle nuevas recomendaciones, Dany y Jacky se marcharon. Eran las 23.25. El Zumbado vio cómo el Amarok se alejaba dando tumbos por el camino. Cuando desaparecieron las luces traseras, cerró la puerta sin echar la llave, cogió la bolsa y se dirigió al dormitorio abriéndose el pantalón. Sacó el pene y se masturbó, mirando a la chica atada a la cama.

61

Al llegar a El Granero, el Oso no pudo evitar hacer unos pucheritos de placer: el aparcamiento estaba abarrotado. Habían llegado justo a tiempo al desmadre de Nochevieja. Antes de bajarse, cada uno esnifó dos rayas de las grandes. Los porteros les desearon Feliz Año Nuevo mientras se quitaban de en medio. Dentro de la discoteca, el tecno retumbaba a un ritmo infernal. Láseres estroboscópicos atravesaban a la masa en trance. Las secuencias de parada y arranque recomponían sin cesar la visión de aquella multitud, una barahúnda erizada de brazos, cabezas y cuerpos despeinados. La vibración se le metió al Oso por las tripas y las sienes. *Toum-toum-toum-toum*. Negro, multitud verde, negro, multitud azul, negro, multitud multicolor, negro, rostros congelados, negro, bosque de brazos extendidos, negro, cuerpos suspendidos. La bestia apestaba. En las jaulas de la pista, las chicas separaban las rodillas, se agachaban, volvían a subir frotando la vulva contra las barras de la pista de baile. Retazos de rostros deformados, cuerpos recompuestos por láseres. La noche paría monstruos.

De repente, todo se detuvo. La oscuridad congeló a las bailarinas. En la pantalla del fondo, apareció un cronómetro de época, gigante, desgranando las doce campanadas de la medianoche. Los más borrachos no entendían qué pasaba y las primeras campanadas no fueron seguidas por todo el mundo. Pero a partir de la sexta, todos coreaban ya al unísono la cuenta atrás. ¡Seis! ¡Cinco! ¡Cuatro! ¡Tres! ¡Dos! ¡Uno! Todas las sirenas y trompetas tecno del infierno comenzaron a sonar. El gentío rugió sus deseos de Año Nuevo, que se perdían inmediatamente en medio de furiosos ritmos que volvían a acelerarse. En los rincones, las parejas se pasaban píldoras de éxtasis boca a boca. En una de las jaulas, una chica en pelotas se duchaba con champán y, debajo, los había quienes giraban la cabeza para recoger las gotas. Dany, todo excitado, intentaba decirle algo a Jacky señalándolo con el dedo, pero no se hacía oír ni siquiera gritando. En aquel lugar todo el mundo iba a su puta bola.

Jacky tiró de su hermano por el brazo. Rodearon las pistas y subieron a la plataforma del DJ. «DJ Lockman Swag» anunció por el micro Jacky Mauchrétien. La multitud de fieles se volvió y coreó «¡Jacky! ¡Jacky! ¡Jacky!». La mano del Oso giraba sobre su cabeza, con el dedo índice extendido. Era su minuto de gloria. A continuación, pasando de todo —igual podían aplaudir con el mismo entusiasmo a una vaca, un reloj suizo o un patinete—, los bailones volvieron a encerrarse en el autismo de su propia gesticulación, sin hacer caso de aquel gigante vendedor de chucrut. Continuó haciendo girar el dedo índice, pero de pronto se vio ridículo. Apenado, se apartó de la plataforma con cara de decepción. Pequeños bastardos desagradecidos.

Dany y Jacky se aislaron un rato arriba, en una de las cabinas VIP, donde algunos de los clientes habituales se acercaron a saludar. Una camarera vestida de conejito les trajo una botella de champán. Era una de las chicas del Oso, regalo de la casa. Ella se dejaba sobar gratis por cualquier cliente que quisiera. El Oso le metió una mano en la entrepierna.

—¿Va todo bien, guapa?

Ella esbozó una sonrisa infrahumana. La noche era para ellos. El ejercicio del poder embriagaba a Jacky Mauchrétien, alias el Oso, quien, sin previo aviso, se volvió hacia Dany con cara de mala leche.

—¿Qué? ¿Qué has dicho? —los ojos de Dany se abrieron de par en par.

—Nada... Yo no he abierto el pico.

Confirmado. ¡Su hermano realmente oía voces! Ahora estaba seguro. Jacky se puso a farfullar una retahíla de insultos por lo bajo.

62

A la una y media de la madrugada, Beloncle se incorporó como impulsado por un resorte. Acababa de despertarse de una pesadilla. Llegaba tarde a una cita decisiva para el resto de su vida, una especie de examen de fin de curso. Recorriendo pasillos interminables, abría puertas al azar. Empezó a faltarle el aire y se despertó sobresaltado. Apagó la alarma del móvil. Había llegado el momento.

Sacó el coche de la pista forestal, se incorporó a la carretera principal y recorrió varios kilómetros antes de meterse entre los árboles. Beloncle se internó en el camino de El Revolcadero, recorrió unos cuatrocientos metros y salió del coche. Sacó del maletero todo su equipo de comando, se cambió de ropa, maldiciendo el aire húmedo y helado, cogió la bolsa y volvió al coche. Se puso el pasamontañas, se ajustó la correa de los prismáticos a la frente, se los colocó sobre los ojos y se puso de nuevo en marcha con las luces apagadas. En el mundo negro y verde de la visión nocturna, distinguió una piara cruzando el camino quinientos metros más arriba. De color verde, brillándoles las pupilas, los adultos se detuvieron levantando el hocico. Un tiempo de perros para los jabalíes. La piara huyó. Condujo un kilómetro y medio más, a poca velocidad, y luego paró el coche. El resto del camino lo haría a pie.

Se bajó, cogió la bolsa y aguzó el oído, encajado entre la puerta y el coche. Apenas podía sostenerse sobre sus piernas, tenía un miedo atroz. Se sentía digerido por el bosque. Se sentía microscópico. Se mantuvo en calma durante varios minutos. Respiraba con dificultad y se asaba de calor bajo el pasamontañas. Su corazón galopaba. Se puso en marcha. Notaba que la bolsa le pesaba una tonelada al final del brazo. Por fin, la dacha se materializó al final del camino, verde oscuro sobre fondo negro. Se arrodilló y sacó el amplificador de sonido. Abandonó el sendero, se internó entre los árboles y continuó internándose. A unos treinta metros de la dacha, se detuvo. Encendió el amplificador biónico de escucha y orientó la antena parabólica. Oyó claramente los jadeos del Zumbado y los sollozos de una chica. Chillaba en una jerga parecida al ruso. El Zumbado estaba copulando. La oportunidad perfecta para el ataque. Amplificador en mano, reanudó la carrera. Se sentó suavemente en los escalones y apuntó la parabólica hacia dentro. El Zumbado se lo estaba pasando en grande. Seguía cabalgando a su rusa chillona. Beloncle se quitó los prismáticos y el casco de escucha, los dejó en el suelo, sacó su Glock y agarró el pestillo con su mano enguantada. La suerte le sonreía. Ese retrasado no había cerrado con llave. Entreabrió la puerta para oír con más claridad los gritos de placer del troll, hacía «¡*aouh! aouh!*», mientras la chica no dejaba de gritar.

Beloncle se dirigió directamente al dormitorio. Le importaban una mierda los daños colaterales. Lo único que le importaba era hacerse con el dinero. Disparó a bulto, primero cuatro balas, luego seis más para asegurarse. Tres a la cabeza del Zumbado, tres a la cabeza de la chica. El resto se incrustó en el aparador. El horrendo Quasimodo y la bella Esmeralda congelados en pleno *coitus interruptus*, sus caras hechas mierda. ¡Qué asco! Beloncle vio la bolsa. La puso sobre la cama y la abrió. Contenía sobres tamaño A4 repletos a tope. Volcó uno de ellos. Cayeron fajos de billetes de diez, veinte y cincuenta. Los recogió y cerró la bolsa. Controlando el temblor a duras penas, recogió los casquillos uno a uno, los volvió a contar cuidadosamente y se los guardó en el bolsillo. Luego salió en tromba.

Fuera, en los escalones del umbral, se quitó el pasamontañas, estaba asfixiado. Aspiró una gran bocanada de aire, como un pez a punto de reventar de asfixia. Notó un sudor frío y pegajoso inundarle la frente y se lo secó con el pasamontañas. Tenía ganas de vomitar. Se recuperó un momento, recogió su equipo y se fue dando trompicones por donde había venido con una bolsa en cada mano. Se detuvo y volvió a colocarse los prismáticos. Temblaba tanto que apenas podía ajustárselos. Todo volvió a ser verde y negro. Se dijo a sí mismo que nunca volvería a ver el mundo nada más que a través del prisma bicolor de la visión nocturna.

63

A las 3.15 de la madrugada, Kimy se liberó suavemente de los brazos de Henri. Contra todo pronóstico, el sueño les había acogido generosamente en su regazo. Corrió al baño, se duchó y se vistió. Luego despertó a Henri con dulzura.

—Eh, eh... Es la hora, Henri —él se desperezó palpándose sus costillas doloridas—. ¿Te encuentras bien?

—No, no muy bien. Tengo un miedo increíble.

—Yo también.

Pero ella lo besó de todas formas, a conciencia.

ॐ

Luego, bajaron al centro de Viaduc-sur-Bauge. Kimy cogió un móvil y lo encendió. Se conectó al modificador de la voz. Henri eligió la voz de Darth Vader y llamó al gendarme.

—¿Tienes lo que quiero, Beloncle?

—Sí, lo tengo. ¿Y ahora qué hago?

—Aparca el coche en el parking de la mediateca. Ve andando hasta el cruce del Boulevard de la République con la calle Taine. Deja la bolsa delante de la puerta de la panadería La Brioche Chaude, bajo el porche.

—¿Y los vídeos? He hecho todo lo que me dijiste, Dany.

—Dejas la bolsa. Sigues recto. ¿Conoces el callejón cubierto que une la calle Taine con la plaza del Lavoir?

—Sí.

—Allí encontrarás un CD, encajado en una grieta entre la viga y los ladrillos, a tu derecha, a la altura del hombro. Contiene todos los originales.

—¿Y las copias?

—No hay copias. Lo he borrado todo.

—¿Cómo sé que es verdad? Me gustaría hacerlo de otra manera.

—Inténtalo y ya verás.

—Sí, pero en ese caso te quedas sin la pasta, Dany.

—¿Y si te echo encima a Jacky para recuperarlo? Probablemente no estará muy contento. ¿A quién va a creer? ¿A su hermano o a ti? No seas imbécil. Todo saldrá bien.

Kimy y Henri estaban al otro lado del río, en la calle Thiers. La panadería La Brioche Chaude estaba en la otra orilla, a unos treinta metros en línea recta, con la entrada cubierta bajo un porche. Henri podía verla bajo el resplandor amarillo de las farolas. El centro de Viaduc-sur-Bauge estaba en completo silencio. Allí no había ningún motivo especial para celebrar la Nochevieja. Henri y Kimy se escondieron en el vestíbulo del edificio desde donde observaban la escena. Beloncle lanzaba miradas en círculo. Frente a la panadería, giró en redondo, pareció dudar y luego dejó caer la bolsa. Subió por la calle Taine con paso decidido y, unos trescientos metros más adelante, entró en el callejón cubierto del Lavoir, se metió entre dos casas altas con fachada de vigas de madera vista. Kimy y Henri esperaron treinta segundos, luego Kimy cruzó el puente, envuelta en una sudadera con capucha de la pandilla de los Black Block. Henri vigilaba mientras ella se apoderaba del dinero. Kimy volvió corriendo al otro lado del puente. Volvieron al coche, que habían aparcado dos calles más arriba. Abrieron la bolsa para comprobar el contenido. Tenían el dinero.

64

Mientras Beloncle buscaba febrilmente el CD en el callejón del Lavoir, Dany y Jacky retozaban en pelotas en la orgía que se había montado en el piso de soltero en el ático de El Granero. Los participantes, atiborrados de éxtasis, lamían y follaban todo lo que se ponía a su alcance. Una chica completamente desnuda abrió la puerta de la habitación. Era una habitual del primer piso de El Granero. El tatuaje de una serpiente se enrollaba alrededor de su muslo derecho, le subía hacia el vientre y abría la boca en su monte de Venus completamente depilado. Llevaba de la mano a otra chica en sujetador y tanga, una joven tímida con el pelo recogido en dos trencitas. El Oso rugió al estilo Depardieu.

—¡Oooh, venid acá, preciosidades! ¡Entrad, pillad lo que queráis! Yo invito.

Las chicas se abalanzaron sobre la cocaína y las pastillas que el Oso había colocado en abundancia sobre la mesita. Esnifaron una raya, se tragaron una pastilla y se unieron al grupo en la cama de agua. El Oso se sirvió una copa de Cristal, contemplando aquellos culitos que se unían al baile. Se tomó una Viagra con un trago de champán, se sacudió con las manos los michelines de la barriga, encantado. Copa en mano, se colocó detrás de la morenita de trenzas.

—¡Yo a ti te conozco! ¿Cómo te llamas?

—Lilou. Estoy buscando a Kim. No sabe dónde...

—¡No te preocupes de esa gilipollas! ¡Venga, a la pista!

Beloncle inspeccionaba febrilmente entre los ladrillos y el entramado de las vigas de madera. Sus ojos se humedecieron de agradecimiento cuando sacó la caja de su escondite. La abrió. El disco estaba dentro. ¡Uf! Con unos alegres saltitos gatunos, regresó trotando a su coche. Volvió a casa a toda velocidad, se fue quitando toda la ropa como un loco. Se metió en el despacho, encendió el ordenador e introdujo el CD. Contenía por lo menos veinte archivos. Beloncle pinchó el primero. La barbilla se le descolgó por la sorpresa. El gordo Homer Simpson saltaba en calzoncillos de esos con bragueta. Sacudía la cabeza y los brazos en todas direcciones, muerto de risa. El dibujo animado se dirigió a Beloncle, riéndose:

—¡Hou, hou! ¡Que te den por culo! ¡Hou, hou! ¡Que te den por culo! ¡Hou, hou! ¡Que te den por culo!

Y así era, en efecto, aquello le daba por el culo. Abrió y cerró todos los archivos, uno tras otro. El gordo cabrón seguía riéndose a su costa. Solo quedaba un archivo de Word. Lo leyó:

«Querido Beloncle, ¿nunca te dijo tu madre que desconfiaras de los desconocidos? Si se te ocurre hacer algo, filtraré los vídeos a los medios y a tus colegas. En cuanto a cómo vas a explicarle la situación al Oso, espero que te diviertas. Seguro que se alegrará mucho de saber por qué le has quitado el dinero. ¡Feliz Año Nuevo y salud!».

Beloncle, hundido, lloraba en silencio. Acababa de añadir dos homicidios a la lista de sus hazañas. ¿Quizá si se hiciera pasar por muerto, Dany le dejaría ya en paz? Después de todo, había conseguido lo que quería.

65

El viejo Corsa de Henri atravesó Viaduc-sur-Bauge y subió unos
cientos de metros por las laderas de Saint-Philippe. Kimy le pidió
que aparcara junto a la carretera principal para dar un rodeo
antes de llegar a la entrada de la granja. De ninguna manera
quería que alguien pudiera identificar el coche de Henri. Se
besaron, ella salió del coche y continuó a pie. Consiguió detec-
tar el móvil del Oso. Su padre y Dany todavía estaban de fiesta
en El Granero, así que no tenía nada que temer. Aun así, se
tapó la cara con la capucha. Cruzó el patio acolchando el paso.
Por los almacenes, los perros levantaron la cabeza, olfatearon
el aire y volvieron a meter la nariz entre las patas, tranquilos.
Amaban a Kimy.

Sabía que no había nadie en casa, pero abrió la puerta en
modo de alerta máxima. Un viejo reflejo. Sondeó el silencio.
Cerró la puerta tras ella, cruzó el pasillo sin encender la luz,
subió de puntillas las escaleras y entró en la guarida de su
padre. Encendió el ordenador y el *router*, y preparó su memoria
externa. El reloj del ordenador marcaba las 4.33 horas.

Conectó el disco de memoria, pinchó en el icono de Mozilla
y abrió la página de inicio de Gmail. Creó la cuenta *JackylOurs@
gmail.com*. A continuación, procedió ordenadamente, siguiendo
paso a paso el plan trazado con Henri. Primero se ocupó de
lo esencial: los profesionales de la Justicia. Introdujo las direcciones. Después marcó todas las casillas de los destinatarios y
adjuntó los archivos. Escribió al fiscal que habían elegido en el
portal del Ministerio, a la brigada de la Protección Judicial de

la Juventud, a la Brigada Antivicio y a la comisaría de Rouen. Cuando estaba a punto de pulsar «Enviar», se mordió el labio con nerviosismo. Ella misma aparecía en muchos de esos vídeos. También era su propia vergüenza lo que iba a mostrar. Se lo pensó, encendió un cigarrillo y lo apagó, nerviosa. Finalmente, se lanzó. Clic. Solo le costó dar el primer paso. Sin más dilación, empezó a contactar con los amigos, familiares y conocidos de todos esos miserables. Le llevó bastante tiempo. Finalmente, conectó con BFM TV Testigos. Envió la rápida sinopsis preparada por Henri y adjuntó los vídeos. Kim pulsó «Enviar». A continuación, envió los archivos a I-Télé, TF1, France 2 y France 3. Era suficiente. Los demás se enterarían poco a poco. Levantó la vista. Pronto amanecería. Cogió el teléfono y comprobó que su padre seguía en la disco. Se desperezó, eliminó la cuenta de correo que había creado, borró el historial, apagó el ordenador, guardó su disco de memoria externa y recogió las colillas. Volvió a bajar, escudriñó el exterior a través de las ventanas de la cocina y se marchó.

Atravesó la granja, se despidió con un silbido de los sabuesos encerrados y se adentró por el camino de los Aduaneros en medio del bosque envuelto en la niebla. El alba se abría paso poco a poco sobre la oscuridad. Todavía quedaban grandes manchas de nieve al pie de los árboles. El rocío goteaba sus lágrimas de hielo a lo largo de las ramas oscuras. Con cada exhalación, un penacho de vapor se elevaba frente a ella. Un jabalí solitario cruzó el sendero, a apenas diez metros de distancia. Se detuvo un instante entre los vapores grises, moviendo el hocico. A Kimy le gustaban casi todos los animales, pero ese no. Extendió el dedo índice y levantó el pulgar. Apuntó. ¡Pum! Indiferente, el viejo macho se alejó hacia la espesura. Ella se puso en marcha de nuevo. Sus pensamientos se volvieron hacia Henri con tristeza. ¿Y ahora, qué? Una tristeza sin límites impregnaba su corazón como si fuera una esponja roja. Alcanzó el claro de la meseta y se desvió, como tenía previsto, hacia el café-tienda de su abuela, del que aún tenía la llave. Abrió la puerta y escuchó atentamente. Todo estaba dormido allá dentro. Bajó a la bodega y ocultó burdamente uno de los sobres con dinero entre dos anaqueles de botellas.

Cuando llegó a la cabaña, estaba aterida de frío. En la casa reinaba la paz. Subió directamente. La cabeza de Henri asomaba por encima del edredón. Se había acostado para esperarla. Con los ojos clavados en los suyos, se desnudó lentamente. Su cuerpo tallado en mármol desprendía la frescura del exterior. Henri abrió las sábanas. Ella se subió a la cama a cuatro patas, se sentó a horcajadas sobre Henri con cuidado, lo que hizo que se le pusiera la piel de gallina. Se sentó sobre su boca.

—Adelante, Henri, hazlo. Lo necesito de verdad.

Él colocó sus manos sobre los riñones de Kim. Ella realizó movimientos ondulantes con las caderas a medida que Henri la penetraba vigorosamente con su lengua. Gimió. Toda la tensión acumulada desapareció.

66

A las 9.30, tras la tradicional sopa de cebolla, Jacky y Dany se dieron por vencidos. Despidieron a sus compañeros de juerga repartiendo cocaína y pastillas a diestro y siniestro. Aguzaron el oído. Del cuarto de baño seguían saliendo gemidos que daba gusto oír. Un moreno con cuerpo de gimnasio estaba corriéndose en una rubia de bote puesta a cuatro patas. El Oso dio una palmada.

—¡Se acabó, *amigos*[17]! Vamos, muchacho. Date prisa.

La rubia explotó.

—Sísísísísísísí... Oh, joder, sí, así... Sísísísísísí.

El moreno gritó y se desplomó encima de la Barbie. Sin darle tiempo a recuperarse, el Oso lo agarró por los hombros.

—Buen chico. Gran actuación. No te duermas. Recoge tu ropa y lárgate. Tú también, guapa.

Le dio una palmada en el culo.

—Sí, sí, eso es, Feliz Año Nuevo también.

Apenas se habían puesto la ropa, el Oso los arrojó al pasillo, fuera de su piso de soltero. Miró hacia abajo, a la sala. Los más incansables de aquellos zombis seguían moviéndose al ritmo machacón del tecno, pálidos y pasados de rosca. Brazos, piernas y cabezas se balanceaban en todas direcciones, un auténtico amasijo de marionetas con los hilos cortados. Feliz Año Nuevo, despojos. El Oso cerró la puerta.

---

17   En español en el original. (N. del T.)

—Vamos, Dan. Hay que sobar un rato. Nos quedan tres horitas de sueño por delante.

Con la cara tan arrugada como la ropa, los hermanos Mauchrétien parecían haber dormido en un contenedor de basura. Una jaqueca atroz le partía la cabeza al Oso desde la fontanela hasta la base del cuello. Sentía como si le estuvieran cortando los senos nasales, el ojo derecho y la mandíbula con una sierra circular al rojo vivo. No le quedaba más remedio que beberse una cerveza y esnifar una raya, cosa que hizo de inmediato. Dany fue más modesto y se contentó con un poco de whisky. Sentían la garganta putrefacta. Tenían el gaznate literalmente en carne viva. Salieron al pasillo sin mediar palabra y bajaron tambaleándose a la sala. Las paredes seguían moviéndose. Los últimos clientes se aferraban a la barra. Jacky dio rienda suelta a su mal humor. Furioso, gritó a los camareros y porteros:

—¡Se acabó la fiesta! ¡Largo!

Los borrachos profirieron algunas protestas, pero enseguida retrocedieron cuando el Oso los miró de frente. Los porteros los desalojaron, seguidos de su jefe.

Los dos hermanos se acurrucaron en la deprimente neblina de las fiestas cuando acaban. Se dirigieron hacia el Amarok. El Oso lo acarició con ternura, pero no sintió nada, ningún consuelo. Así que hizo el solemne juramento de los borrachos martirizados por la abominable resaca: nunca más. Aunque no acababa de creérselo.

—¿Cómo era aquella canción tan graciosa? Ah, sí. Siento lo de anoche, lo de acabar de culo...

Se acomodaron. Dany gimoteó, sujetándose la frente.

—¡Maldita sea! ¡Qué me pasa!

El Oso metió primera.

—¡No! ¡Espera!

Dany tuvo el tiempo justo de lanzarse fuera del coche. Se apoyó en el capó y vomitó hasta la primera papilla, temblando de espasmos. Jacky se frotó los párpados con la esperanza de extraer los clavos que le martirizaban la parte posterior del cráneo.

—Vamos, date prisa. Acabaremos llegando tarde. Y Dumontier es más puntual que uno de esos relojes suizos de mierda. Te aseguro que no te gustaría hacerle esperar, créeme.

Dany se limpió con la mano el hilillo de bilis que se le había adherido a la barbilla y volvió a subir al Amarok.

—¡Ya está! No pasa nada.

Jacky se cuidó mucho de no cometer ninguna infracción de tráfico. Si soplaba en el alcoholímetro, simplemente iba a hacer que el tubo reventara. Por fin entró, aliviado, en el camino lleno de baches que llevaba a El Revolcadero. Aparcó la *pick-up* delante de la dacha. ¡Cómo! ¿La puerta estaba abierta? Que no cunda el pánico. Todo estaba en calma. El Zumbado debía de haber salido por alguna razón. Cogió un pitillo, se reavivó el fuego de su garganta, y se bajó la bragueta. Un largo chorro marrón con un olor espantoso describió un arco humeante en el aire frío. Un tufo como de diabético le hizo arrugar la nariz. El humo del cigarrillo le picaba en los ojos. Dany se arrastró hacia la puerta con la espalda encorvada bajo el peso de la melopea.

Jacky se la estaba sacudiendo cuando Dany surgió de la dacha, gritando, con los ojos desorbitados.

—¡Jacky! ¡Jacky! Jacky!

El Oso apartó a su hermano con el brazo y corrió hacia la casa. Se detuvo en la puerta del dormitorio con el corazón en la garganta y la respiración entrecortada. El pitillo se le consumía en el borde del labio caído. En medio de un gran charco rojo vino, entrelazados el uno con el otro, yacían el Zumbado y la chica, ya pálidos. Dany alcanzó a su hermano. Miraba por encima de su hombro el cadáver contrahecho del Zumbado montando el espléndido cuerpo de la joven rusa. A ella le faltaba prácticamente toda la cara. Una papilla grumosa y coagulada ocupaba el lugar del rostro, excepto la mandíbula inferior, que estaba unida por tendones deshilachados a un haz de carne y hueso. Era el más feo espectáculo que había visto en su vida. Se dobló y volvió a vomitar entre sus propios pies, casi encima de los pantalones de su hermano.

De golpe, el pánico restalló como un latigazo. Era como zambullirse en un zumo exprimido a base de puro terror.

—¡La bolsa! Maldita sea, Dany, ¿dónde está la bolsa?

Dany no se enteró enseguida. Todavía estaba en el capítulo anterior. Para cuando la pregunta se abrió paso en su cabeza, Jacky ya estaba poniendo la habitación patas arriba. A cuatro patas, miró debajo de la cama. Se dio cuenta de que la barra de seguridad de la trampilla seguía en su sitio. La sangre de los dos fiambres había chorreado sobre uno de los candados. El Oso oyó a las chicas susurrando en el sótano. Se puso en pie y miró alrededor de la cama. Nada. Salió de la habitación dando un brinco, resbaló en el vómito de su hermano, se agarró a tiempo y recorrió la pieza principal como un loco, derribando todo lo que encontraba a su paso. ¿Detrás de los sillones? Nada. ¿Debajo de la mesa? Nada. ¿Junto a la chimenea? ¡Nada, nada, nada! ¡Me cago en la puta! Descompuesto, balanceando los brazos, Dany miraba a su hermano. Una última esperanza: tal vez el Zumbado se había llevado la bolsa fuera, a mear o a tomar el aire. El Oso rebuscó alrededor de toda la casa, haciendo círculos cada vez más amplios en cada vuelta, y creyendo cada vez menos en encontrarla. Nada, en ninguna parte. Un claxon le despertó de su angustia, pero Jacky apenas tuvo tiempo de inhalar una bocanada de aire fresco antes de caer de bruces. Era Dumontier. En medio del pánico, había olvidado que estaba a punto de llegar. El legionario tocaba el claxon alegremente a golpecitos, pero Jacky vio que su rostro se iba alterando drásticamente tras el negro reflejo del parabrisas. Había comprendido.

Dumontier frenó en seco, saltó de su BMW cupé y, ajustándose las solapas de su impecable chaqueta Giorgio Armani, caminó derecho hacia Jacky. Cuando alcanzó al coloso, le empujó con ambas manos.

—¡Mi pasta! ¿Dónde está mi pasta?

Dumontier lo agarró por el cuello y lo abofeteó una y otra vez. Jacky ni siquiera intentó defenderse.

—¡Mi dinero! ¿Dónde está mi puto dinero?

Askan salió del Renault Master. Había sacado su Agram 2000 y mantenía a raya a Dany, una precaución perfectamente innecesaria por otra parte. El menor de los Mauchrétien se estaba

213

licuando, sentado en los escalones de la entrada, incapaz de interceder por su hermano.

Dumontier se detuvo y observó la pinta del Oso: barba incipiente, cabello desaliñado, ojos inyectados en sangre, mezcla de efluvios desagradables —alcohol, sudor, aliento a perros muertos—, y una respiración entrecortada, acentuada por haber fumado esa noche como una bestia. El cabronazo venía de pasar la noche al límite. Y el estado de aturdimiento de aquel paleto lo decía todo: o Mauchrétien no entendía la que se le venía encima, o se merecía el César de Oro al mejor actor. El albanés lo apartó con rabia de un empujón. Hundido, el Oso giró sobre sí mismo y se alejó hacia la dacha arrastrando los pies. Dany se encogió hasta casi desaparecer, pero no tuvo fuerzas para levantarse. Sin volverse, Jacky hizo un gesto con la mano a Dumontier.

—Ven a ver esto.

En el salón, aquella mesa tan bien surtida parecía el irónico recuerdo de tiempos mejores. Los dos hombres se pararon en la entrada de la habitación. Para conmover a Dumontier hacía falta mucho más que lo que había allí. Ladeó la cabeza y se fijó en la chica atrapada bajo la carcasa de Quasimodo.

—Es una de mis chicas, ¿verdad?

El Oso balbuceó:

—Bueno, sí... sí... —después de lo que había pasado, eso daba igual—. Te la pagaré.

Dumontier torció el gesto con maldad. Apretaba las mandíbulas continuamente: las mandíbulas de un pez carnívoro. Con falso tono candoroso y entrecerrando los ojos, el criminal le lanzó un ultimátum al Oso. Lo cogió por las solapas.

—Escucha, saco de mierda. No sé qué ha pasado en tu conejera, y ni quiero saberlo, pero tengo una idea muy clara de lo que pasará si no encuentras el dinero. Te doy dos días.

—¿Dos días? Pero...

Dumontier le propinó al paleto una serie de directos secos y cortos en el hocico. Dos surcos rojos se abrieron paso hasta la boca del Oso. Jacky levantó de repente su gran zarpa. Agarró el puño de Dumontier y apretó. Los dos hombres se miraron fijamente. Por fin, un destello asesino brilló en las pupilas de Jacky. Dumontier se soltó y retrocedió un paso.

—¿Y qué pasa con las chicas?

—Quédatelas. Me llevo otra vez a las nuevas. Que vuelvan al trabajo. Tan pronto como sea posible.

—¿Qué hago con el cuerpo de la otra?

—Me importa una mierda. Apáñatelas. Pero me la tienes que pagar, eso seguro.

Dumontier dio media vuelta y se dirigió hacia la salida con paso firme. Jacky le pisaba los talones.

—¿Y la droga?

—Me la llevo de vuelta.

—No, espera, tengo que... —Pero Dumontier ya no le escuchaba.

Fuera, el esbirro de Dumontier montaba guardia. Al pasar, Dumontier le dio una patada a Dany que lo lanzó de cabeza contra la tierra mojada dejándolo tirado a todo lo largo. En seguida, este se puso de pie y se precipitó hacia el albanés. Una corta ráfaga mordió el suelo, haciendo que Dany se quedara clavado donde estaba.

—¡Hijo de la gran puta!

Dumontier se dio la vuelta. Jacky permanecía de pie en el umbral con las manos en alto en un gesto de apaciguamiento. De un costado bajo la chaqueta, Dumontier sacó su Esee Rat, su cuchillo favorito. Pistola en mano, se desvió hacia el Amarok. Muy despacio, empezó por el centro del capó. Jacky gritó y dio unos pasos hacia delante, pero el gorila le apuntó con su Agram 2000. Jacky se quedó quieto, impotente. Dumontier fue rodeando tranquilamente el coche. El metal chirriaba mientras iba apareciendo un largo tajo en la carrocería. Cuando Dumontier dio la vuelta completa al vehículo, apuntó al Oso con su cuchillo.

—Dos días, ¿entendido? Si no consigo mi dinero, lo que hice en Yugoslavia será una broma comparado con lo que te haremos a ti.

El compinche regresó a la furgoneta reculando, mientras Dumontier se ponía al volante del BMW.

La furgoneta maniobró y ganó la pista forestal. El Oso corrió inmediatamente hacia su Amarok. La tensión nerviosa fue desapareciendo. Empezó a lloriquear sin consuelo. Acariciaba el rayón con la punta de los dedos, con todo el cuidado que debe procurarse a alguien malherido.

—¡Cabrón! ¿Has visto eso? ¡Hijo de la grandísima puta!

Dany no se lo podía creer. Salió de su estupor y se lanzó contra su hermano.

—¡Tu maldito coche! ¿Es lo único que te importa? ¡Gilipollas! Meneó un poco a Jacky como a un ciruelo. Pero él no era Dumontier. Jacky bramó, levantó el puño y le lanzó un gancho a la barbilla, le hizo tambalearse y caer de rodillas. Jacky le habría dado un rodillazo en la cabeza, pero en vez de eso se revolvió el pelo nerviosamente. La situación ya era bastante mala. Se sentó en uno de los troncos de madera que servían de taburetes frente a la dacha. Con las manos en las rodillas y las piernas bien abiertas, miró a su hermano con mala leche. Resoplaba como un buey. Sacó un Camel del bolsillo. La llama del mechero parpadeó en el extremo del cigarrillo. Lo encendió como pudo, temblándole la mano. En su rostro de roca se sucedieron la angustia, la cólera y el sufrimiento, como sombras de nubes. Parecía un vagabundo desmesurado con su traje estropeado. ¿Y ahora qué?

67

La fiscal Carolina Menuise casi se cae de la silla. Los días siguientes a las fiestas siempre venían cargados de sorpresas, pero esta se llevaba el primer premio. Detestaba las comidas de fin de año, que ella pasaba sola como la solterona que era, atrapada entre un celibato forzado y unos padres entrometidos. Solía ahogar la amargura de esos días de soledad yendo a primera hora de la mañana al Palacio de Justicia de Rouen para ir adelantando una enorme cantidad de trabajo en medio de aquel silencio monacal. De un termo que tenía, tomaba un café negro como la tinta. Abrió el portal de Internet. ¿Qué es esto? Desde muy temprano, al final de la noche, había ido recibiendo una serie de archivos de vídeo. Abrió uno de ellos. Absolutamente repugnante. ¿Los demás? Lo mismo. Adultos muy maduros, o más bien ya pochos, violando a adolescentes. Mientras seguía abriéndolos uno a uno, con los ojos fuera de sus órbitas por la repulsión, sonó el teléfono.

—¿Diga?

Reconoció la voz de Defer. Menuise intuyó de inmediato que él también los había recibido.

Defer era capitán de la policía de Ruán. Su apellido[18] le venía como anillo al dedo. Mal visto por sus superiores, temido tanto en la calle como en su departamento, el policía era duro, brutal a veces, pero terriblemente eficaz. Nunca llegaría a comi-

---

18   El apellido «Defer» significa, literalmente, «de hierro». (N. del T.)

sario. Él lo sabía. Le importaba un bledo. Había rodado por varios servicios. Largos años en la brigada criminal le habían enseñado que la ternura es un apéndice engorroso. Como un dudoso híbrido entre violencia y respeto a la ley, pertenecía a la categoría de los que consiguen hacer porosa esa frontera. A ella no le sorprendió su llamada el día de Año Nuevo. Corrían rumores de su reciente divorcio, el tercero.

—Acabo de recibir algo increíble en el ordenador de la comisaría y me gustaría comen…

—No me diga más, Defer. ¿Vídeos pedófilos, enviados desde la dirección JackylOurs@gmail.com?

—Sí, pero cómo...

—Yo también los he recibido. ¿Qué le han parecido?

—Una bonita guarrada y...

—No, me refiero a si usted cree que esos vídeos son auténticos o falsos.

—Para mí tienen toda la pinta de ser auténticos. Pero he despertado a Moulin, mi ingeniero de la Científica, de su resaca de Nochevieja. Se va a dejar caer por aquí cagando leches (Defer nunca había cuidado su lenguaje, lo que, entre otras cosas, sacaba de quicio a sus superiores) para confirmarlo o desmentirlo.

—¿En su opinión se trata de una venganza?

—Todo lo indica. Nos han proporcionado todas las pruebas, incluidas las direcciones, para alojar por cuenta del Estado a estos señores y llevarlos en procesión a juicio. Quien envió estos archivos está buscando precisamente eso. Ahora, ¿qué hacemos?

—Hoy es un día muy particular, Defer. No me atrevería a enseñarle su trabajo, pero imagino que necesitará un plan en toda regla, dada la cantidad de tipos que salen en los vídeos, ¿no?

—Eso seguro. No se puede improvisar una redada como esta. Pero hay algo raro.

—Le escucho.

—Suponiendo que toda esa información sea correcta, ¿por qué nosotros y no la gendarmería local ni el juzgado de Évreux? No es nuestra jurisdicción.

—Esa es una buena pregunta, Defer. Le dejo que reflexione sobre ello. Le llamaré más tarde durante el día.

—OK. Ah, por cierto...

—¿Sí?

—Feliz Año Nuevo.

—Muy ingenioso, Defer.

⍟

Moulin lucía una tez verdosa con sutiles matices de medio dolor de cabeza, medio vómito. El ingeniero de la policía científica no había estado de guardia en Nochevieja y se había pasado toda la noche de fiesta. No intentó disimular su mala leche ni su fétido aliento. Dos o tres trozos de confeti seguían enredados entre sus espesos rizos. Defer le había llamado primero al móvil, pero como Moulin le había cortado, había recurrido al teléfono familiar. Cuando Moulin vio los vídeos, se espabiló de golpe como para ponerse a trabajar de inmediato. Al rato se detuvo refregándose los párpados, quizá con la vaga esperanza de borrar de su vista todos aquellos horrores. No hacía falta ser Steve Jobs para darse cuenta de lo evidente, al menos desde el punto de vista informático.

—Estos vídeos son absolutamente auténticos.

—Gracias, Moulin.

—¿Puedo irme ya a casa?

—No, no puedes.

—¿No puedo?

—No.

Moulin no podía decirlo, pero nada le impedía pensarlo en voz alta: «Defer, eres un cabrón, un cabronazo pero que muy grande». El capitán clavó su mirada de hielo en las pupilas del ingeniero.

—Sí, sí... También te deseo buena salud, Moulin.

Defer se sentó al lado de Moulin. Reprodujo varias películas, analizándolas desde un punto de vista estrictamente profesional. Se prohibía a sí mismo cualquier atisbo de sentimiento;

219

y era todo un campeón en este campo. Toda esa canallada casi no le afectaba ya. Lo llamaba basura simplemente porque eso es lo que era. Pero se situaba en un plano deliberadamente intelectual cuando emitía tales opiniones. Su campo afectivo era realmente tierra quemada. De manera alarmante, ya no se escandalizaba ante nada.

Sacó algunas conclusiones sobre lo que iba viendo. Los tipos que aparecían en esos vídeos no sabían que estaban siendo espiados. Esas películas no reproducían escenas de sado-masoquismo y dominación consentida sujetas a un guion. No había primeros planos, ni movimientos de cámara circulares ni *travellings*. Los ángulos de toma a veces eran extraños, en picado o en tres cuartos. Sin duda, estaban siendo espiados con cámaras ocultas. Muchas secuencias tenían lugar en entornos rurales: bosques, un campo al fondo, un granero en ruinas. Otras, sin embargo, tenían lugar en espacios cerrados, sin más pistas. No había dudas sobre la edad de las chicas, ni sobre el carácter forzado de las relaciones. En cualquier caso, incluso admitiendo la improbable hipótesis de que se prostituyeran voluntariamente, la naturaleza sádica de algunos de los vídeos y la juventud de las víctimas las convertían por sí solas en objeto de condena. Cada media hora, Defer hacía una pausa. Aprovechaba para convocar a sus tropas enviándoles mensajes de texto y dejándoles avisos en el buzón de voz, ponía al corriente de la situación a los que respondían y seguía atosigando a los que fingían sordera.

A las doce y media, justo cuando Defer se estaba desperezando, sonó el teléfono.

—¿Qué hay de nuevo por ahí, Defer?

—He estado pensando. No es imposible que haya sido una de las chicas, o alguien de una de las familias, o un pariente, o un amigo. Alguien que busca venganza en cualquier caso, y busca salpicar a todos esos hijos de puta... Perdón si me paso.

—Haré como si no lo hubiera oído.

—Por otra parte, ahora sé por qué el remitente lo ha lanzado fuera de la jurisdicción del departamento de Eure. He identificado a estos vividores. Las direcciones y otros datos de contacto coinciden perfectamente. Incluso he podido comparar las caras de algunos de ellos con fotos sacadas de aquí y allá en páginas web profesionales o corporativas. Bien, ahora agárrese fuerte: uno de esos tipos se llama Beloncle. Es el capitán de la gendarmería de Viaduc-sur-Bauge.

Defer percibió cómo Menuise se quedaba de piedra y saboreó el efecto que había provocado.

—No solo ha violado a numerosas chicas, sino que incluso mató a una, estrangulándola, después de darle una paliza. Además, todos los vídeos proceden del mismo ordenador. Moulin no ha tenido problemas para localizar el punto de origen. Se encuentra en el mismo Viaduc-sur-Bauge. No tomaron precauciones especiales para borrar el rastro. Moulin está ahora mismo dentro del ordenador del tipo. Creó anoche una cuenta de correo y luego la borró. El soplón forma parte del meollo del asunto. En cuanto a Beloncle, si usted quiere cotejar la información, compare, entre otros, los vídeos cuarto, undécimo, decimosexto y vigésimo primero con las fotos del organigrama de la gendarmería de Ploucville-sur-Viol[19]. Es claramente reconocible. También está ahí la *crème de la crème*: dos notarios, el director de la Casa de Acogida de Menores en Exclusión Social, concejales del equipo de gobierno municipal, una cuidadora del centro, la loca que utiliza el cinturón con consolador talla XXL con las chicas, y también...

Menuise abrió los ojos de par en par.

—Es suficiente, Defer. Lo he entendido.

La sexualidad, o más bien la falta de ella, era en sí misma un tema incómodo para la mojigata de Menuise. Oír hablar de ello de manera tan brutal la empujaba a atrincherarse en sus beatos prejuicios.

—*Festina lente*, Defer.

—¿Qué?

—«Apresúrate, pero despacio». Es latín. Los días de vacaciones tienen que haber diezmado a toda la plantilla. Hágalo lo mejor que pueda. Tómese el tiempo que necesite para reunir a todos los hombres que haga falta.

— De acuerdo, volveremos a hablar en una hora.

---

19   El nombre del pueblo imaginario de «Ploucville-sur-Viol» es un juego de palabras: «Villa Cateta de la Violación». (N. del T.)

221

ॐ

—¿Defer? Soy Menuise. ¿Cómo va todo?

—He reunido suficientes hombres. Es un grupo un poco variopinto, pero nada antirreglamentario.

—Me alegro. He informado de la situación al Jefe de Gabinete del Ministro. Le interrumpí cuando estaba como un tronco. Creí que le daba un ataque cuando le hablé de Beloncle. Inmediatamente, llamó al ministro en persona. Las órdenes vienen de lo alto, Defer, del Olimpo. Y son claras. Limpieza a fondo. Y rápido. Ya están bastante preocupados con el proceso de Cahuzac que se les viene encima, y las encuestas en contra. Para evitar susceptibilidades, el Ministerio del Interior es inflexible y exige que los gendarmes de Viaduc-sur-Bauge participen en la investigación.

—¡Cómo! ¿Pero cómo saben que no hay más ovejas negras en su rebaño? No creo...

—No se nos pide que creamos, Defer. Si usted quiere creer, vaya a la iglesia.

—Muy graciosa, ¡joder!

—¡Cuide su vocabulario, Defer! No está hablando con uno de sus proxenetas.

—Lo siento... Bien. Entonces, ¿cómo procedemos?

—Llame a la comisaría de Viaduc. Contacte con alguien de la Policía Judicial. Póngale al corriente y dele mis datos de contacto. Los detalles los arreglan entre ustedes como personas mayores. Le enviaré instrucciones por fax.

—¿Eso es todo?

—Eso es todo, por ahora. ¿Defer?

—¿Sí?

—Póngales los grillos a todos esos, esos... No encuentro palabras para calificarlos.

—¡*Yes, milady!*

Y colgó, fuera de sí. ¡Joder con la señora!

68

Dany se paseaba de un lado a otro, sentía un picor insoportable por todo el cuerpo. Se rascaba sin parar. Estrés y abstinencia.

—¿Y ahora qué hacemos?

Se plantó delante de Jacky.

—¿Te pregunto que qué coño vamos a hacer? —gritó, zarandeando a su hermano—. ¡Despierta! Muévete.

Jacky levantó la vista y le dirigió una mirada bovina, carente de cualquier forma de inteligencia o determinación.

—¿Te queda coca? ¿Eh, te queda?

—Sí, sí.

—¡Sácala!

Jacky le entregó la bolsita a su hermano. Contenía unos diez gramos. El otro fue a buscar una caja de CD a la guantera del Amarok. Hizo dos rayas bien largas y enrolló un billete en forma de tubo.

—Toma... ¡Adelante! Vamos, esnifa.

Jacky lo hizo sin decir palabra. Dany se aplicó el mismo tratamiento y resopló, listo para la acción.

—Primero, escondamos los cuerpos del Zumbado y de la puta. Los haremos desaparecer más tarde.

Agarró a su hermano del brazo y lo arrastró hasta la dacha. En la habitación, Dany dirigió la operación. Desenlazaron los dos cadáveres, los bajaron de la cama, los envolvieron en las sábanas y la colcha y levantaron el somier para abrir la trampilla. Unos gritos guturales subieron desde el sótano. Abajo, las chicas estaban como locas.

—Espera antes de abrir.

Dany cogió dos botellas de agua de la mesa del banquete, volvió y quitó los candados. Levantó la pesada trampilla, echando un ojo por la abertura.

Al pie de la empinada escalerilla, una joven lo miraba desde abajo, dispuesta a pegar un brinco como una ardilla en fuga. Su rostro era de pálida porcelana. Dany le entregó las dos botellas. Ella las cogió con un movimiento reflejo y eso le impidió subir. Dany aprovechó la oportunidad para meterse por la trampilla. Sintió como si se sumergiera en un pantano fétido y pegajoso. El aire se espesaba a medida que descendía. En cuanto llegó abajo, se volvió hacia las putas, amenazante, encorvado sobre sí mismo, dispuesto a repartir golpes. Las chicas, asustadas, corrieron hacia el fondo de la pieza. Apestaba a excrementos y orina. Lo único que tenían era una simple caja de arena para gatos donde hacer sus necesidades.

—¡Atrás, zorras! ¡Atrás!

Dany volvió al pie de la escalera.

—Venga, Jacky.

El cuerpo del Zumbado cayó. Enrollado y atado dentro de la colcha, parecía una gran larva blanca. Luego, Dany recibió el cuerpo de la chica. Un antebrazo manchado de sangre surgió de la manta. Las muñequitas rusas gimieron. Dany maldijo, se lio con los pliegues de la tela e insultó a gritos a aquellas malditas hembras. Alineó rápidamente los dos cuerpos a lo largo de la pared, volvió a meter aquel antebrazo dentro de la manta y luego se abalanzó sobre las mujeres, abofeteando al azar, a bulto, con todas sus fuerzas, a diestro y siniestro. Eso le sentó de maravilla. Las chicas se replegaron sobre sí mismas, protegiéndose con los brazos. Dany se quitó el cinturón y empezó a dar latigazos, pasándoselo de una mano a la otra, con la hebilla, y echando espumarajos por la boca.

—¡Cerrad la maldita boca! ¡Que la cerréis!

Añadió los pies al vals. Una chica se dobló en dos, con un corte de respiración. Las otras cambiaron los gritos por el tartamudeo. Con los ojos saliéndosele de las órbitas, Dany blandió el puño, el cinturón dio vueltas y cayó tres veces más al azar.

—¡Que os calléis de una puta vez! ¡Silencio!

Jacky, aún aturdido, contemplaba la escena desde la trampilla con el pecho medio asomado, como a punto de caer. Dany subió la escalera de cuatro en cuatro, empujó a su hermano hacia atrás y tiró la pesada puerta sobre los lamentos de las chicas. Volvió a colocar la cama en su sitio, extendió un edredón abierto sobre el colchón empapado de sangre y sacó de allí a su hermano.

୨୦

En el umbral, Dany encendió un cigarrillo y dio una larga calada. Expulsó el humo por las fosas nasales formando dos impecables líneas azul-grisáceas. Parecía una máscara de demonio japonés, con la cara teñida de color rojo ladrillo en mitad de remolinos celestes.

—Y ahora, ¿cómo vamos a averiguar quién robó el dinero?

—Ah, eso puede ser fácil.

—¿Qué?

—Con un poco de suerte, esa cámara de ahí nos lo dirá.

El grueso índice del Oso señaló un roble a unos quince metros de la cabaña. Dany silabeó con maldad.

—¿Cuándo la has...?

—Lleva ahí desde siempre. La conecto cada vez que hay una reunión importante. También hay otra en la cabeza del jabalí.

—¿No podías haberlo dicho antes? Podríamos haber tranquilizado a ese cabrón de Dumontier.

Jacky sacudió la cabeza con pesar.

—No estoy tan seguro. ¿De verdad crees que le gustaría saber que es filmado habitualmente sin saberlo? Y luego, imagina que no haya nada. Nos iba a crucificar.

El Oso entró, cogió una silla, se subió y descolgó la cabeza de jabalí. El pelo ocultaba por completo las bisagras que sujetaban la cabeza a la pared. Dany se quedó de piedra. Jacky metió la mano dentro y sacó una pequeña Go-Pro. Inició la reproducción. Avanzó rápidamente la primera parte de la escena, hasta el momento en que se abrió la puerta y entró un tipo con pasa-

225

montañas. Penetraba en la dacha a toda velocidad, pistola en mano. De fondo se oían los gemidos de placer del Zumbado. El tipo salió del campo de visión, luego sonaron disparos, al menos siete u ocho, quizá más. Tres minutos después, salía de la habitación, pero aún llevaba puesto el pasamontañas. Llevaba la bolsa de deporte en la mano derecha. Cruzó la habitación como alma que lleva el diablo, salió, bajó los escalones del porche, se detuvo. La adrenalina se apoderó de los cuerpos de los hermanos cuando el tipo se quitó el pasamontañas. Bramaron como *hooligans*:

—¡Vamos! ¡Date la vuelta! ¡Vamos! ¡Date la vuelta!

Pero el visitante no se daba la vuelta. Se agachó como si fuera a recoger algo y luego siguió caminando. Todo lo que quedaba era la imagen de la puerta abierta.

—¡Jodido estiércol!

Jacky estrelló la cámara contra el suelo y la pisoteó hasta hacerla polvo.

Luego se tranquilizó.

—Coge la escalera de detrás de la dacha y súbete al roble.

Dany salió corriendo, volvió con la escalera al hombro y galopó hasta el roble. Le pareció que se iba a pasar el resto de su vida corriendo sin parar. Apoyó la escalera en el tronco, trepó por las ramas con la rapidez de un tití y recuperó la segunda cámara. Bajó sin aliento. Los dos hermanos se sentaron uno junto al otro en la mesa de merendero. El Oso pulsó sobre el *Play* y luego el botón de reproducción rápida. La tensión iba en aumento. Se saltaron toda la secuencia en la que llegaban con el Zumbado y luego se iban ellos dos solos. Luego, todo parecía como una imagen congelada. No pasaba nada. La definición no era buena. El vídeo solo mostraba la fachada de la dacha. A lo lejos, aparecía y desaparecía una sombra en la ventana: era el Zumbado moviéndose. Aceleraron la reproducción. De repente, un hombre alto y con barriga vestido con ropa negra ajustada se materializó en la pantalla. Se acercó de puntillas al umbral. Llevaba en la mano un amplificador de sonido. Se arrodillaba en los escalones, orientaba la parabólica hacia la puerta y, tras una breve pausa, se despojaba de todo el equipo, auriculares y prismáticos de visión nocturna. Se dejó puesto el pasamontañas. El Oso farfulló entre dientes. No era el milagro que esperaban. Era la misma escena que ya habían visto, pero desde otro ángulo. La figura sacaba una pistola de su funda, quitaba con cuidado el seguro, luego se levantaba y se colaba hacia el interior blandiendo el arma, siendo engullido por la sombra de la puerta abierta. El halo de la imagen palpitó, sacudido por los disparos, como breves pulsos de luz. Dany y Jacky estaban hipnotizados por la pantalla. Los segundos transcurrían con una lentitud insoportable. El tipo tenía que estar recogiendo los casquillos —no habían encontrado ninguno— y buscando la bolsa. De repente, la figura apareció en la puerta. Bajó corriendo los escalones y se paró frente a la entrada. ¡Ahora seguro que sí! El hombre soltó la bolsa y se llevó la mano derecha al pasamontañas. Al unísono, los hermanos animaron de nuevo al desconocido:

—¡Vamos, vamos, vamos! ¡Enséñanos tu fea jeta!

El hombre se quitaba el pasamontañas y se limpiaba la cara con él. La imagen podía ser mala, pero no por ello menos impactante. Jacky le gritó a su hermano, como si no hubiera visto lo mismo que él.

—¡Pero, si es Beloncle! ¡¡Es Beloncle!! ¡Vaya puta mierda! ¿Cómo podía saber que...?

Dany le cortó en seco:

—¡Eso, luego! Vamos a volver a la granja, cogemos lo que tengamos que coger, luego le echamos el guante, pillamos el dinero... Y ya concretaremos los detalles más tarde.

69

En el edificio dormido, el teléfono sonaba sin cesar. Doblado por la mitad sobre la taza del váter, el poli de guardia purgaba su noche de borrachera. Finalmente, fue, arrastrando las botas, hasta la centralita. Con cada timbrazo, Defer sentía que la furia le corría por toda la espina dorsal. Hasta que oyó una voz pastosa:

—... ¿Diga?

El fogonazo que brotó del auricular carbonizó la cabeza de aquel novato. Defer gritó:

—¡Está usted sobando, soldado! ¿Qué mierda se supone que estaba haciendo?

El joven militar se sobresaltó e instintivamente se puso en posición de firmes. En sus sienes repicaban campanadas. Pensó que estaba tratando con un superior, un capi como poco.

—¿Hay por ahí algún oficial de guardia hoy?

—Sí, el teniente Baranchot.

—Pásemelo, ¡a la puta carrera!

—¿Quién es...?

—¡Si no me lo pone al aparato, me aseguraré de que esté limpiando retretes hasta que le genere una fobia médica!

Sin pensárselo dos veces, el ordenanza pasó la llamada.

—Teniente Baranchot, buenos días.

—Buenos días, capitán de policía Defer al aparato. Trabajo en Rouen.

Baranchot se puso formal y gélido. ¡Un policía!

—¿Qué puedo hacer por usted, capitán?

—Verá...

Baranchot no podía creer ni una palabra de lo que decía aquel poli. Por abreviar, Defer fue al grano. Le envió uno de los vídeos de las hazañas de Beloncle. Defer paladeó el silencio de horror de Baranchot al otro lado de la línea.

—Bien, ¿lo reconoce usted?

Baranchot se desmoronó como un castillo de naipes.

—¡La hostia puta! (Tras decir la blasfemia, besó la medallita de Santa Genoveva que llevaba siempre consigo).

—Tengo muchas más como esta. ¿Quiere más?

Baranchot adquirió una palidez aterradora y se disculpó entre dientes, como si fuera él el sórdido héroe de aquel episodio pornográfico.

—¿Qué quiere exactamente de mí?

—Vaya cagando leches derechito a casa de Beloncle y deténgalo en menos que canta un gallo. Su inculpación es segura y ya está en camino. Es urgente. Hay que evitar que se ponga en contacto con sus alegres colegas de orgías.

Baranchot palideció más aún, si ello era posible. Cara de tiza.

—¿Eso es porque hay más gente?

—¡Muchísima! Le pintaré el cuadro *grosso modo*. Más tarde se lo retocaré. Varios policías, entre ellos yo mismo, la fiscal y su adjunto, hemos recibido vídeos similares esta mañana, con una lista de nombres y direcciones. Desde entonces, he estado trabajando duro tratando de localizarlos a todos. Ha sido un trabajo fácil, la verdad, ya venía mascadito. Pero tenemos una gran operación de limpieza por delante, Baranchot. Primero, arreste a Beloncle. Mientras tanto, me uniré a usted con mis hombres para preparar la redada. Usted nos necesita, y nosotros le necesitamos. No es algo que me vuelva loco, pero nos han ordenado cooperar. Viene de lo más alto. No pierda ni un segundo. Tenga cuidado, Baranchot. Puede usted estar rodeado de colegas de lo más puerco sin saberlo. Espero estar allí en unas dos horas.

—¡Recibido! —respondió Baranchot resoplando, antes de colgar el teléfono con la lentitud de un sonámbulo.

70

Kimy roncaba en su hombro. Él le besaba la frente con ternura, aspirando el aroma de su largo cabello oscuro mientras cerraba los ojos. ¿Hasta cuándo? Kimy se removió, levantó la cabeza y buscó sus labios a ciegas. Sus lenguas se enredaron. Henri se giró sobre un costado para mirarla. ¡Ay! Le dolían las costillas. Se besaron con más intensidad. Su mano derecha exploró los territorios de Kimy, pasó por la doble colina de sus nalgas, bajó hasta el valle de sus riñones, recorrió la suave llanura de su espalda. Las dos cumbres de sus omóplatos marcaron el camino de regreso. La mano retrocedió hasta el culo, lo rodeó y bajó entre los muslos. Kimy se abrió imperceptiblemente. La mano reanudó su deambular, pero Kimy la detuvo y la volvió a bajar hasta el lugar donde se estaba derritiendo. Volvió a Henri bocarriba y se subió encima de él, tumbándose a todo lo largo con los ojos cerrados. Jugó con su polla y, sin usar las manos, la hizo penetrar en su interior. Kim se movía con lentitud, cadenciosamente. Sus manos agarraron el pelo de Henri. Dijo en un susurro:

—Sigue, sigue, sigue. Me corro. Me corro. Ooooohhhh sí, así. Henri... Estoy segura... Te amo...

Se desplomó encima de Henri con todo el peso sin importarle sus costillas. Las manos de Henri agarraron con fuerza el culo de Kimy. Se corrió a su vez, con un jadeo:

—Yo también, Kim...

Volvieron a dormirse enseguida.

El despertador sonó a mediodía. Tenían tiempo de sobra. El Oso y Dany no habrían llegado aún a El Revolcadero. Se desperezaron placenteramente, aún no lo bastante despejados como para sentir miedo. Kimy abandonó la cama y se dirigió al cuarto de baño. Movía su culo y su espalda con un gracioso vaivén. La cara de la moneda. Henri no se cansaba de contemplarla. Una vez a solas, se puso a pensar. Solo estaban en la primera fase de la partida de billar: las carambolas, el principio del caos. ¿Estaría ya la policía trabajando en ello? Kimy salió del baño desnuda, con la toalla enrollada en la cabeza. Cruz de la moneda. Ella se reunió con él en la cama, le agarró la barbilla y lo besó. Se dio la vuelta, se sentó y se vistió. Los dedos de Henri recorrieron su espina dorsal. Ella se rio mientras se retorcía. Dijo con su voz ronca:

—¡Me haces cosquillas!

Henri se enderezó, la besó en el cuello y entró en el cuarto de baño.

Recién afeitado y vestido con ropa limpia, Henri se sentía un hombre nuevo. Bajó las escaleras atraído por el olor a café y tostadas. Se sentó frente a ella. Hablaron tranquilamente sobre qué hacer a continuación. Primero, avivar las brasas, infundir la sospecha en todos ellos. Después, trazar las jugadas y mover las piezas por el tablero.

—¿Y no lo sientes por tu abuela? —El rostro de Kimy se endureció.

—Nada en absoluto. Ella ha formado parte del juego desde el principio. Nadie le pidió que se convirtiera en una proxeneta, nadie le pidió que participara en los tratos de su hijo, ¡nadie le pidió que cerrara los ojos cuando mi padre me follaba! Ella ha jugado y ha perdido, le toca pagar.

—Muy bien. Bueno, recapitulemos. Llamamos a Dumontier. Le decimos que el dinero está en la tienda de comestibles. Llamamos a tu padre y le hacemos creer que Dany es el instigador del robo. Llamamos a Dany. Le decimos que Dumontier y Jacky solo están fingiendo, que quieren deshacerse de él y que fue tu padre quien obligó a Beloncle a robar el dinero, por indicación de Dumontier. Mientras tanto, la policía persigue a los pedófilos, sembrando el pánico en todo el hormiguero. Nosotros corremos a escondernos y nos ponemos a observar a distancia, esperando a que las cosas exploten.

—Un resumen perfecto. Muy creíble.

Ella sonrió. Tomaron el café en silencio, mirándose a los ojos.

Hicieron las maletas para pasar unos días de viaje. Luego alimentaron bien a los burros, dejándoles abundante forraje y agua limpia. Ultimaron sus mensajes. Kimy sacó un móvil y descargó el Morphing Voice. Eran las 14.32. Llamaron a Dumontier, cuyo BMW atravesaba el departamento de Yvelines en ese momento, a la altura de Les Mureaux. Dumontier le iba abriendo camino a la furgoneta de transporte, con su Glock lista para ser utilizada. De ninguna manera iba a dejarse cercar y añadir problemas a los problemas. Dumontier iba pensando angustiado en cómo les diría a sus jefes que medio millón de euros acababan de esfumarse. Henri optó por la voz de Darth Vader, decididamente su favorita. Dumontier miró su móvil. ¿Un número oculto? ¿Cómo era posible? La voz cavernosa de Darth Vader resonó en su oído.

—Dumontier, te han jodido...

—¿Quién coño es?

—Cierra la boca y escucha con atención. Dany Mauchrétien te la ha jugado. El dinero lo robó un tal Beloncle, un gendarme corrupto que trabaja para él. El dinero está escondido en el café-tienda de la madre de Jacky en Saint-Georges-du-Calvaire. Jacky puede que esté implicado, o puede que no.

Clic.

౮

Dumontier se quedó sin habla. No entendía nada. Mientras empezaba a rumiar la información, se puso a juguetear con el nudo de la corbata. Entonces, minutos más tarde, recibió una llamada de Jacky.

—Soy yo, François. No te preocupes, sabemos quién ha sido. Conseguiremos el dinero sin demora.

—¿Quién es?

—El hijo de puta se llama Beloncle, es el capitán de la gendarmería al que yo tenía metido en el bolsillo, y te garantizo que me suplicará que lo mate.

Fuegos artificiales iluminaron la mente de Dumontier. Respondió sombríamente:

—Más te vale.

Y colgó. ¡Por el amor de Dios! Se le salían los ojos de las órbitas. Apretaba las mandíbulas una y otra vez. En resumen: Dany y él no se tragaban, Dany se sentía marginado por su hermano, Dany no había estado en la última negociación... ¡Tonterías! ¿Y el informante anónimo? ¿Cómo había conseguido su número? Solo Jacky lo tenía. ¿Jacky alias Darth Vader? ¡Imposible! A menos que los dos hermanos estuvieran confabulados... A menos que... ¿Un micrófono oculto tal vez?... ¿Un gendarme? ¿Que un madero se la había jugado? ¿Qué demonios era toda esa mierda? Dumontier golpeó el volante con ambas manos, furioso.

—¡Hijos de puta! Voy a mataros a todos. A todos.

Respiró hondo, dio un largo suspiro y decidió calmarse. Calma, calma, cálmate. Evaluar, encajar, reaccionar. Prioridad 1: escoltar la furgoneta hasta el almacén y poner la mercancía a salvo. Prioridad 2: volver a toda velocidad a la zona a ver a aquellos dos, como un misil, directamente a casa de tío Mauchrétien.

☙

Cuando Jacky colgó, sentía como si un millar de martillos le golpearan la cabeza. Lo único que quería era rendirse e irse a la cama para siempre. Dio un rodeo hasta la cocina, abrió la nevera y cogió una lata de cerveza. La abrió y se la bebió de un trago. La cerveza le refrescó la garganta. Esperaba que aquella llamada a Dumontier templara el ciclón que se cernía en el horizonte. A través de la ventana, vio a Dany fumando en el corral apoyado en el Amarok, con cara de preocupación y hundido como una piedra en la tierra, pero con el móvil pegado a la oreja. Vaya, vaya...

Jacky entró en el salón. Estaba abriendo el mueble de las armas cuando le interrumpió el timbre del teléfono. ¿Un número oculto? Descolgó. Darth Vader tomó la palabra.

—Tu hermano y Beloncle son cómplices.

No tuvo tiempo de darse cuenta de lo que ocurría. El Jedi Negro ya había colgado. Miró el teléfono, tan diminuto en su mano. ¿Por qué no aplastarlo con sus dedos grandes y bastos? La naturaleza clamaba por sus derechos. Pensó en los bosques, los animales, el viento en las hojas, el crepitar del viento, la lluvia, y, sobre todo, en el olor nutritivo del humus. Su cabeza, maldita sea, su cabeza... Todas las voces cantaban en tonos agudos. Miró su teléfono con aprensión. ¿A qué coño venía eso ahora? Cogió del armario cargadores y dos pipas que le había comprado a Dumontier: una Glock y una Sig Sauer. La caza de Beloncle había comenzado oficialmente. Jacky volvió a la cocina. Escondido tras las cortinas, observó de nuevo a su hermano. Instintivamente, se agachó, al acecho, en la postura del cazador emboscado. Las voces sugerían, insinuaban, acusaban. ¿Tú, mi propio hermano? ¿Era eso posible? Entonces salió de su letargo, cogió un paquete de cervezas de la nevera y se reunió con Dany en el Amarok. Se miraron con dureza antes de subir al coche.

71

Beloncle estaba tendido en el sofá de su despacho. Tenía pesadillas despierto, andaba sumido en visiones que le recordaban las pinturas negras de Goya. El teléfono le devolvió al infierno de la realidad. Esta vez era la bruja.

—¿Te ha gustado el CD, Beloncle?

—¡Hijo de la gran puta!

—¡Bla bla bla! Nada de palabrotas, Beloncle. Lo has hecho muy bien. En recompensa te voy a avisar de algo: Jacky sabe que fuiste tú quien le robó el dinero. ¡Buena suerte!

La bruja cortó.

En ese mismo momento, llamaron a la puerta del despacho. El miedo se apoderó de Beloncle. ¿Llegaría Jacky tan lejos como para entrar en la gendarmería, incluso hasta dentro de las dependencias del personal? Estaba lo bastante loco para eso y más. Los golpes se redoblaron, y luego el tono desagradable del timbre sonó varias veces con insistencia. Beloncle desenfundó su pistola, se acercó de puntillas a la puerta y echó un vistazo por la mirilla. ¿Baranchot, Lucas y Strabowsky? Los tres gendarmes tenían la cara típica de los días chungos. Se le encendió la bombilla: fin del juego. Aliviado, Beloncle aceptó el desenlace con una especie de gratitud. Al menos estaría a salvo y, en cierto modo, llevaba años esperando que pasara. Volvió a guardar la pistola en su funda, abrió y siguió el juego.

—¿Baranchot?

—¿Sabe usted por qué estamos aquí?

—Sí.

—¿Está preparado para cooperar?

Baranchot encarnaba en esos momentos al Ejército en persona. Representaba con exactitud su papel. A su izquierda y a su derecha, Lucas y Strabowsky, de pie, como sirvientes hieráticos de una ceremonia en la que él, Beloncle, sería el cordero del sacrificio.

—Haré lo que me digan.

—Bien.

—Pasen.

Beloncle retrocedió, empujado hacia el interior del piso por la entrada de los tres hombres.

—Entrégueme su pistola. Gracias. Coja sus cosas de aseo personal y algo de ropa, civil solamente. De sobra. No hay duda de que se decretará su prisión preventiva. Strabowksy, acompañe a este caballero a su habitación. No lo pierda de vista.

Con los hombros encorvados, veinte años más viejo, Beloncle entró en el dormitorio. Sacó una bolsa de viaje de un armario y preparó sus pertenencias bajo la atenta mirada del gendarme. Luego fue al cuarto de baño y embutió a lo loco en la bolsa todo lo que pudo. Volvieron al salón. Baranchot y Lucas metieron el ordenador portátil y el teléfono de Beloncle en bolsas transparentes.

—En marcha. ¿Es necesario que le esposemos?

—No, no es preciso, Baranchot.

ଞ

Justo cuando Dany estaba a punto de salir del coche, la manaza poderosa de su hermano lo detuvo. Con un gesto de la barbilla, le indicó que mirara la escena. En medio de tres policías uniformados, un abatido Beloncle salía del vestíbulo del edificio y avanzaba a pasitos cortos, como un anciano, con la cabeza gacha y una bolsa de viaje en la mano. Dos de los gendarmes lo llevaban cogido de los brazos. El Oso no arrancó todavía para no llamar la atención del grupo. Dany no se lo podía creer.

—¡Pero si lo están sujetando! ¡Se lo llevan detenido! ¿Qué coño está pasando? ¿Qué es lo que no va? ¡Salgamos de aquí, Jacky! ¡Vámonos de aquí!

El Oso miraba a su hermano con una expresión indefinible.

—Sí, sí... Eso es... Vámonos... Rápido...

Los maderos y su prisionero desaparecieron por la parte trasera del cuartel, por los aparcamientos. El Amarok se alejó de la acera con un ronroneo apagado. Jacky intentaba pensar. El cóctel de cocaína y alcohol burbujeaba dentro de su cráneo como pimienta picante. Escuchó sus voces en tonos de órgano. La sorpresa de Dany no parecía ser fingida. El rostro de Jacky se ensombrecía por momentos, y se volvía de piedra. Dany, Dany, Dany, ¿quién eres en realidad, hermano?, y ¿qué has hecho, Judas?

☙

Los cuatro hombres subieron las escaleras que llevaban del sótano a la planta baja y llegaron a las celdas de detención. Baranchot se detuvo delante de la primera, abrió la puerta e hizo entrar al capitán. Le pidió que vaciara los bolsillos, que se quitara el cinturón y los cordones y que le entregara la parka. Consultó su reloj e indicó la hora a Beloncle.

—Caballero, a partir de este momento se encuentra usted bajo custodia policial. ¿Necesito explicarle los aspectos legales de su situación?

—No, teniente. No hace falta. Puede seguir llamándome «capitán», ¿sabe?

—No.

Y Baranchot cerró la puerta. Fue a su despacho con los dos gendarmes y se dirigió a ellos con desgana:

—Siéntense. Ustedes ya están al corriente, pero también tienen derecho a verlo.

Baranchot encendió la pantalla de su ordenador. Puso en marcha el vídeo enviado por Defer. Cuando terminó, Baranchot volvió a hablar. Les esbozó brevemente la cuestión a los dos gendarmes, aún conmocionados, y les ordenó que convocaran a todos los hombres. «¡Fin de las vacaciones de Año Nuevo, y manos a la obra!». Los dos maderos activaron los buscapersonas y telefonearon a los cuatro puntos cardinales, prioridad absoluta.

∞

Baranchot, por su parte, volvió a llamar a Defer.

—Defer. Aquí Baranchot. Acabo de detener a Beloncle.

—¿Ya?

—¿Cree que deberíamos haberlo demorado? Eso es lo que quería, ¿no?

Defer enarcó una ceja.

—Así es.

—¿Puede enviarme los otros vídeos?

—¿Solo los de Beloncle?

—No, todos. Vamos a interrogarle sobre toda esa buena gente mientras usted llega.

—Lo haré en cuanto cuelgue. ¿Algo más?

—Sí, no olvide enviar también las direcciones. Y deme el número del fiscal Menuise.

—La fiscal, en realidad. Pero le pega el masculino. OK, anote.

Baranchot garabateó el número en un *post-it*.

—¿Algo más?

—No. Cuelgo y estaré ahí con mis chicos dentro de una hora.

∞

El ordenador acusó recibo de los vídeos con un sonido quirúrgico y metálico. Ting ting ting. Cuando todo quedó grabado, imprimió la lista de nombres y direcciones, se la puso delante y la leyó. Se paró a pensar un momento y volvió a la celda de detención. Miró a Beloncle, reducido en poco tiempo a un vejes-

238

torio fofo, doblado por la mitad, con los codos sobre las rodillas y la cabeza colgando. Abrió la puerta.

—Sígame, por favor.

Beloncle obedeció. El despacho de Baranchot era igual que el de su inquilino: rígido, sin nada sobresaliente. La única fantasía era un póster de un paisaje de montaña, un lago azul con un pico nevado al fondo. Todo lo demás era puramente funcional. Beloncle recordó que Baranchot procedía de la Saboya, un gendarme ambicioso y muy reputado. Sin duda le esperaban los galones al final de su carrera. Y era él, Beloncle, quien le iba a servir de trampolín.

Se sentaron a ambos lados del escritorio de Baranchot, y este atacó de frente. Abrió la carpeta «Beloncle», hizo clic en el primer archivo y giró la pantalla hacia él.

—¿Se reconoce usted en este vídeo? ¿Podría ser falso, editado para perjudicarle?

—No.

—¿Puede usted aportar la identidad y la edad de esa joven?

—Sí... Se llamaba Cindy. Tenía unos catorce años.

—¿Cuándo ocurrió?

—Hace unos ocho años.

—¿Sabe qué ha sido de ella?

—Ni idea. Tendría que preguntarle a Jacky Mauchrétien. Él es el que suministra a las chicas. Básicamente chicas con problemas, alojadas en la Casa de Acogida de Menores.

—Deletree «Jacky Mauchrétien» —Beloncle lo hizo—. Bien. ¿Quién es Jacky Mauchrétien?

—Oficialmente, es un empresario maderero y propietario de varios establecimientos de la zona: bares, comida rápida y una discoteca, El Granero. Pero eso no es más que una fachada para el blanqueo de dinero. En el fondo, su negocio son las drogas y el proxenetismo.

Baranchot tuvo que controlar el hormigueo de su excitación. Ardía en deseos de besar su medalla de Sainte Geneviève. La Providencia le brindaba una oportunidad de oro, uno de esos golpes que forjan leyendas y aseguran un futuro pavimentado de ascensos. Iba a desmantelar una trata de esclavas sexuales, a detener a traficantes de droga y a enchironar a policías corruptos. ¡Gracias, Dios mío, gracias! Con gesto digno, continuó abriendo el siguiente vídeo.

—Las mismas preguntas que antes.

—Soy yo otra vez. No recuerdo el nombre de ella.

Baranchot continuó encadenando vídeo tras vídeo. Luego vino el de Charlotte. Baranchot frunció el ceño. Este era diferente. ¿Por qué llevaba Beloncle un pasamontañas? Beloncle bajó la mirada. Baranchot lo pasó rápido hasta el momento en que Charlotte se lo arrancó. Volvió a reproducirlo hasta que Beloncle abandonó la escena del crimen. Baranchot no dijo nada durante un buen rato.

—¿Y esta?

—Es Charlotte Dutresnil.

—Fue usted quien se encargó de la investigación, ¿no?

—...

—¿No es cierto?

Baranchot había golpeado su escritorio con tanta fuerza con la palma de la mano que Beloncle se sobresaltó.

—Sí.

Baranchot se contuvo para no gritar.

—¡Es usted una auténtica basura, Beloncle! Pero ha llegado el momento de rendir cuentas. Vamos a llevar un poco de consuelo a sus víctimas y a sus familias. ¿Por qué ese pasamontañas? ¿Por qué ese asesinato?

—Hace seis años, Mauchrétien tuvo escasez de niñas para prostituir. Pero de repente tuvo una ocurrencia. Todo lo que tenía que hacer era secuestrar a una. Le tocó a esta. Matarla no estaba en la agenda. Debíamos dejarla ir. De ahí el pasamontañas.

—¿Hubo otras?

—Al menos una, que yo sepa. Al parecer, Mauchrétien debió pensar que no había sido tan mala idea.

Baranchot se masajeó los párpados.

—Bien. Lo investigaré más tarde. Sigamos.

Los vídeos estaban ordenados por orden cronológico. Se veía a un Beloncle cada vez más viejo tirándose a chicas cuyas edades eran siempre casi las mismas.

—¿Y esta?

—Se llama Kimy. Es la hija de Jacky Mauchrétien.

Los dedos de Baranchot quedaron congelados sobre el teclado. Miró a Beloncle.

—¿Él prostituye a su hija?

—Sí. Incluso puedo afirmar que él también se la tira. Le he visto hacerlo.

Un silencio prolongado. Un gesto de desaprobación. Tras una pausa, Baranchot pudo vencer su repugnancia. La cosa se ponía cada vez mejor, la verdad. Último vídeo. Esta vez, el Beloncle que martirizaba a una adolescente vestida de muñeca gótica era físicamente idéntico al que tenía al otro lado del escritorio, salvo, claro está, por su aspecto derrotado de ahora: la misma papada enrojecida, el mismo bigote entrecano, el mismo barrigón. Pero el capitán parecía mucho más alegre en la película.

—Esa es Alizée.

—¿De cuándo es este vídeo?

—Del mes pasado.

Beloncle bajó la cabeza, como si por ser más recientes esos delitos fueran más odiosos que los anteriores.

—Está interna en la Casa de Acogida de Menores. Fue Laurent Delveau, el director del centro, quien la seleccionó, con la complicidad de Éric Waldberg, delegado de Servicios Sociales del Ayuntamiento.

Baranchot no daba crédito a lo que oía. Le interrumpió con un gesto de la mano. Para comprobar lo que Beloncle afirmaba, sacó la lista de nombres y direcciones que le había enviado Defer. Ambos apellidos figuraban en ella. Trazó una cruz delante de cada nombre. Realmente fácil. Defer se lo había dicho: el delator se lo había dado mascado.

Baranchot se quedó callado un momento juntando las manos delante de los labios, y luego prosiguió en un tono más bajo, como un inquisidor apenado ante los extravíos de su feligrés.

—Me parece dispuesto a cooperar plenamente, ¿verdad?

Beloncle asintió, con la contrición de un pecador que aún espera alguna vaga clemencia.

—Tenemos muchos vídeos como esos, Beloncle.

El capitán se dio cuenta de que Baranchot pasaba del «caballero» al «Beloncle». De la fría distancia a la condescendencia. Baranchot abrió más archivos.

—Empecemos, ¿de acuerdo? ¿Este por ejemplo?

Beloncle reconoció a Duthil, el notario, junto a Cindy.

—Es Duthil, el notario. Su despacho está en Houlleville-la-Brecque.

Otro hombre más de mediana edad apareció en escena, que se situó detrás de la niña arrodillada ante los arrugados atributos de Duthil.

—Este es Campion, el socio de Duthil, su colega de toda la vida.

Baranchot trazó una cruz delante de los dos nombres, tecleó unas notas en el ordenador y continuó. Tras una rápida exploración de los vídeos y de la lista, Baranchot había cotejado e identificado más del ochenta por ciento de los nombres y de los rostros.

Mientras Beloncle identificaba mecánicamente a los protagonistas de los vídeos, reflexionaba. Quienquiera que hubiera enviado los vídeos no quería solo joder a Jacky Mauchrétien. Quería destruirlo. Eso no cambiaba nada para él, pero le habría gustado saber quién estaba detrás de esta masacre. Baranchot le sacó de sus cavilaciones chasqueando los dedos.

—Hábleme un poco de ese Mauchrétien. ¿Cómo se conocieron?

—En una ocasión yo le apreté las clavijas a uno de sus empleados, por un caso de violencia doméstica. Incluso fui a arrestarlo al mismo aserradero. Mauchrétien estaba allí. Estuvo muy cordial. Cooperó sin dudarlo. En su despacho había trofeos de caza por todas partes. Yo también soy cazador, como usted sabe. El tipo me cayó bien enseguida. Una cosa llevó a la otra y me fue enredando. Cada vez más. Fiestas, chicas, monterías, regalos en especie a cambio de pequeños favores, por hacer la vista gorda en el momento oportuno, sobres a veces. En cuanto a por qué yo... Quisiera explicarle…

—No me interesan sus motivos, Beloncle. La ley se basa en hechos. Sobre el análisis de sus sórdidos impulsos... No importa. Hábleme de las drogas.

—Mauchrétien está a la cabeza de una red bien estructurada y extensa. Ese fue uno de nuestros acuerdos de buena voluntad. Si yo detenía sin saberlo a uno de sus traficantes, fingía que no había pasado nada y me las arreglaba para que los vínculos entre él y el negociete de Mauchrétien no quedaran claramente establecidos. La mayoría de las veces, las investigaciones iban por otro lado, demasiado lejos o demasiado cerca. De dónde viene la droga, no lo sé. No estoy tan metido en lo del Oso hasta ese punto.

—¿El Oso?

—Ese es el apodo de Jacky Mauchrétien... Un consejo, Baranchot. Cuando lo detenga a él y a su hermano, tome las máximas precauciones. Mauchrétien es un psicópata, y además un excelente tirador.

La conversación fue interrumpida por Lucas, cuyo delgado rostro de comadreja se enmarcó en la puerta del despacho.

—¿Sí?

—Ha llegado la policía, teniente.

—Entendido, gracias. Devuelva al caballero a su celda y véngase con nosotros a la sala de reuniones.

72

Henri apagó el teléfono. Pensaba tirarlo por la carretera como medida de seguridad. Dieron los últimos retoques a los preparativos del viaje. Henri cogió su ordenador, Kimy el suyo. Ella metió cervezas y refrescos en su bolso. Volvía a sentirse al límite y los nervios le decían que huyera. La luz del día ya declinaba. Sentía amenazas por todas partes a la vez. Con unos pocos clics y unas llamadas telefónicas, había puesto en marcha una maquinaria sin posible marcha atrás. Corrió hacia el viejo Opel Corsa con el diablo pisándole los talones.

—¡Rápido, Henri! Ahora tenemos que irnos.

Henri comprobó que la puerta de la casa se quedaba bien cerrada. La aprensión de Kimy era contagiosa, y salió trotando hacia el coche.

Decidió evitar el centro de Viaduc-sur-Bauge. Un desvío por las carreteras secundarias los llevaría igualmente a la autopista A13. Kimy puso su mano sobre la de Henri. Guardaron un silencio supersticioso. Romper el hechizo les traería mala suerte y aflicción. Respiraron con libertad cuando alcanzaron la autopista hacia Cabourg. Henri había reservado una habitación estupenda en el Hôtel des Bains de Mer.

Cuando llegaron, casi había anochecido. El viento desagradable del norte ahuyentaba a familias y paseantes. La orilla del mar destacaba por su aspecto lúgubre. Las persianas de los chalés estaban herméticamente cerradas. La expresión «ciudad fantasma» cobraba todo su sentido. Solo las luces del moderno casino parpadeaban al final de un paseo marítimo inmerso en una penumbra sin límite, en medio de una atmósfera de fin del mundo. Aparcaron en una de las calles adyacentes del centro de la ciudad. Bordearon la hilera de chalés y caminaron de vuelta al paseo marítimo. La arena creaba pequeños remolinos como resecas espirales. El mar rugía un poco más lejos. Henri se sentía viejo. Se apoderó de él la certeza de una muerte inminente.

Embutida en un impecable traje color antracita, el pelo recogido en un severo moño, la recepcionista fingió no darse cuenta de la notable diferencia de edad entre el hombre y la chica. Henri le pidió que activara la wifi de la habitación. Ella asintió, y luego, con una indiferencia totalmente profesional, les indicó la planta a aquel madurito más bien pocho y a su ninfa.

73

A Lilou le dolía todo, el cuerpo y el alma. ¿Cuántas veces la habían penetrado? Ni idea. Le dolían ahora todos los orificios. Al empezar, todo había ido bien gracias a las drogas y al alcohol. Incluso se había excitado. Pero el bajón estaba siendo aterrador. Cuando su madre le preguntó si el botellón con sus amigas había ido bien, asintió sin decir palabra y subió corriendo al cuarto de baño. En el espejo, contempló el rostro de una chica cadavérica a la que ya no reconocía. Se duchó y se fue a la cama. Acurrucada bajo el edredón, estaba llorando de rabia. Kimy iba a pagar cien veces por su sufrimiento. Cogió su teléfono y volvió a su plan de acoso donde lo había dejado antes.

74

A las 15.30h, Dumontier estaba de vuelta en el almacén, un desguace no lejos del lago de Créteil. Tres albaneses se pusieron a distribuir la mercancía en varios vehículos. En unas perreras con rejas había metidas unas chicas muy jóvenes en grupos de cinco y de seis. Estaban sentadas en el suelo, en completo silencio, con los brazos cruzados en el regazo y las cabezas gachas. Algunas llevaban tan poca ropa que en aquella semioscuridad parecía que estaban desnudas. Dentro del almacén, la temperatura rozaba el punto de congelación. En medio de cada grupo de chicas había un arenero de gatos para hacer sus necesidades. Algunas de ellas se atrevieron a lanzar una mirada furtiva, pero uno de los guardias les ladró una orden. Inmediatamente bajaron la cabeza. Entre los campos de entrenamiento de Kosovo y las aceras de Europa, todas y cada una habían sido golpeadas y violadas más de una vez. Habían visto morir a algunas compañeras de infortunio y no deseaban otra ración de lo mismo. Lo único que contaba para ellas ahora era llevar la felicidad al macho occidental por las aceras.

Los hombres dejaron de hacer lo que estaban haciendo y levantaron la vista. Pero se les congeló la sonrisa cuando vieron a Dumontier bajarse del cupé. Abrió las puertas traseras de la furgoneta que acababa de entrar tras él. Aquellos tres tipos de aspecto patibulario se acercaron en silencio. Dumontier levantó el falso suelo e hizo salir a las chicas que estaban allí escondidas.

—¡Salid de ahí! ¡Deprisa!

Guiñando los ojos a causa de la luz, las chicas salieron de la furgoneta. Apenas podían mantenerse en pie, anquilosadas de pies a cabeza. Dumontier descargó él mismo los fardos de droga. Uno de los hombres llevó a las chicas a uno de los cubículos que estaba vacío. Atravesaron la reja sin decir palabra. Era mejor pasar desapercibidas.

∾

En todo aquel tinglado, Dumontier era poco más que un eficiente lugarteniente en el organigrama de los albaneses, pero los negocios son los negocios. Su idea de conquistar la campiña francesa le había parecido factible. En esas zonas, donde había pocos policías, era tan fácil entrar como un cuchillo caliente en la mantequilla, y había mercado, por no hablar de otras actividades colaterales como los robos y la venta ambulante de herramientas defectuosas a bajo precio. Por eso, sus actividades eran observadas con interés incluso desde Tirana, según se decía. La organización ya había enviado a Francia varios comandos con experiencia. Iban haciéndose con cuotas de mercado en todas las ciudades medianas. Su presencia dominaba algunos sectores clave, como la distribución de heroína en bruto y la prostitución. Su alianza con los turcos estaba bien afianzada. El hecho de haber entrado en el mercado de la cocaína, las pastillas y el hachís como segundo socio revelaba que había hecho un buen trabajo de *marketing*, y que sus propuestas habían demostrado ser muy precisas. Hasta el momento, no tenían queja del francés. Dumontier tenía sus contactos en la distribución marroquí, española y holandesa. También estaba estableciendo contactos con los vietnamitas, recién llegados a Francia y dedicados al cultivo de la hierba. Su conocimiento preciso de los químicos rusos y de los genios del éxtasis era sencillamente insustituible, y las *party pills* actuaban como un caballo de Troya: la sonrisa del éxtasis ocultaba bajo su manto los afilados dientes de la heroína. En cuanto a las chicas, solo trabajaba con redes albanesas. Eficacia, lealtad, ferocidad: Dumontier era uno de los suyos. Había realizado un excelente trabajo durante y después del conflicto en la antigua Yugoslavia. Así que lo reclutaron. Obedecía las reglas del Kanun[20]. Eso le permitía disfrutar de las prerrogativas que le concedía tal Código, pero también se veía obligado a respetar sus despiadadas prescripciones. Un cosquilleo muy desagradable le recorrió su piel sudorosa. La *gjakmarrje*, esa venganza mafiosa con salsa de sangre no era precisamente plato de gusto.

Uno de los tres esbirros interrumpió el trajín de Dumontier. Dentro de sus ropas pasadas de moda, como en la época de Enver Hodja, era un tipo encorvado, fornido y hostil. Su pelo negro sin ningún reflejo combinaba a la perfección con la oscuridad aún más profunda de unos ojos negros como el azabache.

—*Çfarë nuk shkon?*[21]

—Me han robado el dinero.

—*Mut!*

—Lo que tú digas.

—¿*Ke* si tú saber *kien, Fraaannsuá?*

—Sí, creo que sí. Tendremos que volver. Askan, Fajkor, Lalzak, venid conmigo. Askan, tráete el equipo: un Kalashnikov cada uno, pistolas y granadas también, nunca se sabe. Los tipos que intentan jugárnosla no son unos cualquiera.

La cara demacrada de Dumontier se partió en dos con una sonrisa, y añadió:

—Pero nosotros tampoco.

Dumontier miró uno a uno a los tres albaneses. Rostros de hijos de puta, azulados por una barba de dos días y tallados con una guadaña. Los rostros de todas las guerras, sector verdugos y asesinos.

—Llévate también los utensilios de bricolaje.

La cara de Askan se iluminó: podía oler ya el aroma de la tortura.

---

20 Código de normas muy estrictas que rigen en algunos sectores sociales y marginales de Albania para asuntos como la venganza ante el asesinato de un familiar, o sobre la desobediencia a los jefes y el incumplimiento de las órdenes o los deberes. (N. del T.)

21 «¿Qué pasa?», en albanés en el original. (N. del T.)

—Tú, Vardon, quédate aquí. Vigila a las chicas y la merca. Suelta los perros. Te quedas aquí solo. Sigue con la carga.

Vardon hizo un imperceptible gesto de asentimiento, que valía más que mil juramentos.

Dumontier optó por el BMW Serie 5. Cambió con rapidez las placas y colocó unas muy elegantes con fondo verde. Unas bonitas letras doradas, la C y la D, destacaban con claridad, precedidas del número 203. Pertenecían al cuerpo diplomático albanés, algo que no estaba tan alejado de la realidad. Seleccionó otro juego de matrículas para el viaje de vuelta, que Askan escondió con los Kalashnikov y las granadas en el maletero. Todos llevaban encima sus pistolas por si surgía algún obstáculo durante el camino. Fajkor y Lalzak se sentaron detrás. Askan tomó el volante y Dumontier se sentó a su lado. Vardon subió el portón del almacén. Dumontier accionó el mando a distancia para abrir la verja del solar de desguace. La reja se deslizó sobre su carril y el BMW brincó hacia fuera del recinto, atravesando a toda velocidad los espacios muertos de los suburbios. Una luz fantasmagórica pintaba los edificios y los almacenes con una capa como de alquitrán. Las farolas descolgaban en medio de la llovizna sus pálidas esferas llenas de polvo. Los muelles de carga y las paradas de autobús se entremezclaban las unas con las otras.

—Si no recuperar pasta, tú *morto*, totalmente jodido, *Fraaannsuá*.

—¡Cha, cha, Askan! ¡Lo sé, maldita sea! Ya lo sé...

Dumontier sacó un pitillo y mordió el filtro con los dientes. Lo empezó a mordisquear inhalando el humo como un loco, ajeno a la ceniza que le caía continuamente en el traje. La única pista tangible de que disponía procedía de aquella llamada anónima. El misil Dumontier se dirigía directamente al objetivo indicado por su GPS: el café-tienda de comestibles de la matriarca Mauchrétien en Saint-Georges-du-Calvaire.

75

De vuelta en la granja, se quedaron dentro del Amarok.

—Pásame una cerveza.

Dany estiró el brazo hacia el paquete que tenía entre los pies. Abrió una lata, se la alargó a su hermano y luego cogió otra para él. Jacky se tomó la cerveza de un trago haciendo ruido con la garganta, luego tiró la lata por la ventanilla. A continuación, se hizo una rayita sobre la caja de un CD, lo justo para engañar al mono. La poca lucidez que le quedaba tenía que emplearla por completo en encontrar una solución. Y tenía que vencer al mono. Opción número 1, la más lógica: huir, lo más lejos posible. Pero una estampida no es algo que se organice a la ligera. Ironía del destino, si había una persona que tenía la logística necesaria para desaparecer era Dumontier. Él podría haberse encargado de ello a la perfección. La opción número 2, pura fantasía, asegurarle a Dumontier que se le devolvería todo el dinero, humillarse y acceder a todas sus exigencias, por disparatadas que fueran. Esto pondría a prueba su nivel de vida, pero, por lo menos, seguirían teniendo una vida. Opción número 3, todavía más loca: asaltar la comisaría, con o sin Dumontier, rescatar a Beloncle y obligarle a cantar de plano. La cuarta opción, completamente estúpida, consistía en mandar a Dumontier a freír espárragos, asegurarle que no volvería a ver el color de su dinero y terminar con un buen desplante. Los dos hermanos sudaban, pero sacaron fuerzas para sonreír.

—Mi pequeño Dumontier, nos caes muy simpático, pero tú y tus nenazas podéis chuparnos la polla.

Opción número 5, menos cuestionable que la cuarta, pero aun así muy aterradora: la guerra. Tender una emboscada a Dumontier y sus secuaces en El Revolcadero, en su propio coto de caza. Los números les daban vueltas dentro de la cabeza: 1, 2, 3, 4, 5...

5, 4, 2, 1, 3... 2, 5, 4, 1, 3. Estaban descubriendo la teoría de probabilidades, ellos que ni siquiera tenían el certificado de estudios primarios.

Pero el asunto del dinero seguía siendo una incógnita. ¿Por qué truco de birlibirloque Beloncle había llegado a enterarse? Dany estalló de repente:

—¡Ya te lo advertí, estúpido gilipollas! ¡Menuda idea la de llevar anoche el dinero a El Revolcadero! ¡Vaya idea, la de fundirse la sesera con todo tipo de sustancias antes de una reunión así! ¡Qué...!

La elocuencia de Dany se detuvo en seco. El cañón de la Glock ejercía una presión poco amistosa sobre su mejilla y le cortó todos sus artificios de retórica. Jacky lo miraba con ojos de loco. Le empezó a dar golpecitos en la papada con la pistola. Dany ya saboreaba el gusto de su propia sangre.

—¡Cierra el pico, Dan! Te necesito, pero te aconsejo que dejes quieta la lengua, si no, la bala de punta hueca que va a salir de esta pistola te va a quitar tus problemas a la vez que tu asqueroso hocico.

Dany levantó las manos muy despacio.

—Calma, hermanete, cálmate. Hablemos, ¿vale? —pero Jacky ya había franqueado la barrera. Empezó a gritarle.

—Ah, sí, ¿y de qué hablamos? ¿De tu pequeño trato con Beloncle?

Dany giró bruscamente la cara hacia su hermano.

El cañón de la Glock se desvió bajo la punta de su nariz.

—Así fue la cosa, ¿no? Te pasas toda la noche conmigo de marcha, menuda mierda de coartada, mientras Beloncle se hace con el botín. Pero, mala suerte, por alguna misteriosa razón a tu amiguito lo han pillado. Y entonces se acabó, nada de pasta, ni reparto, ni hostias, ni cócteles sobre las finas arenas de islas paradisíacas.

Con cada palabra, subía el tono un peldaño. La cara abotargada de Jacky se iba deformando como una fotografía sobre el fuego. Dany veía cómo las chapetas le subían de color. Le contestó:

—Eso no es lo que me acaban de decir por teléfono. ¿No habrá sido Dumontier? No me traga. Y una vez yo fuera de juego, también te toca a ti más, ¿no?

Jacky no estaba escuchando. Añadió:

—¡François tenía razón al sospechar! ¡Has sido tú! ¡Confiesa!

Dany ya había oído demasiado. Sacudió la cabeza con disgusto, se dio la vuelta y salió del Amarok. Ignoró los gritos de su hermano. Jacky fue detrás, gritando, lo alcanzó, le agarró el hombro con su manaza y lo hizo girar, pero Dany lo pilló desprevenido y, aprovechando el impulso, le lanzó un gancho que lo tumbó como a un boxeador antes de la cuenta de los diez segundos. El gran Jacky quedó tendido en el barro como un verraco. Dany apartó la Glock con la punta del pie y se agachó. Jacky gemía. Abrió los ojos, se pasó la mano por la cara ensangrentada, se incorporó gruñendo, se apoyó con dificultad en un codo y volvió a gruñir. El barro le había manchado todo el lado izquierdo de la ropa. Parecía realmente un cerdo cubierto de fango. Dany resopló con rabia:

—¿Te encuentras mejor ahora?

El Oso asintió con la cabeza. Dany se dirigió hacia la casa y no vio a su hermano levantarse, torpe y desequilibrado. Jacky recogió la Glock. Dany ni siquiera tuvo tiempo de darse cuenta de cómo la bala le penetraba por detrás del cráneo y salía arrancándole literalmente la parte inferior de la cara. En las meninges de Jacky Mauchrétien resonaron con fuerza las trompetas de la cocaína. ¡Todo un triunfo!

76

Defer aparcó delante de la comisaría de Viaduc. Le acompa-
ñaban cuatro agentes de la Judicial. De otros tres vehículos sin
distintivos bajaron trece policías más, hacinados como sardinas
en lata, entre ellos más de la mitad eran duros agentes de la
Brigada Criminal. Era todo lo que se había podido traer sin el
temor de dejar desguarnecidas las comisarías de Rouen. Con
la tontería del Año Nuevo, todo estaba patas arriba. Hizo un
gesto a los policías para que le siguieran mientras le echaba un
vistazo a su reloj y luego también al barrio, todavía dormido. El
edificio de la gendarmería era nuevo, flamante, pero su fachada
gris destilaba una enorme tristeza. Un velo de humedad impedía tajantemente la propagación de la luz. La única nota de
color la ponía el letrero con la bandera nacional sobre la puerta.

A paso ligero, Defer —vaqueros, zapatillas, chupa de
cuero— subió de un salto los escalones que conducían al vestíbulo, seguido de su tropa. El poli de guardia, con el que había
hablado antes por teléfono, parecía perfectamente enterado de
su llegada. Sin más preámbulos, condujo a Defer y a su grupo
a una sala de reuniones. Todas las cabezas se volvieron a la
vez. Se produjo un choque cultural. Allí solo había uniformes,
azules o de faena. Parecían un todo, un solo cuerpo. En com-
paración, la horda de policías que llegaba parecía un hatajo
de harapientos de lo más variopinto, empezando por el propio Defer. Detrás de un escritorio, frente a los reunidos, había
un teniente regordete con cara de luna. En la pared que tenía

detrás, un proyector de vídeo mostraba un mapa de dos metros por tres. El teniente se puso de pie.

El mapa se imprimió en su cuerpo y en su cara. Las letras distorsionadas de un topónimo cualquiera se clavaron en su frente calva, como una corona de píxeles. En la sala reinaba un silencio total. Defer la atravesó hasta quedar al lado del otro, bajo la atenta mirada de aquellos maderos. Se mostró simpático, cosa poco habitual en él.

—Defer.

—Teniente Baranchot.

Defer dio un cuarto de vuelta. Sus policías ya se estaban acomodando en las últimas filas, detrás de los gendarmes. Murmullos, sillas que se arrastran. Se hizo la calma envolviéndolo todo como una sábana.

—Termino con lo que tenía entre manos y luego soy todo suyo. Defer asintió.

—Lucas, por favor, una silla para el capitán.

Defer se sentó junto a Baranchot.

∞

Suponiendo que detuvieran enseguida a todos los sospechosos, era evidente que la gendarmería de Viaduc no disponía de suficientes celdas para alojarlos a todos. Así que Baranchot utilizó el mapa proyectado en la pantalla para distribuir las detenciones que debían efectuarse en función de los puestos de gendarmería más cercanos a los domicilios de los tipos que tenían que enchironar. Baranchot esbozó entonces el *modus operandi*. Cada equipo partiría con todos los vídeos en una memoria USB y se centraría exclusivamente en su o en sus sospechosos. El primer objetivo era, por supuesto, obtener una confesión completa de cada sospechoso. Pero no había que olvidar los demás objetivos: ir cruzando los progresos y las denuncias, la identificación de las víctimas, y descubrir, si fuera posible, el origen de la difusión de los vídeos. Describió también cuáles eran los puntos prioritarios, a saber, Jacky Mauchrétien y su hermano, además de Laurent Delvau y Éric Waldberg. Baranchot les recordó a continuación brevemente cómo empezó todo, subrayó el papel principal que representaban Defer y sus hombres, y luego insistió en la importancia de la colaboración sincera entre policía y gendarmería. Apoyando sus palabras, tamborileaba en la mesa con su mano regordeta. Después, añadió con la devoción de un obispo que las órdenes emanaban de las más altas instancias, de Dios en persona. Sobre su cabeza brilló una aureola de píxeles.

Baranchot distribuyó los equipos, a los cuales Defer iba adscribiendo en cada caso dos de sus hombres. En cuanto a la visita a la Casa de Acogida de Menores, Baranchot dobló la dotación con el mismo número de mujeres. Ellas seguro que sabrían relacionarse mejor con las niñas. Defer les añadió a Catherine Mulatanot, de la Brigada de Menores. Baranchot dio la orden de actuar sin contemplaciones con los sospechosos y no tener miramientos, siempre en el marco de la legalidad, por supuesto. Luego se volvió hacia Defer.

—Nosotros nos ocuparemos de Mauchrétien.

Baranchot había reservado para eso a unos hombres de la brigada especial de intervención, unos armarios vestidos de camuflaje. Defer eligió, por su parte, a dos chicos de la Brigada Criminal que era imposible diferenciar de unos pandilleros.

Los maderos se dirigieron al armero para elegir sus herramientas. La mayor parte de la misión solo exigía armas ligeras. Pero el último grupo se pertrechó bien. Los dos armarios de la brigada especial de intervención optaron por fusiles de corredera BPS-SGF. Baranchot, además de su Sig Sauer, cogió del estante un fusil FR-F2, calibre 7,62 OTAN, con visor APXL 806. Defer enarcó una ceja a modo de interrogación. Baranchot encendió la linterna:

—Nuestro hombre es un buen cazador y, sobre todo, un antiguo paraca. Según Beloncle, es un excelente tirador y está dispuesto a todo. Un fusil de precisión puede ser útil.

Defer dudaba de que Baranchot fuera capaz de manejar esa máquina. Su aspecto rellenito y su cabeza redonda casi sin pelo difícilmente encajaban con la imagen de un tirador de alta precisión. Y sin embargo... De pronto, Defer se sintió desnudo solo con su Sig Sauer y cogió también otro fusil de corredera. Estaba acostumbrado a la Remington 870 P. El BPS-SGF le parecía más largo y pesado. Defer se volvió hacia los dos polis de la Criminal.

—¿Necesitáis algo?

Negaron con la cabeza. Sébastien, el más alto de los dos, sonrió con ferocidad. Sébastien, alias «Seb' la Amenaza», alias «el Grande», alias «Seb' el Loco», alias «Harry el Sucio», por su pasión por la Magnum 44. Harry el Sucio respondió que tenían todo lo que necesitaban.

—Explícate.

—Tenemos algunos PM5 en el maletero.

Defer no sabía si aquello debía parecerle tranquilizador o, al contrario, muy preocupante. Por otra parte, el tráfico de Kalashnikovs no solo era habitual en Marsella, así que...

Todos volvieron a la sala de reuniones. Defer miró por las ventanas, reforzadas con sólidos barrotes. El sirimiri y la oscuridad eran cada vez más densos. La tensión podía palparse. Baranchot dio el pistoletazo de salida. Los grupos se dispersaron a toda prisa.

Los hombres salieron de la gendarmería con rostro indescifrable. Harry el Sucio le dio la llave de su coche a uno de los armarios de la brigada de intervención, rodeó el Twingo sin distintivos y se sentó en el asiento delantero. Su colega se dejó caer en el asiento trasero, con las rodillas a la altura de la barbilla. Los amortiguadores chirriaron cuando subió el gendarme. Tres gorilas dentro de un huevo Kinder. Baranchot y Defer se sentaron en un Ford Focus y los otros dos gendarmes se tuvieron que conformar con un Peugeot 306 que estaba ya en las últimas, sin asientos traseros. Los vehículos cruzaron Viaducsur-Bauge en fila india y luego se separaron en la rotonda de la Dinanderie. Baranchot continuó unos cinco minutos por la provincial 13, giró a la derecha y remontó la cuesta de Saint-Philippe, que abandonó casi inmediatamente para entrar en una carretera diminuta de suelo jorobado y arcenes excavados a traición.

A Defer le pareció que, de repente, habían dejado atrás la civilización. Los árboles, tiznados con un hollín solo algo menos denso que la oscuridad, hacían que esta fuera total. En cada batida de cierto riesgo, como en aquella época en que empezaba su carrera, el sudor le aparecía bajo las axilas y en las palmas de las manos. No conocía el terreno y eso aumentaba su estrés. Su jungla era la ciudad, los altos bloques de los suburbios, las calles retorcidas de los antiguos barrios del centro, las amplias zonas de construcciones impersonales. Aquí, la noche parecía más auténtica, más medieval. No habría sido extraño ver surgir de pronto lobos o una banda de leprosos con cascabeles. Baranchot se detuvo suavemente. Apagó los faros. Solo se distinguían los distintos tonos de negro. Defer tomó aire con calma. Baranchot encendió la radio y contactó con los otros dos vehículos. El coche que había rodeado la colina por la parte de arriba estaba casi en el sitio acordado. Se hizo de nuevo el silencio. Al cabo de dos minutos, la voz del gendarme indicó que ya estaban allí, con el vehículo atravesado en la salida del camino de los Aduaneros. Baranchot asintió.

—Vamos allá.

ɞ

No era lo ideal, pero tenían pocas alternativas: tenían que volver a encender los faros. «También podríamos dibujarnos una diana en la frente», pensó Defer. Baranchot abandonó el asfalto y enfiló el camino que conducía a la granja. El camino subía con bastante pendiente. Surcos llenos de baches los zarandeaban de un lado a otro. Primero divisaron el tejado de grandes tejas rojas, luego la fachada apagada. Baranchot se detuvo. Todo en el edificio parecía sin vida. No había luz en ninguna parte, ni en la planta baja ni en el piso de arriba. Llegaron a la explanada de tierra frente a la casa. De pronto, el haz de los faros captó algo siniestro: un tipo estaba tendido boca abajo en el suelo, a pocos metros de un enorme 4x4 negro. Los dos de la Judicial intercambiaron una mirada. Pensaban, sentían y respiraban de forma coordinada. Salieron del vehículo con un solo movimiento, desenfundaron sus armas y avanzaron encogiéndose. Los armarios les siguieron con los fusiles a punto.

Baranchot comprobó con la punta del pie que el tipo que yacía en el suelo estaba bien muerto y reanudaron la marcha.

Desde dentro les llegó el sonido de ladridos furiosos. El gendarme y el policía se giraron al mismo tiempo, dispuestos a disparar a los perros, pero no pasó nada. Los animales debían de estar atados o encerrados. Siguieron adelante, oyendo de fondo los ladridos rabiosos, con las armas apuntando hacia la casa. Se pegaron a la pared. Defer estaba empapado en sudor. Se puso en guardia para abrir la puerta, con la mano en el pestillo.

77

En cuanto la puerta se abrió un poco, los gendarmes entraron como un rayo. A Éric Waldberg no le dio tiempo ni de palidecer. Un poli lo inmovilizó, le retorció los brazos a la espalda y lo esposó, solo por el gusto de hacerlo. La gorda Sidonie, desparramada en el sofá como *Jabba el Hutt*[22], chilló sin moverse de su sitio. Uno de los gendarmes la mantenía a raya, con la mano izquierda levantada y la derecha en la culata de la pistola. El otro llevó allí al marido y lo empujó junto a su enorme esposa. En un rincón del salón, titilaban las lucecitas chillonas de un bonito abeto. Waldberg no levantaba la mirada. El gendarme les dio una breve explicación de la situación y comenzó el registro. Los policías se quedaron más atrás, observando. Les incautaron los equipos informáticos. Al otro lado del pasillo se oyó la voz del gendarme Poutrel, el que había esposado a Waldberg:

—Voy a bajar al sótano.

ॐ

Pasaron unos minutos y volvió a subir.

—Hay una habitación con una puerta cerrada con candado. Los candados son nuevos y huelen a lubricante.

---

22 Personaje de la serie de películas *La guerra de las galaxias*, una especie de babosa gigante. (N. del T.)

Entonces se volvió y se dirigió a la gorda esposa de Waldberg:

—Venga a abrir esa puerta, por favor.

La enorme babosa hizo un gesto negativo.

—No me acuerdo de dónde están las llaves. Las hemos perd...

—¡Y una mierda!

El hombre de azul gritó tan fuerte que la gorda se sobresaltó.

—¡Lo sabemos todo! ¡Ábrame esa puerta!

Jabba se engalló y le hizo frente. Su hinchada cabeza giraba de derecha a izquierda, amortiguada sobre las lonchas neumáticas de su grueso cuello.

—¡No!

El gendarme puso los ojos en blanco.

—¡No me lo puedo creer!

Se dirigió a su compañero fotógrafo.

—Sígueme. Vas a inmortalizar el momento. Vosotros, vigilad bien a estos.

Los policías asintieron.

ॐ

La zona del sótano dedicada al garaje estaba impecablemente ordenada. Allí no encontrarían nada. Pero la otra mitad estaba dividida en tres habitaciones, una de las cuales estaba cerrada por una puerta robusta con cerrojos y candados relucientes. Seguro que allí residía el horror. El gendarme rebuscó debajo del banco de trabajo, sacó una palanca y se dio la vuelta con la herramienta bien a la vista. Su colega lo fotografió. Poutrel se dispuso a quitar las bisagras. Mientras hacía toda la fuerza que podía con la palanca, maldecía y farfullaba, se hacía daño en las manos, pero no prestaba atención a la sangre que le producían los cortes. Sudaba a mares. Se quitó la chaqueta y volvió a la tarea. Las últimas garras aún se resistían cuando Poutrel se detuvo y puso la oreja. Dentro había alguien llorando. Continuó el trabajo, resoplando como un luchador de lucha libre, con un pie contra la pared y apoyado en la puerta. Tenía todos los músculos de la espalda en tensión y sentía cómo se le subía la sangre a la cabeza por el esfuerzo. Dejó escapar un largo gemido. Tiró de la palanca hacia atrás con todas sus fuerzas. La madera se quebró por fin. Sin darse un respiro, jadeando, Poutrel deslizó la mano por detrás de la puerta, agarró el borde con los dedos y pegó un tirón.

En aquel reducto vio una estera mugrienta y una manta asquerosa, medio podridas. Había un orinal en un rincón. Aquello apestaba como si hubiera un animal. Una bombilla de pocos watios colgaba del techo, proyectando una luz pálida sobre una niña escuálida de ojos enormes. Era morena, pequeña, desaliñada, sucia, estaba desnuda y llena de moratones. Parecía estar muerta de frío. Poutrel intentó calmarse un poco. Seguro que la había asustado. Le tendió, temblando, sus manos enrojecidas por el trabajo y le habló con dulzura:

—Se acabó, se acabó. Ya estamos aquí. ¿Cómo te llamas?

La chica se arrinconó en el fondo del habitáculo intentando tapar con los brazos su patética desnudez. Si Poutrel no hubiera estado rebosando de adrenalina y rabia, habría llorado. Su colega se puso a fotografiar a la niña, la habitación, a Poutrel. Ese trabajo mecánico era también su modo de evadirse de todo aquello.

—Marie.

—Ven, Marie. No tengas miedo, ven.

Como ella no se movía, Poutrel se quitó el forro polar y se lo ofreció, intentando no fijarse en aquel cuerpo delgado, mirándola sin verla. Marie cogió la prenda con un rápido movimiento, dio la espalda a los dos gendarmes y se la puso. Luego se giró y se refugió en los brazos de Poutrel.

Poutrel esperó sin prisa a que terminara de sollozar y la condujo con cuidado hasta el exterior, rodeándola con un brazo por los hombros. De vuelta en el salón, entregó a Marie a los dos policías. Movieron la cabeza. Era siempre la misma conmoción, la misma y brutal incomprensión. También era eso lo que les mantenía en el lado correcto de la línea: la empatía. Poutrel esperó a que los dos estuvieran fuera con Marie. Podía sentir cómo el odio se apoderaba de él por completo.

Waldberg lloraba en el sofá, sintiéndose desgraciado por su mala suerte. Poutrel lo agarró y lo arrojó sobre la mesita, que se hizo añicos. Waldberg cayó rodando y se golpeó la cara contra el suelo. Sidonie se puso a chillar, histérica:

—¡No tienen derecho! ¡No tienen derecho! No...

—¡Cállate, enorme montón de mierda! Date la vuelta para que te ponga los grillos. Si te resistes, te tiro al suelo y te planto las rodillas en los riñones. ¿Lo entiendes, vacaburra?

Poutrel cumplió su palabra. La mujer de Waldberg acabó con toda su masa, con todo aquel cuerpo de medusa fofa, desparramada sobre los trozos de cristal. Poutrel se dejó caer encima, rodillas por delante. Sidonie aulló. La agarró por sus flácidos codillos de cerda, se los retorció a fondo y luego le puso las esposas, apretándoselas con ganas. Ella chilló aún más fuerte:

—¡Presentaré una denuncia, me oye, presentaré una denuncia!

—¿Ha visto usted algo, agente Fauveau?

—Sí, los dos sospechosos se negaron a obedecer y se resistieron violentamente. El señor Waldberg se cayó intentando escapar, a pesar de estar esposado. Se tropezó con la alfombra y cayó sobre la mesita, hiriéndose en la cara. La señora Waldberg ha intentado abofetearle y usted tuvo que dominarla.

—Como puede ver, señora Waldberg, aquí no ha pasado nada, nada de nada. De hecho, aquí nunca pasa nada, ¿verdad?

Se lo dijo a la cara, a voz en grito. Levantó a la gorda tirando de las esposas. Sidonie jadeaba intentando ponerse en pie. Poutrel retorció aún más las esposas, arrancándole un grito al paquidermo.

Fuera, los gendarmes estaban armando un gran alboroto. En la urbanización las cortinas empezaron a descorrerse aquí y allá. Ojos sin rostro espiaban la escena detrás de las sombras. Pronto se correría la voz. Abrieron las puertas de la furgoneta de par en par para meter a los Waldberg, sin prisas. Poutrel se sentó al volante y puso las luces giratorias y la sirena, como para sacudir la conciencia de aquel aletargado vecindario.

78

Puso la mano en el pestillo.

Estaba cerrada.

Dio un paso atrás. Era una puerta anticuada, vieja y frágil, con cristales tan finos como el papel de fumar. Dumontier estuvo a punto de arrancarla de sus goznes cuando la empujó para echar un vistazo dentro. La tienda de ultramarinos no mostraba ningún atisbo de vida. Dumontier divisó la trastienda, fue hacia ella y abrió una segunda puerta, que daba a una escalera. Se precipitó hacia arriba. No tenía tiempo que perder. La momia dormitaba en una habitación como de otra época, decorada con un papel pintado color diarrea que te transportaba directamente a 1971. Rectángulos verde-naranja sobre fondo marrón. Olía a orina de gato y a moho. Un televisor enorme, antiguo y de vientre voluminoso descansaba sobre un mueble barnizado. Mauricette Mauchrétien, en camisón blanco y gorro de dormir, roncaba el sueño de los justos, en una cama barco de una altura desmesurada. Ni se había despertado.

Dumontier la agarró y la levantó sin esfuerzo.

La diminuta anciana no pesaba más que una ramita. Pero, cuidado, las tarántulas no suelen ser muy grandes. Sus ojos de lechuza parpadearon del susto.

—Hola, vieja.

Una sonrisa de maníaco iluminaba el rostro de Dumontier. Con el cuello de la camisa abierto, la corbata torcida, echando fuego por los ojos, todo en él rezumaba una locura homicida. La anciana Mauchrétien se dio cuenta de que tenía que temerse lo peor. Su intuición y su experiencia le advertían del peligro. Sin embargo, empezó metiendo la pata:

—El señor Dumontier, supongo.

—Sí, ¿por qué? ¿Me esperabas, vieja de mierda?

Dumontier la tiró fuera de la cama. El vejestorio crujió como una ramita al caer. Gimió y se hizo un ovillo. Bajo la piel apergaminada de su antebrazo izquierdo, se adivinaba el extremo fracturado del radio. Dumontier la agarró por el pelo recogido en una permanente morada de las de cuatro perras y la arrastró fuera del dormitorio hasta el comedor. Pesaba tan poco que su pelo resistió el tirón. Dumontier la arrastraba como a un frágil saco de huesos. La pieza daba a la parte trasera de la casa, a los campos y al bosque. Abrió la ventana y vio a Askan aparcando el BMW en el patio. Los tres mafiosos se bajaron. Askan sacó la caja de herramientas del maletero. Dumontier les hizo un gesto con la cabeza mientras daban la vuelta a la casa. Cerró las contraventanas. Un poco de tranquilidad no le vendría mal a su trabajo.

Los albaneses entraron en el café y cerraron la puerta destrozada. No encendieron la luz. Arriba, Dumontier había obligado a la vieja Mauchrétien a sentarse a la mesa. Ella movía el cuerpo a un lado y a otro, gimoteando por lo bajo. Cuando Askan se puso al otro lado de la mesa y colocó la caja de herramientas en medio, Mauricette Mauchrétien supo que no iba a morir fácilmente. Dumontier plantó el dedo índice sobre el radio destrozado de la anciana. Ella sintió como si le hubiera caído un rayo insoportable y esperó un infarto de un momento a otro, pero tuvo que conformarse solo con un dolor atroz.

—Vamos a ver, vieja bruja, ¿dónde habéis escondido la pasta, tú y tus bastardos? ¿Quién es el que nos la quiere meter doblada? ¿Dany? ¿Jacky? ¿Los dos?

Le agarró el antebrazo y apretó con todas sus fuerzas. Aprovechó que ella gritaba a pleno pulmón para embucharle un trapo en la boca para que se callara un rato mientras Fajkor y Lalzak registraban la casa. Esperó. De fondo, por toda la casa, se oían cacerolas que se caían, estanterías que se volcaban, muebles que crujían y vajillas que se rompían. De repente, se hizo el silencio. Denso, inquietante. Lalzak apareció en la puerta con un sobre marrón en la mano.

—*Yo Enkuntradu istu en sútano.*

Dumontier cogió el sobre al vuelo. Lo abrió y sacó un fajo. Veinte mil, a ojo de buen cubero. ¿Era la parte de la vieja? Aunque delgado, Dumontier parecía estar hinchado a causa de la rabia. Su rostro se tiñó de rojo. Una cara como las que se ven en México el Día de los Difuntos.

Agarró del pelo a la vieja y le sacudió la cabeza en todas direcciones, escupiéndole a la cara:

—¡Mi dinero, bruja! ¿Dónde está mi dinero?

Askan agarró el brazo bueno de la anciana y lo extendió frente a él. Abrió tranquilamente su caja de herramientas. La Mauchrétien estaba a punto de atragantarse con sus propias babas. Dumontier le arrancó el trapo de la boca, llevándose consigo la dentadura postiza, que cayó dando vueltas sobre el mantel de hule. Pareció como si, de pronto, las mejillas de la vieja hubieran sido succionadas desde el interior de la boca. Askan se descojonó de risa. Dumontier lo fulminó con la mirada.

—¡No *ché* nada! ¡No entiendo! ¡No *ché* que *echtá pachando*! ¡*Che* lo juro. ¡*Pod* piedad! ¡*Pod favod*!

Los ojos de Mauricette Mauchrétien giraban de terror. Con su cabeza descarnada, tenía el aspecto de una cría de buitre atontado. El no entender nada de lo que pasaba aumentaba su miedo. Nunca había visto aquel sobre. De su boca flácida salieron unos gritos estridentes. Había perdido su habitual sangre fría.

—¿Entonces qué, puta vieja?

Y, sin avisar, Askan le retorció el meñique.

266

79

Los hombres se desplegaron sobre la comarca como una plaga de langostas. En el mareo típico como de anestesia que viene después de las fiestas, todo iba transcurriendo sin sobresaltos. Por otra parte, los implicados no tenían ninguna ganas de dar explicaciones delante de toda la familia. Ante las afligidas esposas y los hijos, algunos se contentaron con vagas y poco convincentes promesas del tipo «ya te lo explicaré». A los invitados, desconcertados, otros les dirigieron sonrisas compungidas por encima de los restos de la comida. Otros no decían nada y agachaban la cabeza. Los polis registraban por doquier y se llevaban todo el material informático.

❧

Pero el grupo encargado de detener a Delveau estuvo al borde del desastre. El director de la Casa de Acogida de Menores se lanzó de cabeza contra una ventana. Afortunadamente, se había quedado atrapado entre los fragmentos del cristal y la madera; sin embargo, tuvo que ser trasladado de urgencia al hospital a causa de los graves cortes que sufrió. Una vez evacuado Delveau, los policías de Protección de Menores reunieron a los internos. No eran muchos. La mayoría habían vuelto a casa justo el tiempo de pasar unas vacaciones desastrosas con sus familias biológicas. La agente Mulatanot y su colega no tardaron en reconocer a Anastasia y a Alizée y les pidieron que recogieran sus cosas. Alizée obedeció, claramente aliviada. Pero Anastasia se rebeló y montó la de Dios. Les tiró basura y forcejeó con ellas. Hubo que esposarla.

Las detenciones comenzaron inmediatamente. Ante los vídeos, todos desplegaban las artimañas habituales en los primeros careos. Los interpelados desplegaban en la mesa tal verborrea que daba gusto verlos. Se acusaban mutuamente con la esperanza de conseguir alguna ventaja. Los teléfonos sonaban sin parar. Los detenidos no caían en contradicciones en sus respectivas versiones. Rápidamente pudo establecerse un organigrama. Delveau y Waldberg seleccionaban a las chicas y de paso se las cepillaban. Los dos podían describirse como «habituales». Violaban a las chicas a su antojo, a veces en el albergue, a veces en casa de los Waldberg. De los demás clientes, la mayoría eran más o menos habituales. Los Mauchrétien actuaban de intermediarios, organizaban los encuentros y de pasada se follaban a las chicas. Duthil se mostró colaborador en extremo, e insistió en que había sido Campion quien le había empujado. Lloraba a lágrima viva, protestando por su condición de ciudadano ejemplar y su implicación en la vida comunitaria y política local. Señaló que pagaba muchos impuestos y que siete empleados dependían enteramente de él, un punto a considerar en estos tiempos de crisis. Se puso a lloriquear de nuevo, instando a los agentes a pensar en su familia y en su reputación. También intentaron identificar a las chicas de los vídeos más antiguos. Pero ninguno de los clientes fue capaz de revelar más allá de un nombre de pila o un seudónimo. Al final, todos los investigadores se quedaron con la misma pregunta sin respuesta: ¿qué había sido de ellas? En su habitación del hospital, Delveau solo aportó escuetas respuestas al respecto, pero todo conducía a Jacky Mauchrétien. Cuando cumplían los quince, las chicas salían del circuito y caían bajo su paraguas para desaparecer posteriormente como por arte de magia. Sin Mauchrétien, no iban a poder saber nada ni ir mucho más lejos.

80

Apoyó la mano en el pestillo.

Estaba abierto.

Defer empujó la puerta con suavidad. Tenía las manos húme-das y el sudor frío que le recorría los costados lo tenía helado. Pero superaría el miedo, como siempre. Baranchot y él entra-ron en el vestíbulo. Sus hombres se les unieron, describiendo, fusiles en mano, círculos de trescientos sesenta grados mientras avanzaban. Defer sondeaba el silencio. La casa parecía sin vida. El pájaro había volado. Encendió la luz. Luego fueron inspec-cionando habitación por habitación, siempre en guardia, con las armas por delante. Comedor, nadie. Cocina, nada. Salón, tampoco. Subieron las escaleras. Todas las habitaciones esta-ban vacías. Pulsaban los interruptores por donde iban pasando. Baranchot se asomó al dormitorio del Oso. Revistas y DVD porno por todas partes, fotografías caseras también, revistas de caza, cadáveres de botellas y ceniceros llenos, incluso sobre la cama deshecha. La guarida de un verraco y ambiente saturado de hedor a cerveza y a tabaco frío. Se relajaron. Defer movió cabeza y hombros para aliviar la tensión.

Comenzaron a registrar la planta baja. Los hombres inspec-cionaron el armero, que encontraron abierto de par en par. Las armas no estaban. Delante del armario blindado había cajas de cartuchos rotas entre alguna munición desparramada. En el sofá del salón encontraron un traje y una camisa sucios de barro, y calcetines y zapatos elegantes, también con costra seca de barro. Alguien se había cambiado de pies a cabeza. Desde el primer piso, Baranchot llamó al gendarme Hubert:

—Hubert, suba, por favor.

Defer observó una vez más la cortesía con la que Baranchot se dirigía a sus hombres, muy alejada de la áspera jerga que él utilizaba con los suyos. La larga silueta del gendarme Hubert apareció en el umbral de la habitación.

—¿Mi teniente?

—Lleve este ordenador a un lugar seguro de inmediato. En mi coche.

—A sus órdenes.

El gendarme Hubert se puso los guantes, cogió el ordenador y se marchó, grave como un sacristán en plena misa. Defer y Baranchot volvieron a bajar. Los hombres les resumieron la situación.

—De acuerdo. Contacten con la brigada canina y la científica.

—A sus órdenes.

ಬಿ

Jacky había pateado el cadáver de su hermano hasta satisfacer su rabia. Insultó, con las manos tapándose los oídos, a las voces que le regañaban:

—¡Cerrad el pico! ¡A callar! ¡A callar!

Luego se calmó y pronunció su especial epitafio.

—¡Ya te lo avisé, pobre imbécil!

Entró en casa, se enjuagó la cara en el fregadero de la cocina y se bebió otra lata de cerveza de un trago. Se moría de sed. Se había desnudado de pies a cabeza. Se había duchado para despejarse, se había puesto ropa interior térmica, calcetines para el frío, traje de faena y botas. Cogió la llave del Amarok y, fuera de sí, sacó la bolsa de cocaína de su bonito traje de Año Nuevo. A continuación, había subido a su habitación, buscó en un cajón las anfetaminas y engulló un par de ellas. La noche iba a ser larga. Volvió a bajar, cogió una mochila, unos prismáticos de visión nocturna 5x42 Digital Stealth View marca Bushnell —un regalo de Dumontier, ironías del destino— de los cuales había cambiado las lentes originales por unas Grand Gibier Diarange M 2,5-10x50T. Cogió cargadores para su Glock y su Dragunov y un cuchillo Bowie M48 de hoja y mangos completamente negros. Idea general: atraer a Dumiontier a la dacha y dispararle antes de que lo hiciera él.

En cualquier caso, suicidarse antes que ser capturado vivo. Una visión de pesadilla pasó por su mente, un recuerdo de Kosovo. Noviembre de 1999. Dumontier había atrapado a un espía de la UNMIK. El propio Dumontier le arrancó las uñas, le quemó los testículos con un mechero hasta carbonizárselos y se los vació con una cuchara. Obtuvo la información, por supuesto, pero siguió torturándolo mientras se reía. Jacky tenía la impresión de estar saliendo de su cuerpo para ir a reencarnarse en el de aquel chivato. Las voces se estaban volviendo locas, era un ulular como de espectros desesperados. El ruido de los órganos de iglesia de su paranoia empezó a desmadrarse. Jacky reaccionó. Eso ni de coña. Luchar y morir.

Recorrió las habitaciones y apagó todas las luces, pero, justo cuando estaba a punto de salir, el sonido de un motor hizo que se detuviera en seco. Unos coches se acercaban por el camino. ¡Dumontier! ¡Ya! Volvió atrás, entró en la cocina y sacó los prismáticos. Un destello de luz, el haz de unos faros, le dio de frente y lo deslumbró. Parpadeó, maldiciendo, y volvió a hacer balance de la situación. No. Eran gendarmes. Beloncle igual a gendarmes. Beloncle igual a arresto. Beloncle es igual a rata chivata. Dos hombres se acercaban andando como los indios Sioux, uno de uniforme y el otro tipo vestido de paisano. El gendarme fue directo hacia el cuerpo de Dany, lo tocó con la punta del pie sin dejar de apuntar con la pistola hacia la casa. Los perros empezaron a ladrar. Los dos maderos se dieron la vuelta con las pistolas por delante. Mierda, tío. Tranquilízate. El Oso decidió batirse en retirada por la parte de atrás. Con su equipo a cuestas, entró al galope en el antiguo dormitorio de Kimy, pasó por encima del alféizar de la ventana y se detuvo en la esquina trasera de la cabaña. Miró a través de sus prismáticos hacia las otras dependencias. Terreno despejado. Corrió, calmó a los perros, se escondió detrás de los restos del tractor abandonado y esperó. Todos aquellos hombres habían salido de sus vehículos y ya se dirigían hacia la casa. Pronto quedarían ocultos tras la esquina de la cabaña. Era la única oportunidad que tenía. Tres, dos, uno. ¡Adelante! Esprintó hacia el Amarok, se metió en él con toda la agilidad que le permitía su gran corpulencia. La casa entera se iba llenando de luces. Puso el contacto, metió primera con suavidad y dejó de acelerar en cuanto sintió que el coche empezaba a deslizarse por la pendiente. Zigzagueó entre los vehículos de la pasma. Los maderos ni se habían percatado. Al final del camino, maniobró hacia la bajada, dejándolo rodar. No encendió los faros hasta que estuvo fuera de la vista de la casa. A continuación, aceleró a fondo hacia El Revolcadero.

De nuevo en el exterior, Baranchot recorrió la explanada con la mirada y entonces cayó en la cuenta. Solo pasaron unos breves segundos antes de comprender. Blasfemó, y luego besó varias veces la medalla de Sainte Geneviève para equilibrar su salida de tono. ¡El 4x4 había desaparecido! El cabrón se había escondido en algún lugar de la granja y luego se había largado mientras ellos estaban dentro. Baranchot llamó a Defer y señaló el sitio vacío. Defer asintió.

—Bien. ¿Y ahora qué?

—Volvemos a la gendarmería, hacemos el informe y nos preparamos para la caza.

—¿Tiene usted alguna idea de dónde puede estar?

—Puede que sí. Beloncle me habló de una finca de caza en medio del bosque. Mauchrétien querrá estar en su terreno. Lo teníamos, ¡mierda! (Besó su medalla.) ¡Mierda! (Volvió a besar su medalla, Sainte Geneviève se estaba llenando de saliva).

Defer lo aplacó:

—Calma. Es solo un aplazamiento, Baranchot. Y quizá sea mejor así. Total, podría habernos cazado como a conejos. Hemos tenido suerte.

Baranchot se serenó. Su rostro cambió, del de un enfermo de apoplejía, de nuevo al de una luna redonda. Defer no se equivocaba.

—Espere un momento. Enseguida vuelvo.

Sacó una gran bolsa de plástico de la cocina y pidió al agente Hubert que metiera en ella la ropa del Oso.

—Hubert, olvide la llamada a la Brigada Canina. Me la reservo para mí. Quédese aquí con Goetzenluck.

—A sus órdenes.

—Todos los demás, con Defer y conmigo.

81

—Fraaansuáaa, esta no sabe *ná, ná de ná. Asgjë!*[23]

Askan tenía razón. La había torturado más allá de lo soportable. Le había roto muchos huesos. Le había dislocado todos los dedos. Sus manos parecían arañas desarticuladas. Mierda. ¿Pero, cómo explicar entonces lo del sobre? ¿Qué demonios era todo aquel embrollo?

—Termina con ella, Askan.

Puso la mano en la nuca de la anciana. Con la otra, dio un fuerte tirón en seco y le partió el cuello, liberándola por fin de su tormento. Se puso a recoger tranquilamente sus herramientas.

—Espera un momento. Desclávala. Vamos a llevarla de nuevo a la cama.

Askan arrancó los clavos que le sujetaban las muñecas a la mesa. La llevaron a su cama.

—Preparadme una bonita hoguera. Este cuchitril tiene que arder bien y rápido.

El timbre del teléfono interrumpió las órdenes de Dumontier.

—¿Dumontier?

—¡Mi amigo Mauchrétien! Te escucho.

—Ha sido mi hermano. Me lo ha contado todo. He recuperado el dinero. Pero no podrás alcanzarlo. Se ha dado a la fuga. Yo tengo todo el dinero. Para compensarte, te daré el cincuenta por ciento de mi parte.

---

23   «Nada», en albanés. (N. del T.)

—¿Dónde?

—En el sitio de siempre. Pero, cuidado, ven solo.

—¿Tienes miedo, Jacky? No te preocupes, Jacky. Mientras que recupere mi dinero, todo irá bien. Voy a subir a El Revolcadero.

—¿Dónde estás ahora, Dumontier?

—En París. Me pongo en camino. Estaré ahí en unas dos horas. Nos vemos allí.

Dumontier colgó con mala cara. No creía ni una puta palabra de ese cerdo.

—Vamos, chicos. Quemamos a la vieja, nos largamos y salimos cagando leches para El Revolcadero. Pero antes daremos un rodeo hasta la casa de Mauchrétien. Estoy seguro de que miente.

82

Baranchot le confió el ordenador de Mauchrétien a Moulin, el policía de Defer, para que colaborara con Besson, un gendarme de la brigada tecnológica, un tipo de larga y triste figura, joven todavía, pero un joven ya acabado a causa del continuo rastreo en las redes de pornografía infantil.

—Consigan que el ordenador nos diga algo.

—Sí, teniente.

La tensión arterial de Baranchot se estabilizó después de darle un repaso a las detenciones practicadas. En ese sentido, habían logrado un verdadero éxito, y había supuesto una verdadera debacle para los pedófilos. Baranchot sacó a Beloncle de su celda. Lo llevó a la sala de reuniones. Los hombres refunfuñaron al ver al capitán caído. Baranchot le había puesto los grillos. Sentía una gran satisfacción viendo la decadencia de aquel prevaricador. Se apoyó en sus hombros para obligarlo a sentarse frente al ordenador. Beloncle se encogió con la intención de ocultarse por completo tras la pantalla. Baranchot se conectó a Google Earth, hizo *zoom* sobre Francia, luego sobre la Baja Normandía, luego sobre el bosque. Encontró el enclave en el que se encontraba El Revolcadero, se volvió hacia Beloncle y le preguntó:

—Vamos, Beloncle. Cuéntenos todo lo que sepa sobre el lugar.

En la pantalla que tenían detrás aparecía la imagen del bosque. Beloncle iba dando detalles, explicaba la naturaleza del terreno, las distancias, la distribución de la dacha y la disposición de las habitaciones en El Revolcadero. Baranchot movía el ratón en todas direcciones y hacía preguntas sin parar. Cuando dio la palabra a los jefes de grupo, obligó a Beloncle a responderles mirándolos a la cara. Luego le dio un golpecito en el hombro para que se levantara y lo condujo de nuevo a su celda. Beloncle se quejó de la forma en que lo estaban humillando.

෫

—Ya está, teniente. No ha sido especialmente difícil. Ninguna contraseña. Ningún escondite impenetrable. Su hombre no es un *hacker*, ni mucho menos. No ha tratado de ocultar los vídeos. Solo los guardaba y nada más.

—¿Ha encontrado alguno de una casa en el bosque, una especie de dacha?

—Sí, pero ese material, aparentemente, no es del mismo tipo que los otros. Son películas de borracheras y fiestas, pero también de reuniones profesionales, sin chicas ni alcohol. Así que las pasamos por alto. Habría que...

—Por el momento, solo quiero hacerme una mejor idea sobre ese chalet en el bosque.

Besson obedeció y clicó. El archivo se abrió: una bacanal, caras ya conocidas. Hombres vestidos de caza borrachos como cubas. El valiente Mauchrétien también espiaba a sus invitados. Baranchot pidió a Besson que acelerara la reproducción del vídeo.

—¡Ahí, alto!

Las puertas de los dormitorios, la cocina y el aseo estaban a la vista. Besson aceleró. Las imágenes desfilaban a trompicones. Luego vino otra escena, mucho más tarde, ya por la noche. En la pantalla aparecieron chicas jóvenes, evidentemente prostitutas. Baranchot apretó las mandíbulas. Intercambió una mirada con Besson: habían reconocido a Jeandreau, arrellanado en un sillón, a quien una chica le practicaba una felación delante de todo el mundo. Le pidió a Besson que parara.

—Revise los vídeos. Quiero vistas de esa choza y de los alrededores. Es urgente.

—A sus órdenes.

Baranchot volvió a la sala de reuniones.

—¡Un descanso, señores! Pero que todo el mundo siga en pie de guerra.

Polis y gendarmes se desperezaron. Las lenguas se desataron. Volaban los comentarios, sobre las detenciones, sobre Beloncle, sobre lo que iba a ocurrir a continuación. Baranchot descolgó el teléfono, con el ceño fruncido.

—Entonces, ¿la Canina, mañana?... Entendido... Muy bien.

83

Fajkor y Lalzak apilaron las sillas y las mesillas junto con algunos troncos, cajas y periódicos amarillentos que habían encontrado en el cobertizo. Lo regaron todo con los licores del bar. En el piso de arriba, Dumontier y Askan hicieron lo mismo: esparcieron combustible en todas las habitaciones, enrollaron sábanas y sacaron muebles y ropa de los armarios. Dumontier encendió su Zippo. Le prendió fuego a la cama de la anciana. Las llamas rugieron al avivarse.

Bajaron las escaleras de cuatro en cuatro. Dumontier abrió las espitas de las bombonas de gas de la cocina y encendió las chimeneas que ya había preparado Fajkor. Corrieron hacia el BMW y se alejaron a toda velocidad del café-tienda. Recorrieron unos cientos de metros por la campiña desierta y se detuvieron a contemplar. La casa ardía de maravilla, pero de repente se hizo añicos por la explosión de las bombonas de gas. El primer piso se derrumbó sobre la planta baja y las llamas se elevaron hacia el cielo negro. Algún vecino de la aldea no tardaría en llamar a los bomberos. El BMW arrancó de nuevo a toda velocidad.

∞

El cabrón de Mauchrétien les había mentido. El cadáver de Dany era la prueba irrefutable. Había culpado al fiambre mientras que él se embolsaba la pasta. Lo clásico. Pero la suerte estaba de parte de ellos. Notaron que todavía había gente en casa de Mauchrétien. Encajaron los cargadores escuchando su clásico chasquido metálico. A paso de tortuga, se acercaron a la casa con las armas en la mano. Dumontier abrió la puerta como un vendaval. Irrumpieron en el salón. Los dos grupos se quedaron de piedra por la sorpresa. Los dos gendarmes reaccionaron demasiado tarde. Cuando el gendarme Hubert echó mano a la culata de su Sig Sauer, los albaneses los rociaron de balas. Una nube de proyectiles calibre 7,62 destrozó a los dos hombres, que gesticularon como marionetas antes de desplomarse en una nube de astillas de madera, yeso, papel pintado, y de cerdas y plumas arrancados de los trofeos de la pared. Dejaron de disparar. El silencio cayó como un manto. Los albaneses seguían en guardia. Les zumbaban los oídos. ¡Qué hacían allí dos de la bofia! Se fueron retirando con cautela, las armas en la mano. Dumontier pensaba a toda velocidad. Estableció el vínculo entre Beloncle y los gendarmes. En eso, Mauchrétien no había mentido. Pero algo no cuadraba. Había una mezcla de piezas de diferentes rompecabezas, y no encajaban.

—Salgamos de aquí, rápido. La pasta no está aquí. Askan, vámonos a El Revolcadero.

84

Jacky sudaba de miedo, estaba helado hasta los huesos. El cigarrillo le temblaba entre los dedos. Dio una última calada febril y lo aplastó en el suelo. Podía oír los gemidos apagados de las putas de Dumontier, que estaban volviéndose locas: imprecaciones de espíritus atormentados, maldiciones contra sus verdugos. La mesa del banquete era un insulto a su felicidad muerta. Nunca habría más banquetes. Y esta cacería sería la última. Alargó la mano hacia una jarra de agua, pero enseguida la apartó para coger una botella de Calvados. Se sirvió un vaso grande y luego otro. El cálido fluir por su garganta le dio nuevas fuerzas y alivió el temblor de sus manos. El mono incrementaba su miedo. Sacó la bolsa de cocaína y dibujó una pequeña raya sobre un plato. Ahora que su furia había pasado, podía ver las cosas más claras. ¿Por qué lo habría traicionado Dany? El beneficio obtenido era de risa comparado con los riesgos que había corrido y los enormes beneficios futuros. Algo no cuadraba. Pero, en cualquier caso, el suicidio antes que caer vivo en manos de Dumontier. No iba a tener nada que confesar y lo iban a torturar durante horas.

Tuvo un escalofrío. Bien. Plan de emboscada. El Oso se frotó los párpados. Para empezar, necesitaría algunos señuelos. Se levantó torpemente, salió de la dacha y entró en el cobertizo. Allí cogió un viejo y ya mohoso traje de caza, un trozo de cuerda, cinta adhesiva, clavos y un martillo. De vuelta a la dacha, fue al dormitorio, levantó la cama y quitó la barra de seguridad. Desde el sótano subió un concierto de cacareos. El aire allí dentro era tan denso y espeso que se podía cortar con un cuchillo. Aquellos vapores le golpearon las mucosas, y además notó un sutil olor a carne fría y rancia. Los fiambres empezaban a oler. Cuando bajó, las chicas se pusieron a suplicar y a llorar. El Oso las miró un momento y se fijó en la más alta, una rubia. La agarró del brazo y se puso a subir por la escalera. Ella se resistió arrastrando los pies y le arañó la mano con la que la sujetaba. Él se dio la vuelta y le lanzó un golpe a la barbilla que la dejó KO. Las otras chicas retrocedieron asustadas, gimoteando. El Oso se la echó al hombro y trepó por la escalera, que crujió bajo su peso. Resoplaba como un buey bajo el yugo. La arrojó al suelo, jadeante, y cerró la trampilla tras de sí.

La arrastró hasta el gran salón y, aprovechando que estaba inconsciente, le afeitó la cabeza con su cuchillo. Se sacó del bolsillo pintura de camuflaje y le pintó la cara de negro y caqui. Luego le quitó los vaqueros y le puso el pantalón de caza. La incorporó y le puso la chaqueta. No le volvió a poner los zapatos. Ella volvió en sí y gimoteó. El Oso le abrió la mandíbula a la fuerza y le metió en la boca una servilleta, asegurándola con un trozo de cuerda. Ella lanzó unos quejidos ahogados, y él le dio tal bofetón que le crujieron hasta las vértebras del cuello. Consiguió que se callara.

Rápidamente hizo un nudo corredizo y se lo pasó a la chica alrededor del cuello. La obligó a ponerse de pie tirando de la cuerda. Seguido por su prisionera, salió de la casa en diagonal para no perder de vista la zona de aparcamiento. La chica iba trotando, dócil como un ternero. Se lamentaba en voz baja. El haz de luz de la lámpara delantera de la casa dibujaba una zona iluminada a través de la desnudez de la vegetación invernal. A unos treinta metros, el Oso se detuvo. La tumbó detrás del gran tocón de un abeto talado. Se echó detrás del tronco con ella, evaluando los posibles ángulos de tiro. Perfecto. Ató la cuerda al tronco, apretó el lazo alrededor de su cuello, sujetó su cabeza a ras de la corteza, bajó la cuerda hasta sus pies y la tensó. Si intentaba levantarse o tirar demasiado fuerte de sus ataduras, se estrangularía ella sola. Descargó el fusil del Zumbado, lo emplazó sobre el tronco y lo sujetó con cinta adhesiva. Tiró del brazo izquierdo de la chica hacia el cañón de la escopeta, le sujetó la mano con cinta adhesiva y luego clavó la manga del traje de caza al tronco. Ella volvió a removerse. Le golpeó la cabeza contra el árbol. Volvió a estarse quieta. Le fijó la mano derecha del mismo modo, a nivel del gatillo. Se levantó y admiró su obra. En la oscuridad, era bastante creíble. Luego cubrió completamente a la chica con hojas muertas y volvió a la dacha.

Se sirvió otro vaso de Calvados y encendió un Camel. Se sentía mejor. La perspectiva inminente de la lucha le hacía revivir. Se puso a pensar mientras fumaba tranquilamente, y luego salió de nuevo con su rifle Dragunov de francotirador. Esta vez fue en dirección contraria, hacia la parte delantera de la dacha. Después de recorrer unos cincuenta metros, salió del camino y eligió una hondonada que permitía ver a ras de suelo. Colocó delante de él dos restos de troncos podridos y construyó un parapeto dejando una abertura. Amontonó ramas y hojas secas contra los troncos. Se metió en el agujero y examinó diversos ángulos de tiro. La vista sobre la entrada de la casa era excelente. Apuntó su Dragunov hacia la izquierda. Tenía a la vista el tronco con el montón de hojas que ocultaba a la chica. Justo en el blanco.

Se levantó, rodeó El Revolcadero por la parte trasera y llegó a donde estaba la chica por el otro lado. Cronometró. Cinco minutos de un punto al otro, yendo despacio. Dio un paso atrás y miró a la prisionera a través de su visor nocturno. Demasiado visible, verde brillante en una escala entre tinta china y verde oscuro. El Oso recogió más brazadas de hojas y las desparramó delante del árbol. Untó la cara de su prisionera con tierra húmeda, le bajó la capucha hasta los ojos y añadió otra capa más de hojas. Hizo algunas pruebas con el visor y volvió a El Revolcadero. Ahora el segundo señuelo.

Sacó a otra chica del sótano, le arrancó toda la ropa y la golpeó. Gritaba aterrorizada a pleno pulmón. Sin amordazarla, la ató a la mesa con los brazos separados, bocarriba, haciendo volar cubiertos y platos. La tumbó deliberadamente sobre los vidrios rotos. Ella gritaba de dolor. Los fragmentos de cristal se le clavaban en la carne. Se le vino a la cabeza, fugazmente, la visión de Valérie. Qué buenos tiempos aquellos. Había sido feliz. Solo habían pasado unas semanas, que a él se le hacían miles de años. Para mantener el nivel de estrés, la abofeteó de nuevo y le tiró del pelo. Ella aulló de miedo. Volvió a bajar al sótano y sacó el cadáver del Zumbado de su envoltura. El *rigor mortis* le facilitó el trabajo. Las dos chicas que quedaban dentro retrocedieron contra la pared. Lo puso de pie sobre sus talones, lo hizo girar, estaba rígido como una estatua, se lo echó al hombro, maldiciendo. Aquel idiota pesaba tanto como un cuarto de animal. Empujó, tiró, resopló, escupió y despotricó, pero por fin consiguió colocarlo frente a las piernas abiertas de su reclusa. Ella levantó la cabeza y, al comprender sus intenciones, gritó histérica, con todas sus fuerzas. Metió el cuerpo rígido del Zumbado entre sus muslos y lo ató firmemente. Ella se sacudía con tanta energía que la pesada mesa daba saltos. Esta vez, la dejó seguir. E hizo que aumentara un poco más el volumen encajándole los restos del cráneo del Zumbado entre el cuello y el hombro. Exteriorizaba de tal manera su miedo que era hasta bonito. Volvió a salir, dejó la puerta abierta y fue a donde estaba la puta atada al tronco.

Por fin todo estaba listo.

—Te estoy esperando, Dumontier.

85

La habitación era espaciosa. Henri corrió las gruesas cortinas para protegerse de un exterior que le parecía hostil y se dejó caer en la enorme cama. Kimy recorrió la habitación pasando los dedos por los paneles de madera y aquellos muebles tan elegantes. La *suite* tenía todas las comodidades y avances tecnológicos que se pudiera desear. Entró en el cuarto de baño. La bañera de hidromasaje le hizo silbar de admiración, aunque su cabeza estaba en otro sitio. Henri se le unió, se quitó la ropa en silencio y abrió el agua caliente. Echó un frasco de aceite de baño. Jugueteó con los mandos. El agua empezó a burbujear.

Desnudó a Kimy con la mayor delicadeza posible. Ella le ayudó levantando los brazos. Le quitó la sudadera y la camiseta. Se le puso detrás, le besó el cuello y los hombros, olisqueó su cascada de pelo negro y le desabrochó suavemente el sujetador. Sus soberbios pechos saltaron fuera. Los tirantes se deslizaron por sus delgados brazos. Henri volvió a ponerse frente a frente y le inundó la cara y los pechos con una lluvia de besos. Los pezones se le pusieron erectos. Kimy cerró los ojos, ansiosa y caliente. Él se arrodilló, le desabrochó el botón de su ajustado pantalón, le bajó la cremallera e hizo que el pantalón resbalara por sus caderas. Tiró de los cordones de las zapatillas y la descalzó. Terminó de enrollar los vaqueros alrededor de los tobillos de Kimy y ella se apartó un poco encogiéndose. Solo le quedaba el tanga. Le recorrió las piernas con sus besos. Kimy hundió los dedos en su abundante pelo entrecano. La boca ansiosa de Henri fue subiendo hasta el monte de Venus. Kim separó la tela con el dedo índice. La lengua se abrió paso hacia el interior, abriéndole los labios. Kimy suspiró abandonándose. Se quitó el tanga, se dio la vuelta y se apoyó en el borde de la bañera. Abrió bien las piernas. Henri la penetró, Kimy apretó las piernas, se enderezó y apoyó la espalda en el pecho de Henri, que le acarició los senos. Poco a poco, sus cuerpos fueron moviéndose al compás. De repente, Kimy lanzó un grito de placer. Ese abrazo sin violencia le había provocado un orgasmo inesperado. Un orgasmo real, potente, telúrico. Al cabo de unos segundos, le siguió un segundo orgasmo, más largo y menos intenso. Henri continuó moviéndose dentro de ella. A Kimy le temblaban las piernas. A medida que ella terminaba de derretirse, la respiración de Henri se hacía más jadeante. Ella le animó.

—¡Vamos, córrete, córrete!

Y Henri aceleró. Un tercer espectáculo de fuegos artificiales se vislumbraba en el horizonte.

—¡Córrete, córrete, córrete!

Ella ya no oía sus propios gritos. Se corrieron juntos y permanecieron apretados el uno contra el otro, en silencio, hasta que el miembro de Henri se ablandó y abandonó por sí solo el acogedor interior de Kimy. Ella se dio la vuelta y, sin mirarlo, se arrojó en sus brazos, un poco avergonzada. Henri le acarició la espalda y las nalgas. Se oía gorgotear el agua de la bañera. Se separó un poco de ella, le ordenó con cuidado los cabellos y la besó. La cogió de la mano y entraron en la enorme bañera. Se sentaron y casi desaparecieron entre la espuma. Henri iba a decir algo, pero Kimy le tapó la boca con una mano. Mientras le recorría la cara con las yemas de los dedos, lo miró pensativa con los ojos muy abiertos. La melancolía postorgasmo.

∞

—¿Pedimos que nos suban algo de comer?

Ella cogió el menú de la mesita del salón. Pidieron un crujiente de cigalas, un filete de ternera con patatas fritas caseras, una tabla de quesos y dos macedonias. Henri optó por un tinto

Chinon. En recepción les avisaron de que tardaría tres cuartos de hora. Se tumbaron en la enorme cama. Kimy se acurrucó contra él. Permanecieron en silencio. En la mente de Henri se deshacían extraños pensamientos, jirones de sueños, ensoñaciones sin relación unas con otras. Le asombraba lo caótica que era la existencia, pero también la plenitud que sentía en ese momento. La respiración uniforme de Kimy le serenaba. Se durmieron un rato. Un camarero muy estirado les hizo salir de su letargo. Llevó el carrito al centro de la sala. Los cubreplatos rechinaban. Henri le dio veinte euros de propina y lo despidió. Se sentaron a ambos lados de la mesa del salón, Henri en el sofá, Kim con las nalgas en el borde de un sillón. Henri levantó los cubreplatos. El aroma de las cigalas les hizo cosquillas en la nariz. Kimy soltó una risita de placer.

Cuando terminó la comida, se fue con él al sofá. Encendió un Lucky Strike. Exhaló el humo con un mohín, segura de tener derecho.

—¿Estás dispuesta a declarar, si es necesario?

—Sí, desde luego.

—Podrías tener problemas por lo de las drogas. Pero, por otro lado, seguro que te beneficiarás de circunstancias atenuantes.

—Y no tengo antecedentes.

—¿Qué vas a hacer con el dinero?

—Me lo voy a quedar.

—Ese dinero procede de las drogas, Kim, y de la explotación sexual. Ya lo sabes.

El rostro de Kimy se endureció.

—Digamos que es por todo lo que he sufrido, una reparación.

—Sí, pero a costa de chicas maltratadas como tú.

Kimy se puso en pie de un salto, furiosa. Su primera pelea.

—¡Sí, como yo, joder! ¡Como yo! ¿Sabes cuántas veces me han roto el culo esos mierdas? Te haces una idea, ¿no? Tú también lo sabes, ¡maldita sea!

Henri se puso serio y levantó las manos en un gesto de apaciguamiento.

—Solo quería dejar las cosas claras. Porque no por eso es menos cierto: es dinero del sufrimiento. Y tú lo sabes mejor que nadie.

—¡El dinero me lo quedo, y punto! Y si quieres tu parte, te la doy.

—No, desde luego que no. No quiero nada.

—Y no te hagas ilusiones. Si nuestro plan no funciona, ¿qué crees que mi buen padre y sus amigos nos van a hacer? Así que este dinero es nuestra recompensa. Es tuyo también.

Henri mantuvo la calma.

—Te lo dejo a ti. De todas maneras, nunca lo he querido. No te ayudé a robarlo por eso, lo sabes muy bien.

Las imágenes del asesinato de Charlotte volvieron a la mente de Kimy. Aplastó nerviosamente su cigarrillo en el frutero.

—¡Lo sé, joder! —dijo en voz baja.

—Sé que lo sabes.

La colilla silbó en el zumo. Ella miró fijamente a Henri, con una mirada malvada, con unos ojos oscuros que mostraban enfado. Lo estaba desafiando, pero Henri aguantó. Ella fue la que apartó primero la mirada y cogió una cerveza de su bolso. También cogió el estuche de los porros, su iPhone y sus auriculares. Se metió en el cuarto de baño y cerró la puerta de un portazo.

Se sentó sobre el embaldosado con la espalda apoyada en la bañera. Encendió el iPhone. ¡Maldita sea! Lilou no se rendía. Una avalancha de mensajes de texto, de voz y un vídeo que Kimy abrió. En la pantalla apareció el rostro de una Lilou destrozada, con el maquillaje corrido entre lágrimas y mocos. Suplicaba, gritaba, chillaba, proclamaba su amor, lloraba como una magdalena y profería amenazas. Cabreada, Kimy se encogió de hombros y borró todos sus mensajes, luego hizo lo mismo con los de los demás contactos, sin mirarlos. Se acabó. No volvería a venderles más. Se incrustó los auriculares en los oídos. Se sentía afligida. Era la primera pena de amor de su vida, un lujo que nunca antes se había permitido. Henri le había hecho daño y ella se lo había devuelto. Se odiaba a sí misma. La música estalló en sus tímpanos. Se lio un porro bien grande, abrió la lata de Carlsberg, se bebió de un trago casi la mitad, encendió el canuto y lo chupó como si fuera un pitillo. Exhaló. Una gran nube azulada flotó en el aire. El alcaloide de la marihuana se le subió directo a la cabeza. Se quedó sin fuerzas, flotando, trató de dejar su mente en blanco. Se dejó acunar por la música de Rihanna. Al cabo de un rato indeterminado, Henri entreabrió la puerta. Ella le tendió la mano, parecía infeliz. Él se arrodilló y le acarició la cara. Se quitó los auriculares, con los ojos llenos de lágrimas.

—Yo...

Él apoyó la frente en la de ella, le cogió la cara entre las manos y la besó.

86

Baranchot estaba dando los últimos retoques a la redada. Sus superiores le habían dado carta blanca hasta nuevo aviso. Gracias, Sainte Geneviève. Moulin y Besson habían continuado sus pesquisas. Habían conseguido aislar algunos rostros hasta entonces desconocidos, en particular el de un tipo elegante, de rostro moreno y demacrado, con un perfecto corte de pelo de cepillo. Solo aparecía en grupos muy reducidos: él, otro tipo moreno de rostro patibulario, los dos hermanos Mauchrétien y, ocasionalmente, una especie de hidrocefálico repulsivo. Sus reuniones no tenían nada de orgiásticas. Había chicas que iban y venían en cada ocasión, pero se trataba de un intercambio de mercancía. Las conversaciones delataban inequívocamente su objetivo. Ese tipo era el mayorista. El traficante. Se les veía a él y a Mauchrétien repartirse grandes sumas de dinero. También traficaba con chicas del Este. Traficante y proxeneta. En un vídeo reciente, se le veía ponerse delante de una de ellas, cómo le agarraba la punta del pecho derecho apretándoselo hasta hacerla llorar. Traficante, proxeneta y sádico. Los dos informáticos aislaron una de esas imágenes de Dumontier y lanzaron una búsqueda en el Fichero de Personas en Busca y Captura, extendiéndola directamente a los sistemas de la Interpol, a los de Información del Espacio Schengen y a los de la Policía de Fronteras. Recibieron una respuesta bastante rápida, una ficha de la Oficina Central de Lucha Contra el Crimen Organizado. François Dumontier, alias Drako Vunkân, alias Etienne Petimont, alias Mikaël Fédor Milotschenko, etcétera. Reseñas comprobadas, y otras menos seguras. En lo que se refería a lo seguro: exlegionario, experto en técnicas de interrogatorio, implicado desde hacía tiempo en el tráfico de armas y mujeres procedentes de la antigua Yugoslavia, con vínculos directos con la mafia albanesa, alguien extremadamente peligroso. En cuanto a lo menos seguro: presuntamente implicado en una veintena de homicidios, entre ellos el de una investigadora de la UNMIK, probables vínculos con la Camorra y varias ramas de la Bratva, en constante movimiento entre Francia, Rusia, Albania, Córcega y los países de la antigua Yugoslavia, vinculado con la delincuencia organizada nacional en la Francia continental. Especialidades: armas, drogas, prostitución. Baranchot empezó a sudar. Con ese pájaro, la cosa cambiaba repentinamente de dimensión. La apuesta era alta y los riesgos también. Reunió a toda la tropa. Despertó a los que estaban descansando, interrumpió las conversaciones telefónicas e hizo apagar los cigarrillos. Por fin habían llegado los de la Brigada Canina. Perfecto. Baranchot fue adjudicando los roles, utilizando las fotos de Google Earth. A grandes rasgos, los contornos del enclave boscoso en el que se incrustaba la finca de Mauchrétien estaban delimitados por los caminos que la rodeaban. Todos los grupos partirían de esos caminos para converger en dirección a la dacha. Varios vehículos bloquearían el acceso al camino que conducía a la casa. El helicóptero rondaría cerca, por si acaso. Baranchot dio una palmada.

—¿Ninguna pregunta? Así pues, levantamos el campamento a las cuatro, nos posicionamos y esperamos a que amanezca. Hasta entonces, descanso.

El BMW se internó por el camino de tierra. De repente, a Dumontier la experiencia le dictó la idea de dar media vuelta. No estaba bien equipado para una lucha nocturna en el bosque, pero no tenía alternativa. Era ahora o nunca. Palpó el interior de su chaqueta. Glock, OK. Cuchillo, OK. A quinientos metros de la dacha, le pidió a Askan que se detuviera. Cogió un Kalashnikov del maletero, dos cargadores y un monocular. Se metió dos granadas en los bolsillos del traje, por si acaso. Se puso a observar y a escuchar atentamente. A esa distancia, el sonido era débil, pero Dumontier sabía reconocer cuando una hembra gritaba. Los aullidos partían de la dacha, crecían, cesaban y volvían a empezar. Rodeó el coche y le ordenó a Askan que siguiera hasta la casa. Se agachó al borde de la carretera y miró por el monocular. El coche se detuvo delante de la dacha. Sus puertas se abrieron.

Detrás del tronco, Jacky mantenía el ojo pegado al visor. Tres hombres salieron del BMW. Mierda. No estaba Dumontier. El cabrón no estaba con ellos. Reconoció a Askan. Los tres matones se mantenían en alerta, Kalashnikovs en ristre. Los gritos que venían del interior les ponían nerviosos y acaparaban toda su atención. Avanzaban encogidos, con la mirada puesta en la puerta abierta de la dacha. Jacky respiraba despacio. Tenía a la chica echada encima de él, quieta como un muerto. Se tranquilizó. Sus manos dejaron de temblar. Estaba concentrado en el momento presente y fundido en cuerpo y alma, por completo, en la acción. Era la esencia misma del combate: una renuncia total, una entrega a la muerte. La cabeza de Askan, de perfil, se recortaba con extraordinaria precisión en el visor, verde fluorescente sobre un fondo más oscuro. No había que precipitarse. Controlar la respiración. Una suave presión sobre el gatillo. Fuego. La parte posterior de la cabeza de Askan voló por los aires. Fajkor y Lalzak giraron al mismo tiempo, como un solo hombre. Las ráfagas de fuego de sus Kalashnikovs azotaron el suelo y subieron por el tronco tras el que se ocultaba el Oso. Volaron astillas de madera. ¡Maldita sea! ¡Por poco! Los cabrones eran muy rápidos. Demasiado. Pensó en acabar al menos con otro. ¡Adiós serenidad! El Oso estaba otra vez muerto de miedo. Los dos esbirros se habían lanzado detrás de su coche. No tenía sentido responder. Aterrorizada, la puta luchó como un demonio para liberarse de sus ataduras. En lugar de conseguirlo, se debatió tanto que acabó estrangulándose. No importaba. Él la habría preferido vivita y coleando, pero su cadáver seguía siendo un cebo aceptable. Bien, entonces. La partida de ajedrez había comenzado. Retrocedió centímetro a centímetro, como un cocodrilo que regresa a las turbias aguas del pantano. Una vez fuera de alcance, se levantó y corrió hacia su segundo escondite. Creía que corría, pero en realidad se arrastraba, y cada zancada le costaba un esfuerzo demencial. Se llevó la mano derecha al corazón. ¡Maldita sea! Sintió una punzada. Estaba a punto de sufrir un infarto. Se detuvo para serenarse. Calma, calma, calma. No había elección: tenía que seguir caminando.

Dumontier había oído el disparo y vio cómo una figura se había desplomado delante de la dacha. La descarga de adrenalina le puso las pilas. Se metió en la cuneta del camino. Volvió a meter el ojo en el monocular, y observó la escena con un movimiento circular. Coches, dacha, árboles, sombras entre los árboles, matorrales, troncos atravesados. Dos figuras apoyadas en el BMW. Barrió hacia la izquierda. ¡Allí! Creyó haber visto a Mauchrétien, pero su monocular era de primera generación. A esa distancia, apenas podía distinguir una silueta clara. Se concentró con todas sus fuerzas en el tronco. Las hojas estaban amontonadas de forma artificial y de él sobresalía una especie de barra negra rígida. Había una figura oculta bajo las hojas, sosteniendo un rifle. Allí estaba. Gritó a sus hombres:

—¡Está detrás del tronco! ¡Detrás del tronco!

Dumontier hizo un rápido análisis. Ya solo eran tres contra uno. No tenía el equipo adecuado. Además, necesitaba a Jacky vivo o, al menos, no demasiado muerto. Volvió sobre sus pasos, luego se centró en su izquierda e inició un largo movimiento de barrido, sin perder nunca de vista las luces de la dacha. Se enganchó en las ramas, se cayó, se torció los tobillos, despotricó. ¡Me cago en la puta! ¡Me cago en Giorgio Armani! ¡A la mierda la ropa de lujo! ¡A la mierda la cachemira y la seda! Habría dado cualquier cosa por volver a tener sus botas militares y su desgastado traje de faena. En lugar de salir corriendo, habría hecho mejor en equiparse de verdad. Habría necesitado un fusil de precisión con una mira nocturna digna de tal nombre, en lugar de una metralleta y un monocular obsoleto. No podría disparar a distancia, ni siquiera disparar y ver al mismo tiempo. ¡Vaya mierda!

A resguardo tras el BMW, Fajkor y Lalzak respiraban a una velocidad de vértigo. Intentaron rebajar sus pulsaciones. Al cabo de unos minutos interminables, Fajkor le hizo al fin una señal a su compinche para que le cubriera. Rodearon el coche por la parte de atrás. Pausa. Nada. Fajkor contuvo la respiración y se asomó. Nada. ¡Adelante! Corrió hacia el tronco, disparando series de tres tiros cada vez, esprintó como nunca antes en su vida, pero tenía la impresión de ir a paso de tortuga. Gritaba con todas sus fuerzas mientras el Kalashnikov brincaba entre sus manos. ¡Bingo! Una masa oscura se movía detrás del tronco. Estaba seguro de haber hecho blanco: un cuerpo se había movido bajo el montón de hojas. Ahora caminaba con calma y disparaba a discreción hacia su blanco, tiro a tiro. Las hojas secas salían volando. No había reacción delante. Se dio el lujo de meter un nuevo cargador. Estaba orgulloso de haberlo conseguido. ¡Había conseguido la cabeza del Oso como trofeo! Cuando llegó al tronco saltó encima y apartó las hojas con la punta del pie. No le dio tiempo a sentirse decepcionado, una bala del calibre 7,62 le atravesó el pecho acertándole de lleno en el corazón. Cayó de frente, quedando tendido justo al lado del cadáver de la chica.

Dumontier suspendió su marcha. Había contado las ráfagas de los AK. Cinco tandas de tres, seguidas de disparos espaciados. ¡Mierda! ¡Esos cabrones iban a matarlo! Cuando la paz volvió al bosque estuvo a punto de gritar que no mataran a Mauchrétien. Justo entonces, sonó el único disparo del Dragunov. ¡Mierda otra vez! El Oso acababa de poner a enfriar a un segundo tipo. Mientras tanto, al fondo, la chica de la dacha seguía gritando a pleno pulmón. No tenía sentido seguir por ahí. El tronco era una trampa. Dumontier decidió dar media vuelta y volver por el otro camino.

Lalzak había salido a gatas de entre el BMW y el Amarok. Había visto a Fajkor caer hacia adelante. Así que el disparo había venido de la dirección opuesta. Flipaba. Dos compañeros muertos en un momento, ¡y luego le tocaría a él! Cogió una granada, tiró de la anilla, se levantó y la lanzó al azar por encima del techo del BMW hacia el camino. A través de la mira telescópica, el Oso vio la trayectoria de la granada. La dirección era correcta, pero el lanzamiento demasiado corto. No obstante, el Oso se tiró al suelo, bocabajo. Sintió las vibraciones de la explosión en todo el cuerpo. Sinceramente, pensaba que nunca volvería a sentir esa sensación. Se meó encima. El cálido chorro de orina se extendió por su entrepierna. No era para tanto. La dejó salir. Se quedó unos instantes con la cara metida en el humus. Su nutritivo olor se apoderó de sus fosas nasales.

Jacky sacó por fin la cabeza de entre los hombros, como una tortuga que sale de su caparazón. Volvió a coger su Dragunov y escudriñó a su alrededor. Mierda. El tercero se había movido. Sin esperar ni un segundo tras la explosión, Lalzak se había precipitado hacia la dacha. Al entrar, la prisionera atada a la mesa empezó a chillar de nuevo, armaba el mismo follón que una sirena de emergencia. Jacky se percató con claridad: el compinche de Dumontier estaba dentro. Rápidamente apuntó su Dragunov hacia la ventana delantera de la dacha. Decidió esperar allí y se puso cómodo. Su corazón volvía a recuperar su ritmo. Le vinieron recuerdos de sus tiempos de paraca. Le habían enseñado a convertirse en piedra, en hoja, a confundirse con el musgo y el bosque. Estaba redescubriendo la letal impasibilidad de aquellos animales capaces de permanecer inmóviles durante horas antes de un ataque relámpago e implacable. Sentía dentro un gran vacío. De repente, en la dacha, los gritos de la chica volvieron a comenzar sin motivo aparente. Jacky incrementó su nivel de conciencia. A esas alturas ya no era cuestión de putas, ni de alcohol, cocaína o dinero. Solo lo esencial, el presente absoluto y la completa desaparición del yo. De pronto, apareció una cabeza en el marco de la ventana. Disparo, impacto.

Lalzak se había lanzado literalmente al interior de la dacha. Murmurando un batiburrillo de maldiciones, palabrotas y retahílas supersticiosas, había permanecido largo rato bocabajo, con la cabeza entre las manos, la cara pegada al suelo, esperando que la casa se convirtiera en un colador. Cuando se le pasó aquel susto de muerte, reconoció algunas palabras entre los aullidos de la chica, palabras en ruso. Pasaron algunos minutos que se le hicieron eternos. Ella gritaba sin parar. No ocurría nada. No podía soportar más aquello. Por fin tuvo el valor de girar la cabeza. Lo primero que vio fue unos tobillos encadenados a los pies de la mesa. Levantó la vista. En medio de las piernas abiertas de la chica se balanceaban otro par de pies y pantorrillas fornidos, cubiertos por una alfombra de pelo. Luego seguían dos grandes nalgas peludas metidas entre dos muslos lisos y bien contorneados. ¿Estaban follando? Lalzak no podía creérselo. A ambos lados de sus caderas, las muñecas de la chica también estaban sujetas a la mesa. Desde donde estaba, Lalzak pudo ver entonces la espalda jorobada del Zumbado. Ella no paraba de gritar. Era insoportable. Se arrastró hasta ella y le golpeó las piernas con la culata de su Kalashnikov como un loco, gritando insultos en ruso:

—¡*Zatknis! ¡Menya eto zaebalo! Zatknis!*[24]

Pero ella vociferó aún más fuerte. No pudo aguantar más. ¡Había que hacerla callar! Se puso en pie y el contenido de su cabeza se derramó sobre el cadáver del Zumbado y salpicó la cara de la puta, que cerró la boca de golpe.

---

24   En ruso: «¡Cierra el pico, que me estás cabreando ya, cierra el pico!». (N. del T.)

Dumontier avanzaba a paso de tortuga. Perdió la noción del tiempo. Caminaba encorvado, paso a paso, se detenía y volvía a ponerse en marcha a cuatro patas. ¿Cuánto tardó en volver al camino? ¿Media hora? ¿Una hora? Misterio. Tenía los pies helados. No había sentido tanta tensión desde sus años de guerra. Apenas había recorrido un kilómetro, pero estaba agotado. Ahora había vuelto a la derecha del camino. Fue entonces cuando oyó el tercer disparo, realmente muy cerca. No pudo evitar sonreír. «Ya te tengo, cabrón».

El Oso salió de su escondite. Intentó disuadir a Dumontier, sin quitarle el ojo a la zona del tronco a través de su mira telescópica.

—François, ¿me oyes? ¡Te has quedado completamente solo! ¿Puedes oírme, François? ¡Me he cargado a los tres! ¡Todo esto es una estupidez! ¡Yo no tengo tu dinero! ¡No sé dónde está! ¡Te juro que es verdad! Podríamos dejarlo como está, ¿eh? Podríamos poner fin a toda esta mierda y empezar de nuevo. Mira lo que te propongo: en adelante renuncio a mi parte de las ventas y así tú te cobras. ¿Qué me dices?

—¡Digo que no! Suelta el arma, cerdo.

El Oso se puso blanco. Estaba jodido. Dumontier no había caído en la trampa. Bajó el Dragunov muy despacio y lo dejó en el suelo. Miró por encima del hombro. Dumontier le apuntaba tranquilamente con su Kalashnikov.

—Vamos, muévete. Vamos dentro. Así podremos hablar mejor.

Jacky asintió con la cabeza gacha. Sabía que tenía que aprovechar la menor oportunidad. Se acercaron a la dacha. Su enorme complexión no le dejaba ver la entrada a Dumontier. El Oso vio el Kalashnikov de Lalzak en el suelo. Subió los escalones del porche y se detuvo en la puerta. Era su única oportunidad.

—¡Sigue, Jacky!

El Oso hizo algo mejor que eso. Saltó de lado hacia el interior y cerró de un portazo. Una ráfaga hizo la puerta añicos. El Oso rodó, agarró el Kalashnikov de Lalzak y volvió a disparar contra la puerta y las paredes. La puta empezó a gritar de nuevo.

Dumontier había dejado de disparar. Lo único que el Oso oía ahora era su propia respiración entrecortada y los gritos de la zorra. Se quedó mirando la puerta como si se le fueran a salir los ojos de las órbitas. ¡Joder! Dumontier acababa de lanzar una granada a través de la ventana rota. La bomba rodó por debajo de la mesa. El Oso tuvo el tiempo justo de meterse en la última habitación. La granada pulverizó la mesa, la chica y el cadáver del Zumbado, arrancándoles las piernas a ambos. El Oso quedó aturdido. No oía nada, pero no era momento de lamentarse. Abrió la ventana del dormitorio y se dejó caer pesadamente fuera. Se desplomó como un saco de estiércol al pie de la pared. Había que espabilar. Se puso en pie, pero una segunda explosión le tiró al suelo. Dumontier había lanzado su otra granada. El Oso decidió esperar unos instantes antes de rodear a la dacha.

Volvía a estar frente a la entrada. Podría haberse hecho el héroe, pero optó por la prudencia más elemental. Dumontier había entrado a buscar su cadáver entre los escombros. Desde el exterior, el Oso le disparó por la espalda hasta vaciar el cargador. Dumontier se desplomó con media cabeza menos. El Oso lanzó un rugido de triunfo y levantó los brazos. Todo había terminado. ¡Victoria! Bajó los brazos. Se quedó un buen rato allí contemplando el cadáver de Dumontier en mitad de los escombros.

Resopló. Bueno, era la hora de la limpieza. El Oso se acercó al tronco. Llevó los cadáveres de Fajkor y la chica a la dacha. Vació los bolsillos de Fajkor, cogió su teléfono móvil y lo apagó. Luego se ocupó del cuerpo de Askan. Lo arrastró hasta la dacha, se agachó y le registró los bolsillos. Encontró las llaves del BMW, un teléfono y una cartera. Agarró el cuerpo de Dumontier y lo tiró junto a los otros fiambres. También le registró los bolsillos y le quitó el teléfono y la cartera. Colocó el cuerpo de Lalzak a su lado e hizo lo mismo. Jacky recogió entonces los troncos desmembrados de la chica y del Zumbado. Los colocó encima de los otros muertos. Luego bajó al sótano, hizo subir a las chicas una tras otra y, como un descuartizador minucioso, las degolló tranquilamente junto al montón de cadáveres. Finalmente, levantó el cuerpo de la última chica. Les abrió la boca a todos, incluso a aquellos que no las tenían completas, y se las rellenó con cartuchos del calibre 12. Colocó en el montón todas las carteras y los móviles. También los suyos. Llenó las habitaciones de la dacha de leña y troncos, fue al cobertizo a por unas garrafas y regó abundantemente todos los cuerpos, todos los muebles y todas las paredes con combustible. La pira funeraria estaba lista.

Completamente agotado, el Oso atravesó la estancia y se sentó entre los escombros, la vajilla rota, los jirones de carne y los trofeos pulverizados. Milagrosamente, una botella se había librado del desastre. Se apoderó de ella, la abrió y se echó unos buenos tragos. El fuego del Calvados le abrasó la garganta. La cabeza le daba vueltas. Sacó un poco de coca y se hizo una raya sobre el trozo de un plato. Se angustió al caer en la cuenta de que ya no habría quien le sirviera la merca cuando se le acabara la reserva que guardaba en El Granero. Y no pensaba cortarla cuando tuviera el mono. Le esperaba una vida horrible. Bebió y fumó durante un buen rato, con los ojos clavados en la pila de cadáveres. Sus pensamientos vagaban lentamente por el perezoso río del aturdimiento después de tanta tensión. Casi sin pensar en ello, como si nada, intentó encajar las piezas. Dejó que las ideas le vinieran solas. Todos aquellos cadáveres no formaban un cuadro coherente. Faltaba algo o alguien, algo o alguien, algo o algui... Se incorporó. ¡La puta de oros! Faltaba *alguien* en aquel montón de cadáveres, en aquel vacío al que había dejado de enfrentarse. Error. Faltaba Kimy en aquel fresco sangriento. Ella tenía buenas razones para vengarse. En cuanto al cómo, eso era otra historia. En cualquier caso, su ausencia era un grito en toda esta debacle. ¿No dicen que los trapos sucios se lavan en casa?

༖

Se incorporó, apoyándose en la pared, con la respiración agitada. La cocaína no le había devuelto las alas, pero tenía que salir pitando de allí. Ya dormiría más tarde. Fue para él extremadamente doloroso rociar el interior del Amarok. El hermoso cuero de los asientos estaba hecho para ser acariciado, no para ser rociado con gasolina. No pudo resistirse al melancólico placer de una última y sensual caricia, y le susurró con ternura por última vez a su amado 4x4:

—Adiós, hermosura. Te quiero.

Luego, alejó el BMW hasta el camino, se bajó y se encaminó de nuevo hacia la dacha. El viento arreciaba. Las voces volvieron a hacerse oír.

—Ya lo sé, ya lo sé —les contestó.

Encendió un crepitante manojo de ramitas y lo arrojó desde el umbral. El estallido de la súbita combustión pronto dio paso al zumbido del fuego al propagarse. Al Oso le dolía el corazón. Su hermosa guarida, el lugar donde retozaba a sus anchas, su rinconcito particular, allí donde podía ser realmente él mismo. Lástima. No quería que nadie más lo disfrutara. Dio un paso atrás. Las llamas crecían a toda velocidad. Su ronco rugido era amenazador. Al pasar, prendió fuego al Amarok. Volvió a subirse al BMW y arrancó despacio. Se detuvo para recoger el Dragunov al lado del camino. La parte más difícil había terminado. Lo había perdido todo. Ya nada importaba. Se alejó despacio, mirando por los retrovisores el incendio, que ya alcanzaba una altura prodigiosa. Las copas de algunos pinos también ardían. Aquellas luces danzantes probablemente podían verse a kilómetros de distancia.

88

Al amanecer, la batida fue estrechando el cerco. Marcharon durante más de media hora a paso lento. Pero pronto, cuando aquella partida de caza se acercaba al punto acordado para el encuentro, pudieron ver aquel horno palpitante entre los recovecos oscuros de los árboles, irregular al principio, luego más evidente a medida que se acercaban. Entonces, el ritmo de los diferentes grupos cambió. El resplandor del fuego atraía a los hombres como un farolillo a las luciérnagas. Abandonando toda precaución, empezaron a avanzar a grandes zancadas. Algunos incluso se pusieron a correr. Pronto, los primeros hombres formaron un círculo alrededor de la dacha en llamas, a los que, minutos después, se les unió el grueso del pelotón. Las llamas anaranjadas ya estaban a punto de terminar de digerir los restos carbonizados de la casa y pintaban en aquellos rostros cansados unas caretas extravagantes, a veces amarillas y rojas, a veces negruzcas como el carbón. El agotamiento les oprimía en los riñones como una soga.

Baranchot, con su cara de luna, jugueteaba nervioso con su medalla de Sainte Geneviève. ¿Un éxito a medias? Uno no quema su escondite así porque sí. Una vez que se enfriaran, los escombros quizás podrían decirles algo. ¿Un fracaso a medias? No había podido detenerlos. A pesar del amplio despliegue, volvería con las manos vacías. Sin Mauchrétien.

Un fino sirimiri rociaba las cabezas y chirriaba al caer entre las llamas. La llovizna terminó de hundirles la moral. De repente, una voz de alarma rasgó el velo de su abatimiento.

Un agente había divisado los rastros de sangre que iban desde el tronco hasta la dacha. Los fue siguiendo dando saltitos un poco grotescos, como para evitar charcos imaginarios. Se oyó otra voz, no lejos de la carrocería humeante del Amarok. Un segundo gendarme señalaba los restos del cráneo y del cerebro de Askan. Un tercero vio algunos casquillos. Todos se quedaron inmóviles. Baranchot empezó a ladrar órdenes.

—¡No se muevan! ¡Máxima alerta! ¡Miren atentamente al suelo a trescientos sesenta grados antes de avanzar! No contaminen más la escena del crimen. Volvemos al trabajo.

Se frotó las manos con satisfacción.

ॐ

Ahora había bastante luz. Empezó a llover con más fuerza. Los de la Científica barrían sin descanso los alrededores de la dacha aislando zonas y colocando placas numeradas por todas partes. Bajo sus órdenes, se realizaron reconocimientos en todas direcciones, antes de que el aguacero barriera el terreno próximo a la dacha. Todos los hombres obedecieron al pie de la letra, poniéndose a cuatro patas para inspeccionar la tierra y las hojas. La urgencia les revestía de autoridad. Las ruinas humeantes crujían con furia.

Baranchot y Defer se arriesgaron por fin a mirar a través de las jambas carbonizadas de la puerta. Entrecerraron los ojos para ver mejor. Unos miembros ennegrecidos y filiformes sobresalían del gran montón de brasas. Todo aquello recordaba a los ritos funerarios de alguna civilización pagana. El policía y el gendarme se miraron. Sus esfuerzos no habían sido en vano.

—Una cosa es segura, Baranchot. Todavía hay alguien suelto por ahí.

—Pero no sabemos quién es.

—Eso hay que admitirlo... Veamos, coja a sus hombres y vayamos a descansar un poco. Ya ni me acuerdo de cuánto hace que no duermo. Me encuentro fatal.

Baranchot pidió que acercaran los coches a la dacha, dio las órdenes oportunas, envió a descansar a los que habían estado trabajando desde el comienzo de todo ese frenesí y dejó allí a los hombres que se encontraban más frescos. Defer reunió a su gente. Partieron de nuevo hacia Viaduc-sur-Bauge.

Una desagradable sorpresa les esperaba delante de la Gendarmería. Cuatro o cinco equipos de periodistas se habían adueñado de la escalinata, operadores y camarógrafos de aspecto ocioso, pitillos en la boca, reporteros micro en mano, preparados para el ataque. Una docena de vehículos aparcaron junto a la acera. De ellos salieron gendarmes y policías, todos ellos con aspecto de estar muertos de cansancio. Los acicalados periodistas de BFM TV y de la I-Télé fueron los que mostraron mayor iniciativa. Una nube de preguntas le cayó sobre la chepa a Baranchot por ir en cabeza. Preguntaban de todo, pero lo que era evidente es que aquellos fisgones se habían enterado de la existencia de los vídeos. Reclamaban sobre su autenticidad. Los polis no sabían si sentir más asombro o cabreo. Baranchot, levantando los brazos ante aquellos asaltantes mediáticos, utilizó la fórmula de rigor.

—Sin comentarios. Sin comentarios.

El cordón de policías atravesó en silencio el grupo de periodistas. Algunas manos taparon los objetivos. La reportera de BFM no ocultaba su excitación. Aquellas imágenes de maderos cansados, acompañadas de una sentida sinopsis sobre uno de los mayores casos de prostitución de menores en la última década, eran la rehostia. Una vez que entraron los maderos, los buitres recogieron sus bártulos y volaron a cebarse con los lugareños. Ahora era cuestión de hacer hablar al paleto, recoger impresiones en la auténtica forma de hablar del pueblo, en el mejor estilo de Jean-Pierre Pernaut[25].

❧

---

25 Famoso periodista, fallecido en 2022, que innovó la manera de buscar las noticias a pie de suceso, con la participación de la gente corriente, normalmente en la Francia profunda. (N. del T.)

Los hombres se reunieron en la sala grande. Baranchot consideró oportuno hacerles una advertencia en plan profilaxis.

—El primero que hable sin autorización sobre el caso que nos ocupa, que le vaya diciendo adiós a su carrera. ¿Está claro?

Se masajeó los párpados y siguió, más suave:

—Ahora, los que puedan, a casa a dormir un poco. Los demás, que busquen un sitio en los barracones. Tenemos un montón de mantas. Dumont se encargará de ello. Síganlo. Los hombres de Defer son nuestros invitados. Trátenlos como a tales. Si alguien tiene sitio en casa, les agradecería que los acogieran. Se merecen algo más cómodo que unas sillas. Gracias. Pueden retirarse.

89

Kimy se puso a zapear, nerviosa, mientras Henri se afeitaba. Los canales desfilaban por la pantalla a una velocidad vertiginosa. Pasó demasiado deprisa el de BFM TV, pero le dio tiempo de reconocer los escalones de la comisaría de Viaduc. Volvió atrás. La pantalla estaba dividida en dos partes: a la derecha, la reportera delante de la Gendarmería, y a la izquierda, vistas generales de Viaduc, la iglesia, la rue de la République, las siniestras aguas del Bresneuse bajo el puente de la mediateca, una manada de gendarmes entrando en el cuartel.

—... y en lo que parece ser el inicio de uno de los casos criminales más graves de los anales judiciales de la región. Claramente en pie de guerra, los gendarmes y la policía se niegan a hacer comentarios por el momento.

Luego, conexión con los dos periodistas en el estudio.

—Entonces, Amélie, para que todo quede claro, tenemos que confirmar que en nuestra redacción hemos recibido una serie de vídeos estremecedores con adolescentes obligadas a mantener relaciones sexuales.

—Exacto, Jean-Marc. Y, por otra parte, no somos los únicos, ya que otras cadenas nacionales también los han recibido y...

୫୦

Kimy apagó. Se mordisqueó los labios, se levantó y se fue al cuarto de baño con Henri. Él dejó lo que estaba haciendo, maquinilla de afeitar suspendida en el aire. Una franja de piel rosada apareció entre dos manchas de espuma blanca.

—¿Qué ocurre?

—Pues ya está. BFM ha empezado.

—¿Qué hacemos ahora? ¿Irnos a casa?

—No. Es demasiado pronto. Esperemos a ver.

—¿Y tu padre?

—Ha apagado el móvil.

Kimy se sentó en el borde de la bañera. Lo miró afeitarse. Él se echó agua caliente en la cara. Volvieron al dormitorio. Henri encendió de nuevo el televisor. Vieron las noticias de la mañana varias veces seguidas, pero siempre era el mismo reportaje repetido, con la banda naranja de debajo desplazándose con el rótulo «Última hora». Apagaron el televisor.

—Vale. No tiene sentido darle más vueltas. Vamos a dar un paseo.

❧

Recorrieron la ciudad muerta. Atravesaban un mundo vacío, postapocalíptico y hostil a los humanos. Solo un puñado de tiendas con escaparates iluminados aportaban un poco de calor. Guirnaldas descoloridas ondeaban en las fachadas. Se desviaron hacia la playa. Todo estaba desierto. Ni un alma viviente hasta donde alcanzaba la vista, ni en el mar ni en la arena, arena y mar fundidos bajo un mismo y angustioso prisma de melancolía, un mar repugnante, gris hasta decir basta, salpicado aquí y allá de grumos de espuma sucia. Encogiendo los hombros, con las narices enrojecidas y metidas dentro del cuello de la ropa, con los ojos llorosos, remontaron la playa contra el viento, en silencio, enclaustrados en sus respectivas cavilaciones. A fuerza de caminar, llegaron a las ruinas de un pontón. Sus vigas sobresaliendo de la arena recordaban los dientes podridos de algún Leviatán que estuviera enterrado allí. Esa fue la señal para regresar.

Kimy metió su brazo bajo el de Henri. Él sintió una punzada en las costillas. En la ciudad, encontraron un *bistrot* de baja categoría. Kimy tenía la intención de tomarse una cerveza, pero Henri se le adelantó y pidió dos cafés cargados. El dueño se los sirvió, taciturno. Henri contempló la fea decoración marina de pacotilla. De las paredes desteñidas colgaban adornos anticuados: trozos de redes amarillentas, estrellas de mar y caparazones de buey de mar barnizados, un botellero cochambroso y salvavidas descoloridos.

—Tengo ganas de volver a ver los burros, Henri. Los echo de menos.

—Yo también los echo de menos...

Silencio.

—Y ahora, ¿qué va a pasar?

—¿Que qué va a pasar de qué?

—Quiero decir, tú y yo. ¿Qué vamos a hacer?

—Si todavía quieres estar conmigo, me gustaría quedarme contigo.

—Eso es justo lo que desearía, pero...

—¿Pero qué?

—Pero es muy egoísta por mi parte. Kim, tengo casi cincuenta años. Tú eres muy joven, tienes toda una nueva vida que construir, mientras que yo...

Ella tomó su mano entre las suyas.

—¡No te preocupes por eso! Digamos que, si te parece bien, será solo por un tiempo. Aprovechemos lo que podamos.

A Henri se le hizo un doloroso nudo en la garganta. Ese «solo por un tiempo» le había destrozado. Tendría que luchar muchísimo para separarse, llegado el momento.

—De acuerdo.

90

Baranchot había alineado cuatro sillas y dormía como un tronco con los brazos cruzados sobre el pecho. Parecía una estatua yacente a mayor gloria de la Eterna Gendarmería Nacional. El gendarme Lucas le zarandeó, con una actitud vacilante entre la urgencia del caso y el debido respeto por sus galones. Le costaba hacer bajar al teniente del limbo, quien, finalmente, salió de los brazos de Morfeo.

—¿Mmm? ¿Qué hora es?

—Más de las doce del mediodía.

Baranchot se incorporó lentamente. Estaba molido. Se masajeó la nuca.

—¿Qué ocurre?

—Muy malas noticias, teniente.

Baranchot acabó de despertarse y se sentó.

—¿Cuáles?

—Han matado a Hubert. Y a Goetzenluck también.

—¿Cómo?

—Hubert y Goetzenluck estaban despedazados, agujereados como un colador. El suelo estaba lleno de casquillos. Todavía están en la granja. El equipo forense está esperando el visto bueno para empaquetar los cuerpos.

Baranchot, aún sumido como en una niebla, reconstruyó el curso de los acontecimientos. Habían salido de la casa de Mauchrétien. Habían dejado allí a Hubert y a Goetzenluck. Mauchrétien se había ido. ¿Es que había vuelto? Improbable. ¿Quién, entonces? ¿El tipo famoso de los vídeos, el tal Dumontier de los múltiples apodos? Si era así, ¿qué había ido a buscar? Cualquier conjetura era posible.

—¿Y entonces, teniente?

—¿Entonces qué?

—¿Qué les digo a los de la Científica?

—Luz verde, ¡por supuesto! ¿Qué cree, si no? ¿Que voy a prohibir a la Científica actuar? ¡Luz verde! ¡Luz verde! ¡Luz verde!

Al agente le temblaban las piernas. Dudaba aún.

—Hay algo más. El policía...

—¿Defer?

—Sí. Lleva rato teniendo una larga conversación con una magistrada de Rouen. La que lo envió a Viaduc. Llegó hace media hora. Fue Defer quien nos dijo que le dejáramos a usted dormir.

Esta vez Baranchot se puso en pie de un salto.

—¿Dónde están?

—No estábamos seguros de dónde meterlos... Así que... Esto... Les indicamos su despacho.

Baranchot trotó hacia su cubículo. Estaba dolorido y exasperado. Su incipiente barba crujía bajo sus dedos y un intenso dolor de cabeza le aplastaba las sienes. Entró sin llamar. Al fin y al cabo, era su cubículo.

ॐ

Defer y Menuise se levantaron cuando entró. Estaban sentados frente a frente, como conspirando, muy juntos, delante del escritorio de Baranchot. Defer habló el primero.

—Siento mucho lo de sus dos muchachos, Baranchot. De verdad.

—Muchas gracias. Todo es culpa mía. No debí dejarlos allí.

Menuise se mantuvo aparte de esa escena de complicidad masculina.

—¡Joder, no! ¿Cómo podíamos haberlo adivinado? ¡El hijo de puta que los mató es el responsable! No usted. Se hizo un silencio incómodo. El policía y el gendarme se miraron fijamente, pero sin agresividad. Defer volvió a tomar la palabra.

—Le presento a la señora Menuise, fiscal del Tribunal Superior de Justicia de Rouen. Ella recibió los vídeos a primera hora de la mañana, como yo.

La mujer, de una elegancia austera, tendió la mano a Baranchot. Su seco rostro delataba una voluntad inquebrantable. Juntando su expresión a la delgadez de su cuerpo y al corte impecable de su traje negro, el resultado era algo parecido a un cable de acero. Adoptó una actitud formal.

—Siento lo de sus hombres... Sentémonos, ¿les parece?

∞

Baranchot rodeó *su* escritorio y se sentó en *su* silla. Estaba marcando *su* territorio. Abrió *su* cajón y sacó *su* pastilla de Doliprane y *su* botella de agua. Se tragó dos pastillas. Menuise continuó:

—Defer ya me ha hablado de sus progresos. Realmente impresionantes. Han llevado a cabo ustedes un excelente trabajo de equipo. Se van a alegrar tremendamente allí en el Palacio de Justicia. La eficacia de la cooperación, supongo.

Una sonrisa se dibujó en el pálido rostro de Menuise, una sonrisa falsa y difusa que enseguida se evaporó.

—¿Qué va a ser lo siguiente?

—Delante de las ruinas del pabellón de caza hemos encontrado la carrocería del 4x4 de Mauchrétien. Quizá esté muerto, pero no podemos estar seguros.

Defer intervino:

—Respecto a eso, la Científica ha contado nueve cadáveres. Lo han comunicado hace un rato, cuando estábamos durmiendo. Todos con la cabeza destrozada. Identificarlos no será tarea fácil. Una auténtica masacre, pero también una buena limpieza.

Baranchot precisó:

—Los vídeos por sí solos ya justificaban todas nuestras actuaciones. Pero la presa que intentamos acorralar es mucho mayor. Con el cadáver encontrado en casa de Mauchrétien, ya son diez... por no hablar de mis compañeros...

—¿Qué piensa de todo esto?

—Droga, a escala internacional.

Menuise no pestañeó. Después de ocho años en el puesto, ya nada le sorprendía, salvo el fracaso de su vida privada.

—Jacky Mauchrétien estaba confabulado con un tal François Dumontier. Un antiguo legionario. Tenía vínculos privilegiados con la mafia albanesa, pero también posibles conexiones con otras organizaciones, la Camorra, la Bratva... Homicidios, tráfico de drogas, proxenetismo.

—Resumiendo, un compañero de viaje realmente encantador —subrayó Menuise, impasible—. ¿Y qué hay del tal Mauchrétien?

—Es un empresario local de cierto nivel. Esa es su fachada. Quizás como medio para lavar dinero, pero eso está por comprobar. Exparacaidista. Es el cerebro de dos redes de prostitución. Una de ellas, la red de los que aparecen en los vídeos con menores, estaba reservada a la gentuza que adora los coños jóvenes.

Los ojos de Menuise se abrieron de par en par. Baranchot se sonrojó por su *lapsus linguae*. Defer había empezado a influir en su vocabulario. Levantó la mano pidiendo disculpas y se aclaró la garganta.

—Lo siento, de verdad... La otra red es más... clásica. Prostitutas locales. Principalmente prostitución en apartamentos en el propio Viaduc-sur-Bauge, invisible, drogadictas bien sujetas por las riendas del caballo, el «alquitrán» como la llaman esos tarados. Resulta que Mauchrétien también es traficante, tanto semimayorista como minorista. Eso es lo que hemos descubierto de pasada. Y todo apunta a que es Dumontier quien suministra a Mauchrétien.

—Básicamente, ¿está diciendo que la mafia albanesa se ha instalado en nuestra hermosa campiña? —Menuise lo dijo de nuevo sin mover un músculo.

—En resumen, así es.

—Pero ¿entonces esos vídeos?

—Aparentemente, Mauchrétien es o un *voyeur,* o un paranoico de primera, o un chantajista, o todo eso a la vez. Todos los vídeos que recibimos se encontraron en su ordenador, por no hablar de los otros, en particular en los que aparece Dumontier. En cualquier caso, es una escoria. También prostituía a su hija y él mismo se acostaba con ella.

Menuise permaneció impasible, con las manos una sobre otra encima de las piernas, que mantenía cruzadas.

Ella intervino:

—El que, o la que, nos envió los vídeos debía pertenecer a la red de alguna manera, ya fuera como actor, como víctima o como ambas cosas. Ese es el primer punto. En segundo lugar, dicho informador quería acabar totalmente con el negociete de Mauchrétien. Las películas salieron de su ordenador, el que ustedes encontraron en su casa, pero está claro que no fue Mauchrétien quien las envió. En tercer lugar, el responsable puede haber provocado la masacre del bosque. ¿Su hija, ha dicho? ¿Qué sabe de ella?

—Poco o nada, por el momento. Se la puede ver en varios vídeos. Estamos investigando. Pero las noticias vuelan en Viaduc-sur-Bauge. La encontraremos pronto.

— ¿Y su Beloncle?

Baranchot hizo una mueca a causa del adjetivo posesivo.

—No es *mi* Beloncle.

—Está bien, discúlpeme.

—Es más un caso de corrupción pasiva que de participación activa. Se aprovechaba de beneficios en especie, recibía algunos sobres, participaba en las juergas organizadas por Mauchrétien, abusaba de las niñas. A cambio, hacía la vista gorda con los traficantes locales, los niños que consumían marihuana y las putas heroinómanas. Era una situación en la que todos salían ganando. Eso hacía que Viaduc-sur-Bauge pareciera una ciudad muy tranquila, bien peinada y educada en las estadísticas.

La realidad es un poquitín más compleja. También es el asesino de una alumna del instituto, Charlotte Dutresnil.

—¿Quién era?

—La hija de un profesor con el que Kimy Mauchrétien sale desde hace unas semanas.

—¡Qué interesante! ¿Él sabe que Beloncle es el asesino de su hija?

—Si partimos de la hipótesis de que Kimy Mauchrétien sea la informante, ella podría haberle enseñado los vídeos.

—¿Por qué ese hombre aceptaría ayudarla?

Baranchot dudó.

—Beloncle estuvo a cargo de la investigación.

—Ya veo... ¿Y el enjambre de periodistas?

—¿El enjambre? Defer tosió.

—Hummm... Resulta que otra bandada de periodistas llegó por la mañana. Estaban muy bien informados. Han recibido los vídeos y la lista de direcciones. Se han repartido por los cuatro costados de la comarca, metiendo las narices y tomando fotos. Los de las cadenas de información continua son los más puntillosos.

—De nosotros no ha salido nada.

—Entonces ha sido nuestro querido chantajista. Él o ella no solo quería desmantelar la red. Él o ella quería salpicar a toda esa buena gente con su propia inmundicia. Tendremos que redactar un comunicado de prensa.

Menuise asintió.

—Yo me encargaré de ello. Tenemos suficientes hechos probados. Vídeos autentificados, imputaciones, etcétera. Por otra parte, ni una palabra sobre el asunto de las drogas en el caso, por supuesto.

—De todas formas —cortó Defer—, solo nos preguntan por los vídeos y por la existencia de una red de prostitución de niñas. No hay nada que indique que sepan algo sobre Dumontier o las drogas.

—Muy bien y...

El agente Lucas llamó a la puerta y entró en el despacho con la nariz más larga que nunca, como el hocico de una comadreja.

—Disculpe, teniente.

—Le escuchamos.

—El café-tienda de la vieja, la madre de Mauchrétien, ha explotado por completo. Queríamos ver qué nos podía contar, pero cuando llegamos al lugar, ya no quedaban más que escombros y esos idiotas de bomberos ya se habían ido con el cadáver, así que nos quedamos sin fotos de la escena... Y... Esto... Los restos de Hubert y Goetzenluck están de camino a... Yo... Bueno... ya ve...

—Gracias, Lucas. Puede retirarse... Alguien, obviamente, se la tiene jurada a los Mauchretien.

—¿Y por qué todo esto? ¿Cómo se ha desencadenado esta locura? En los vídeos Dumontier y Mauchrétien parece que se entendían muy bien. ¿Por qué? Ese es el meollo de todos estos ajustes de cuentas.

Baranchot se levantó.

—Tenemos que volver al trabajo, Defer. Tenemos que encontrar a Kimy Mauchrétien. Sin duda está en peligro. Lo que hemos visto en el bosque, todos esos cadáveres, el incendio del café de la vieja Mauchrétien, todo ello no deja lugar a dudas.

—Estoy de acuerdo. Y ella tendrá mucho que contarnos.

91

En el informativo televisado de la una de la tarde, Évelyne Lucet iba comentando, sin transición, desde las políticas de derechas favorecidas por la izquierda a, según ella, «lo que promete ser el asunto de degradación social más sórdido de la década. Una vasta red de prostitución de menores está siendo desmantelada en Normandía. Nuestros corresponsales especiales, Séverine Mangin y Bruno Lemajor».

Kimy y Henri se dispararon como muelles hacia sus respectivos sillones, clavando las uñas en los reposabrazos. Séverine Mangin apareció en la pantalla, con la mano izquierda pegada al auricular y el micrófono en la derecha.

—Sí, Évelyne. Me encuentro ahora mismo ante la comisaría de Viaduc-sur-Bauge, un pueblo del departamento de Eure enclavado entre ríos y bosques. Aquí reina una inquietud fuera de lo común. Esperamos, de un momento a otro, un comunicado de prensa de Carolina Menuise, fiscal del tribunal de Rouen.

—Séverine, ¿cuál es la situación ahora mismo?

—Évelyne, la información se filtra con cuentagotas, los gendarmes se niegan a hacer comentarios, pero parece que se ha llevado a cabo un gran número de detenciones como consecuencia de la distribución de una serie de vídeos en los que aparecen chicas menores de edad.

—Sí, hay que señalar que estos vídeos fueron enviados a otras redacciones de París.

—Correcto, Évelyne. Y podemos..., Discúlpame un momento... Me informan de que la rueda de prensa de la fiscal ha sido... aplazada hasta esta tarde...

Kimy pasó a BFM TV, luego a I-Télé. Todos decían aproximadamente lo mismo. Apagó la tele.

೮

—Nos vamos a casa, Henri.

—Creo que es un poco prematuro. Me gustaría saber más sobre qué hace tu padre. De momento, no sabemos nada de lo que está pasando entre él y Dumontier. ¿Y su móvil?

—Silencio total. Nada de nada desde ayer, cuando citó a Dumontier para verse. Ha estado apagado desde entonces.

—Tal vez sea una buena señal, pero esperemos a ver.

Una lluvia agresiva azotaba los cristales. Se quedaron encerrados en el dormitorio, suspendidos entre el mal humor y la siesta, el aburrimiento y una preocupación soterrada. A las cinco de la tarde, escucharon con nerviosismo la rueda de prensa de Carolina Menuise. En la sala de reuniones de la gendarmería, la magistrada esbozó la cronología de los hechos, confirmando la inculpación de una quincena de personas y la prolongación de la detención policial de otras quince. Anunció la muerte de Dany Mauchrétien y de dos gendarmes, caídos en el ejercicio de su deber en el domicilio del cerebro de la red, Jacky Mauchrétien, un gran empresario local. Concluyó destacando la colaboración sin precedentes entre la Policía y la Gendarmería. A continuación, respondió a las preguntas de los periodistas, confirmando la autenticidad de los vídeos y subrayando que la identidad del informador seguía siendo desconocida. Eludió cualquier pregunta sobre las circunstancias de la muerte de los dos gendarmes y levantó la sesión. Henri se estremeció ante la noticia de la muerte de los dos agentes. No se lo esperaba. Apagó el sonido. Empezaron a despotricar sin parar, llegando a la conclusión, aunque no muy convencidos, de que

Dumontier debía de haber empezado la limpieza por Dany. Pero ¿y los gendarmes? ¿Y el Oso? No, aún había que esperar.

A las 8 de la tarde, los acontecimientos se precipitaron. Los periodistas con más iniciativa comenzaron aquella tarde a perseguir a los gendarmes. Subieron a El Revolcadero, burlaron el cordón de seguridad en la entrada de la carretera y, bosque a través, llegaron hasta la dacha. Se dieron un atracón con las imágenes de los escombros carbonizados rodeados por las cintas de prohibido el paso a la escena del crimen. Kimy se puso a saltar sobre el sofá, aplaudió y vitoreó. Creyó que tenía que aclarárselo a Henri.

—Ese es el pabellón de caza de mi padre. Allí dentro pasaban cosas horribles.

Apartó aquellos insoportables recuerdos con un gesto de la mano.

—¡Se ha achicharrado, el hijo de puta! ¿Y ves esa carrocería ahí? Es el coche de mi padre. ¡También ha ardido, coño! ¡Bien quemado, su puto coche!... Henri, él ha tenido que morir, seguro. ¡Nunca habría dejado que le pasara eso a su coche, nunca! Era lo único que amaba de verdad en la tierra. ¡Solo eso! ¡Es genial, coño! ¡Espero que haya sufrido mucho antes de reventar, el muy cabrón!

Y los periodistas dieron rienda suelta a sus especulaciones, estableciendo el vínculo entre las muertes mencionadas por Menuise y aquellas ruinas humeantes. Empezaron a hablar de un sangriento ajuste de cuentas vinculado a la red de pedofilia.

92

Cuando fue a refugiarse en casa de su madre tras la masacre, no pudo evitar lanzar un grito al ver el café-almacén aún humeante. Se mordió la mano hasta hacerse sangre imaginando lo que le habrían hecho Dumontier y su pandilla. Sin bajarse del BMW, contempló las ruinas con lágrimas en los ojos, hasta que vio por el retrovisor un vehículo de la policía acercándose. Arrancó y se alejó despacio.

Se dirigió a la discoteca a poca velocidad, haciendo antes varias pasadas para inspeccionar la zona. Todo parecía desierto. Finalmente, giró hacia el *parking* y accionó el mando a distancia. La puerta del garaje se abrió. Metió el BMW. Recogió su Dragunov y los cargadores. Las limpiadoras ya le habían dado un buen repaso a la sala de fiestas de cabo a rabo. Jacky se internó por los pasillos, cruzó los corredores sobre las pistas de baile y entró en su ático de soltero. Se tumbó en la cama con el fusil a su lado y cayó en un sueño sin sueños. Durmió hasta bien entrada la noche. Se despertó dolorido. Sentía punzadas en la mano. Se quedó en pelotas y se arrastró hasta el cuarto de baño. Gimió de placer bajo el chorro de agua ardiendo. Se enjabonó y pasó varios minutos bajo la ducha, consciente de que su descanso duraría poco. Salió de mala gana de esa placenta de vapor caliente. Se secó y luego se ocupó especialmente de sus uñas. Metió su ropa de guerra en una bolsa de plástico junto con las botas. Volvería a necesitarlas. Sacó alguna ropa del armario, unos vaqueros, una camiseta de Eden Park y una sudadera de rugby.

Encendió un cigarrillo y, chupando con ganas, se acercó al póster de una chica en tanga con los pechos al aire, al estilo de la página central de Lui. Levantó el póster y abrió la caja fuerte. Contó los fajos. Algo más de treinta mil euros. También cogió la bolsa de cocaína y la sopesó en la mano. Según sus cálculos, quedarían unos cien gramos de polvo de alta calidad. Lo volvió a meter todo en la caja fuerte sin cerrar la puerta. Echó un vistazo a la habitación. Las mujeres de la limpieza no tenían acceso allí sin una autorización previa. Los restos de la orgía de Año Nuevo seguían visibles por todas partes. Una chica se había olvidado las bragas. Las recogió y las olfateó con nostalgia. Olían magníficamente a coño.

Apagó el pitillo, encendió el televisor de pantalla plana y se encontró con Soir 3. Se quedó helado. Había reconocido inmediatamente las ruinas de El Revolcadero. Subió el volumen. Matanza... Cadáveres... Venganza... Posible relación con un caso de prostitución de menores... Implicación de notables locales... El Salvaje Oeste en el departamento del Eure... Como nada puede mantener el interés durante mucho tiempo, el periodista cambió finalmente de tema. Jacky zapeó hasta BFM TV. En la parte inferior de la pantalla, los rótulos naranjas de «Última Hora» ofrecían las últimas revelaciones. Asesinatos en Normandía... Red de prostitución... Oleada de detenciones... El periodista enviado al lugar de los hechos hablaba en directo.

—El asunto se ha ido aclarando desde esta tarde. Los investigadores trabajan sobre la hipótesis de un ajuste de cuentas, con el tráfico de seres humanos como telón de fondo. Los vídeos en los que aparecen chicas adolescentes han llevado a inculpar a más de veinte personas, hasta el momento, sin hablar de la ampliación de las detenciones. En el domicilio de uno de los implicados en el caso, los investigadores encontraron el cadáver de un hombre asesinado a tiros. En otra propiedad, situada en medio del bosque, policías y gendarmes encontraron cuerpos carbonizados. La fiscal de Rouen, Carolina Menuise, tiene previsto ofrecer otra rueda de prensa mañana al mediodía. Hasta entonces, se prevé una noche muy larga para los agentes de la policía judicial que...

Jacky apagó el sonido y se dejó caer en el sofá.

Se puso otro Camel entre los labios. Rumió las noticias. Todo era culpa de aquella brillante idea suya, aquellos malditos vídeos, su «seguro de vida». ¡Pobre, pobre, pobre gilipollas! Ahora estaba claro. Las películas habían sido enviadas desde su casa, desde su propio ordenador, por esa putita de Kimy. Era la única que podría haberlo hecho y que tenía interés en hacerlo. El resto le seguía pareciendo opaco y confuso. ¿Cómo se habían hecho con el dinero? ¿Dónde se había evaporado el botín? Misterio.

Las ideas le llegaban a ramalazos, con dificultad. Ni una palabra de Dumontier por el momento, a pesar de que el asesinato de los gendarmes llevaba su firma. El BMW no aparecía por ninguna parte, y con motivo, en la tele. En ese momento, a Jacky Mauchrétien se le daba por muerto y eso le ofrecía cierta ventaja sobre los albaneses, que tal vez ni siquiera sabían del lío en que se había metido su protegido. Con todo ese follón, no iban a asomar la gaita. La huida volvía a parecerle, en verdad, la mejor opción, pero sin el dinero la carrera iba a durarle poco. Resumen de sus cavilaciones: tenía que encontrar a Kimy y recuperar el botín. Y encontrar a una significaría conseguir lo otro. Estaba seguro.

No podía quedarse en la discoteca. La policía llegaría pronto a meter la nariz. Se levantó con dificultad del sofá, reunió la cocaína, el dinero, las botellas de Four Roses y las latas de cerveza. Metió todo en la bolsa de deporte, recogió el Dragunov y abandonó el ático. Estuvo un buen rato detrás de la puerta de la sala de fiestas observando por la mirilla enrejada el aparcamiento desierto. No había moros en la costa. Fue al garaje, abrió con el mando a distancia y sacó el BMW. Volvió a cerrar y se fue.

93

La investigación iba viento en popa. No hubo interrogatorio que no condujera a una revelación, que no sacara a la luz un detalle útil para resolver el caso. Baranchot y Defer seguían avanzando. Menuise les daba carta blanca y luego sintetizaba sobre la marcha lo que le iba llegando. Sus intuiciones solían dar en el clavo. Estaban convencidos de que Mauchrétien no estaba muerto, por la sencilla razón de que su físico fuera de lo común lo delataba. Ninguno de los cadáveres calcinados en el pabellón de caza tenía las dimensiones esperadas. Los casquillos encontrados por todo el salón de Mauchrétien también hablaban por sí solos. Se había encontrado una gran cantidad de casquillos de Kalashnikov, lo normal, pero lo que no era tan normal eran las vainas del Agram 2000, el juguete preferido por las mafias de la Europa del Este. La implicación del narcotráfico en el caso, todavía mantenida en secreto, era indiscutible. Consumidores y traficantes se denunciaban unos a otros, cayendo como fichas de dominó. La magnitud del tráfico era asombrosa. Se solapaba en gran medida con las redes de prostitución. Según las chicas habituales, todas drogadictas, tal cosa era el alma del negocio. Ellas curraban para conseguir su dosis. Y Beloncle había abierto el melón del chantaje. En su opinión, el chantajista solo podía ser Dany Mauchrétien, pero Menuise no estaba convencida.

Hipótesis: 1: Beloncle había robado el botín y se lo había entregado al pájaro que lo chantajeaba; 2: Dumontier se había sentido estafado por Mauchrétien y había pasado a la acción;

3: la cosa había desembocado en una carnicería (Dumontier había dejado un rastro de cadáveres a su paso; Dumontier había sido ejecutado por Mauchrétien; otras víctimas colaterales habían perdido la vida); 4: Mauchrétien seguía suelto por ahí haciendo estragos; 5: el chivato seguía suelto (¿con el dinero que le entregó Beloncle?); 6: la hija de Mauchrétien no aparecía por ninguna parte, pero ella frecuentaba a un hombre, al parecer un profesor, al que había acompañado al hospital unas semanas antes (había que comprobarlo lo antes posible, pero no había nadie en casa del susodicho en estos momentos; había que establecer una vigilancia); 6 bis: la hija del profesor había sido asesinada por Beloncle poco más de cinco años antes y Beloncle estaba a cargo de la investigación; 7: Kimy era prostituida por su padre y traficaba para él (había muchos consumidores en el instituto, algunos de los cuales habían sido citados como testigos en esta fase, entre ellos una tal Lilou, al parecer la novia despechada de Kimy, especialmente agresiva contra ella); 8: la ecuación Kimy Mauchrétien igual a chivato era sin duda válida (8 bis: ¿significaba eso que ella había robado el dinero?); 9: había que encontrar a la chica antes de que lo hiciera su padre; 10: las principales propiedades de Mauchrétien habían sido neutralizadas (granja, pabellón de caza y club nocturno), pero seguía teniendo otras por ahí (Mauchrétien había invertido en varias propiedades inmuebles, así como en otros bienes, como furgonetas para la prostitución itinerante) y conocía la región como la palma de su mano, incluidos los bosques (rastreo peligroso). No todo había terminado, ni mucho menos.

94

Kimy y Henri esperaron otros dos días antes de volver a casa, intentando demorarse lo más posible. No había ninguna información que sugiriera que Mauchrétien seguía vivo. No parecía haber ninguna orden de busca y captura. Kimy pagó la cuenta del hotel en efectivo, el primer uso del botín, pero Henri insistió en pagar su parte. No quería saber nada de aquel dinero maldito. De vuelta a la casa, hicieron una larga parada en el corral de los burros. Kimy los cepilló, les dio heno fresco y los acarició un buen rato. Había echado mucho de menos su calor y sus enormes ojos.

—¿Henri?

—¿Hmmm?

—Quiero quedarme aquí.

—¿Estás segura?

—Segura. No hay nadie más en el mundo a quien quiera. Aparte de los burros, por supuesto.

—Venga, vamos a calentarnos dentro. Voy a preparar un buen fuego.

—Vete tú. Yo me quedaré con ellos un rato más.

—Vale. Pero los vas a desgastar acariciándolos así.

∞

Henri se apresuró a preparar el fuego. Después de esos días de triste y sombría vida clandestina, no estaba precisamente a disgusto por haber vuelto a casa. La leña crepitó. Alegres chispas chisporroteaban en el hogar. Se apoyó en la repisa de la chimenea, la mirada en el vacío. ¿Y ahora qué? ¿Qué sería de él y de Kim? Ella tenía toda una vida que construir y el lugar que él ocuparía dentro de esa vida necesariamente iría decreciendo poco a poco. Por supuesto, en medio de la euforia de aquellos días tan especiales, ella se había convencido fácilmente de que lo amaba, pero de ahí a permanecer colada mucho tiempo por él... Y aunque así fuera. Pero se le hacía un nudo en la garganta solo de pensarlo. No podía soportar la sola perspectiva de volver a estar solo. Tal vez había llegado el momento de pasar página. Kimy le había dado el impulso que necesitaba. La chica era de armas tomar. Conseguir que se alejara de él por las buenas era una dulce ilusión. Ella se iba a «*emparanoyar*», como decían los jóvenes. «Como dicen los jóvenes»... Todo se resumía en esa frase. Pronto, cincuenta por un lado, dieciocho por el otro. Como dijo Patrizia Reggiani[26]: «Ella en primavera, él en invierno». Ella decía que lo quería. Y él se aferraba a esa esperanza egoísta. Pero sabía que pronto le tocaría asumir el grotesco y horrible papel del típico viejales. Como un Arnolphe y su sobrina. Los jóvenes ojos de Kimy un día se cruzarían con los de un tipo de su edad. Ante eso, no había nada que hacer. Como debe ser, por otra parte. Sin embargo, él sentía por ella una necesidad urgente imposible de razonar. Así que, por qué no...

—¡No te muevas!

Henri se levantó de un salto, bruscamente. Lo supo incluso antes de darse la vuelta. Se giró lentamente. En la entrada, el Oso sujetaba a Kimy contra él. Su mano izquierda le aplastaba la cara, tapándosela casi por completo. Con la derecha le apuntaba a la sien con una pistola. Mauchrétien parecía completamente fuera de sí. Estaba sucio, su cara era un bosque de barba

---

26 Famoso caso policial en el que esta mujer fue declarada culpable del asesinato de su marido, el empresario de productos de lujo, Maurizio Gucci, a manos de un sicario.

de varios días. En sus ojos bailaban llamas asesinas. Graznó, abriendo la boca con una mueca lasciva.

—¿Cómo estáis, mis dos lindos pichoncitos, mis pequeñas preciosidades?

Apuntó a Henri con el cañón de la pistola.

—Mira que te lo advertí. Si se la metes, pagas. ¿Me has pagado? ¿Eh? ¿Tú me has pagado acaso? Pues no, por lo que veo. Y aún peor: has intentado joderme. Una cosa es que te la folles a ella. Pero que intentes joderme a mí, ¡eso es harina de otro costal! He venido a por mi dinero. Sé que habéis sido vosotros, mis queridos hijos de puta... Pero antes vamos a divertirnos un rato.

Y disparó. Henri se desplomó gritando, agarrándose el muslo con ambas manos. La sangre comenzó a extenderse por sus vaqueros.

—No es muy agradable, ¿verdad? Pues si no te portas bien, te van a llover más por todas partes, pero, tranquilo, que no te vas a morir, al menos no enseguida.

Kimy se retorcía y lanzaba gritos ahogados. Era inútil. Jacky la tenía sujeta como un torno de banco. De repente, la hizo girar, soltando el brazo con un latigazo de muñeca, y casi arrancándole la cabeza de los hombros. Le dio con el puño en medio del pecho. A ella se le cortó la respiración y se dobló sobre sí misma jadeando y llorando. Henri gritó con todas sus fuerzas, de puro terror.

—Ahora vas a ver lo que es bueno, guapa, con sida o sin sida. La última vez no lo disfrutamos con tranquilidad.

Le pegó una patada en la cara que la hizo levantarse sangrando por la nariz. La cogió al vuelo y la lanzó contra el borde de la mesa. Se abalanzó sobre ella abofeteándola con una sola mano a derecha e izquierda. La sangre lo salpicaba todo. Cuando estuvo bien aturdida, puso la pistola sobre la mesa y empezó a arrancarle la ropa con glotonería.

—¡Mira bien, profe, ya verás cómo voy a ensartar a tu putita! ¡Disfrútalo, cabrón! Es gratis.

Le arrancó el sujetador. Aparecieron los pechos, frágiles y temblorosos. Kimy gritaba asustada, con la cara blanca como la cera y manchada de sangre. Le sobó los pechos con fuerza.

Henri le suplicaba. Las manos de la chica se entrelazaron con las de su padre. Una furiosa batalla de dedos se libraba ahora por encima de la bragueta. El Oso estaba eufórico.

—¡Voy a rellenarte el culo, puerca, como en los viejos tiempos!

Henri se acercó arrastrándose. El dolor aumentó de manera insoportable. Creyó que iba a desmayarse, pero consiguió agarrar al Oso por el tobillo. Mauchrétien se soltó fácilmente con una sacudida y le aplastó la cara con el talón. El Oso metió sus dedos entre el vientre y los vaqueros de la chica. Rompió el ojal y la bragueta de un tirón. Le besó el ombligo con gula. Arañó aquella piel suave con su barba de varios días. La babosa tóxica de su lengua la llenó de babas. Ella volvió a forcejear. La abofeteó dos veces más. Ya no se resistió. Le dolía demasiado. Le bajó los vaqueros y las bragas hasta los muslos. Le dio la vuelta riéndose a carcajadas. El Oso gruñía de satisfacción mientras se bajaba la cremallera de los pantalones, pero de repente todo se congeló.

—¡Levanta las manos lentamente por encima de la cabeza!

Baranchot y un brigada apuntaron sus Sig Sauer en dirección a Mauchrétien. Demasiado ocupado con su hija, no los había oído llegar. La casa de Henri estaba siendo vigilada desde hacía dos días. La mano del Oso bajó lentamente hasta la pistola que tenía sobre la mesa.

—¡No lo hagas, Mauchrétien! Si coges esa pistola, disparo.

La mano continuó su elipse descendente. Los sollozos de Kimy formaban un contrapunto en aquella especie de lenta coreografía. La chica aprovechó la oportunidad y se dejó rodar sobre un costado con rapidez. Cayó de la mesa como un fardo de ropa vieja, rebotó contra las sillas, se golpeó la cabeza y se quedó tendida contra las baldosas. La mano de Mauchrétien se detuvo a unos centímetros de la pistola.

—No lo hagas.

A Baranchot, que sabía lo que iba a pasar, le invadía una calma imposible de vencer. Esperaba tranquilamente de pie.

Mauchrétien agarró la culata. Baranchot le dio tiempo a que se diera tres cuartos de vuelta. Luego, disparó en defensa propia, imitado por el brigadier. Mauchrétien recibió seis balazos. Dejó caer el arma, retrocedió, se sentó en el borde de la mesa, se agarró a ella y miró al gendarme sin creérselo. Se desplomó hacia atrás, quedó tendido y murió.

El silencio se apoderó de la habitación por un momento, luego todo volvió a la normalidad. Kimy sollozaba entre las patas de las sillas. Con la cara ensangrentada, forcejeaba con los vaqueros y las bragas para subírselos hasta las caderas. Henri se balanceaba atrás y adelante de manera cadenciosa, apretándose el muslo con las manos. Parecía un derviche en trance. Emitía una extraña melopea hipnótica e iterativa. Baranchot abandonó la postura de tirador, enfundó el arma e intentó tranquilizarlos, mientras el brigada pedía urgentemente por el móvil la asistencia de los bomberos y más refuerzos.

95

La vida levantaba de nuevo el vuelo. Por primera vez en su corta existencia, ella se sentía libre.

Tras la muerte de su padre, todo se había resuelto con rapidez. Como era la pieza clave del juego, había sido citada como testigo, luego inculpada y puesta en libertad vigilada. Tuvo que explicar el funcionamiento de la empresa familiar y rellenar las lagunas que le quedaban a Baranchot y a Defer en toda aquella trama. Sí, había enviado los vídeos con la ayuda de Henri. Luego se dedicó a despedazar sin piedad a los clientes de la red. Los conocía a casi todos y prometió testificar contra ellos. Comentó con objetividad los vídeos en los que ella aparecía, nombrando los lugares y a los distintos protagonistas. En cuanto a las drogas, admitió desde el principio que ella la distribuía, lo cual jugó a su favor. No le costó demostrar cómo su padre la había obligado a hacerlo. Los detalles precisos de las cantidades que había vendido y del dinero que había pasado por sus manos eran tanto más impresionantes cuanto que solo se trataba de una pequeña parte del tráfico total. Se abstuvo de decir que conservaba un importante *stock* personal de hachís. Facilitó la identidad de todos sus compradores. Al contrastar la información, los investigadores se convencieron de que decía la verdad. Dadas las circunstancias, no hacía falta ir mucho más allá en el caso. Cuando Baranchot y Defer le preguntaron por Beloncle y el dinero, se mostró imperturbable. No sabía nada. Ellos insistieron. Aquella chica los miró fijamente desde su alta estatura con sus ojos azules e inexpresivos. Sus facciones eran duras como el granito. Ese era uno de los escollos de la investigación. Kimy se dio cuenta de que le convendría no tocar el dinero durante meses, quizá años. No importaba. No tenía prisa. Entonces la interrogaron directamente sobre la naturaleza de su relación con Henri. Ella les dijo sin rodeos que nunca le había pasado nada mejor en la vida y que le importaba un pimiento lo que pensara la gente, que era ella quien vivía con Henri, no los demás. Entonces convocaron a Henri, que puso a Defer secamente en su lugar cuando le preguntó si no tenía ningún problema en cargar con una chica de dieciocho años con un montón de problemas psicológicos. Esa forma de comenzar hizo resucitar a Henri, que puso cara de tonto a la hora de mentir sobre el dinero. En cualquier caso, toda la pasta le pertenecía a Kimy, aunque a él le produjera urticaria. Defer y Baranchot cotejaron sus palabras con las de Kimy y profundizaron en las circunstancias de cómo se conocieron. Baranchot le preguntó por qué no había llamado a la gendarmería. Henri respondió que eso tendría que contestárselo el asesino de su hija. El gendarme acusó el golpe bajo y se retiró.

El alcalde de Viaduc-sur-Bauge utilizó el asunto como plataforma. Después de todo, la muerte de Mahaut podría no perjudicar a su candidatura como diputado. Al margen del enorme escándalo, Gaillard, aprovechando políticamente la oportunidad, reveló que el suicidio de su hija había sido causado por el azote de las drogas. Esta confesión suscitó ira y compasión en la región. Gaillard no tuvo problemas para convertirse en el cruzado antidroga en las elecciones legislativas. El escaño de diputado le abría sus brazos de par en par. Volvió a utilizar su sonrisa de dientes bien alineados. Cuando le vio haciendo de Don Limpio en las noticias, Kimy casi se ahoga de rabia. Él no ignoraba casi nada de las actividades de su hija y nunca había hecho nada para protegerla. ¡Qué hijo de puta!

∞

Las hormiguitas obreras fueron cayendo una tras otra. El pánico circuló como el viento entre los heroinómanos y cocainómanos. Pero rápidamente aparecieron otros circuitos donde abastecerse. El Oso había dejado despejado el camino. Bastaron unas semanas para que sus competidores volvieran a la plaza.

Unas familias altruistas acogieron a Marie y Alizée. El instinto de supervivencia podría funcionar para ofrecerles un futuro al menos tolerable. Declararían cuando llegara el momento. Anastasia optó por huir, volviendo a su vida de perra salvaje. Nadie podía asegurar dónde se escondía, ni siquiera si seguía viva. En cuanto a las otras chicas, no se encontró a ninguna. Tampoco ninguno de los protagonistas directos pudo facilitar tal información a los investigadores.

Los padres de las tres chicas asesinadas después de Charlotte pudieron por fin poner nombre y cara a los asesinos.

Las autopsias de los cadáveres de la dacha dieron pocos resultados. Ninguna de las prostitutas fue identificada. Nadie las reclamó. Solas en la vida, solas en la muerte. El estudio de los esqueletos de tres de los hombres tampoco llegó a nada. No se encontró ningún rastro de ellos en ninguno de los archivos consultados. Dumontier, en cambio, fue reconocido gracias a las radiografías facilitadas por el ejército. Pero no se encontró ninguna conexión albanesa. Con él muerto, la pista se enfrió. El esqueleto contrahecho del jorobado sirvió para identificar al Zumbado. Se siguió utilizando dicho mote, ya que nadie sabía su verdadera identidad, ni siquiera Kimy. En términos administrativos, nunca había existido.

El cadáver de Valérie nunca se encontró.

La Casa de Acogida de Menores en Exclusión Social de Viaduc-sur-Bauge estuvo cerrada varios meses y fue objeto de una profunda investigación judicial y administrativa. Laurent Delveau se apresuró a denunciar a sus cómplices dentro de la institución. Dos educadores y una educadora fueron inculpados de proxenetismo agravado y violación de menores, inmediatamente destituidos de sus cargos y enviados a prisión preventiva.

Menuise le dio los últimos retoques a su informe. El caso estaba bien fundamentado. Lloverían las condenas. Lamentaba que aún quedaran algunas zonas grises, en particular la identificación de los cuerpos de las chicas de la dacha y, por supuesto, la desaparición del dinero, aunque sospechaba que Kimy lo tenía en su poder.

Baranchot besó compungido su medallita de Sainte Geneviève cuando un oficial con estrellas le anunció su próximo ascenso. Sus nuevos galones lo elevarían a la Brigada Criminal de la Policía Judicial.

Defer solo obtuvo la satisfacción del deber cumplido y regresó a su jungla urbana sin ningún remordimiento. El campo igualaba en sordidez al cemento de la ciudad. No echaría de menos nada de aquella espantosa vegetación. Pero Baranchot y él intercambiaron un sincero apretón de manos.

La pierna de Henri curaba despacio. Caminaba con un bastón y sufría sin quejarse. Esta vez, Sylvie no tuvo noticias suyas, y en la secretaría del instituto Agnès le había respondido de manera glacial.

Eso solo significaba una cosa: condenaban su relación con Kimy. A Henri no le importaba y siguió adelante. Una mañana, ella lo encontró sentado frente al ordenador. Había abierto la cuenta creada a nombre de Charlotte. Kimy se puso a observarlo. Vio cómo seleccionaba los miles de mensajes que había escrito a su hija y los borraba. Después eliminó la cuenta.

Kimy volvió a guardar el dinero en el desván. En cuanto se sintió un poco mejor, se matriculó en el Centro de Formación de Aprendices y empezó a trabajar con entusiasmo como camarera en el Albergue de Sainte-Halguse. Como todo el mundo, la dueña conocía el *asunto*. Le había mantenido el puesto prometido a pesar del tiempo transcurrido. Ella estaba encima de Kimy todo el tiempo, pero nunca se permitió la más mínima pregunta. Kimy le estaba muy agradecida por ello. Por primera vez en su vida, estaba ganando su propio dinero. Era una suma muy modesta, nada parecido a lo que le reportaba una sola jornada traficando, pero no tenía de qué avergonzarse.

Por las mañanas y al final del día, se entretenía en el cercado de los burros. Reagan y Marx la adoraban, lo que molestaba un poco a Henri. Ya no tomaba anticonceptivos. Por supuesto, no se lo dijo a Henri, porque eso solo le habría traído complicaciones. Por las tardes, leían tranquilamente uno al lado del otro,

Henri el libro que tuviera entre manos en esos momentos, Kimy un tebeo o *De ratones y hombres.*

Estaban bien.

96

Lleva algún tiempo buscando en la ferretería del Bricomarché. Busca uno que se sostenga bien en la mano, con sistema de bloqueo y empuñadura de agarre. No es cuestión de que la hoja se retracte en el momento fatídico. Las cosas se han calmado un poco en Viaduc-sur-Bauge. Los últimos coletazos del escándalo están amainando. Por fin la ha encontrado. Para que deje de estar en guardia, ha dejado de acosarla, pero lleva dos meses vigilándolos y conoce bien sus costumbres. Demasiado absortos en su romance, ya no sospechan nada. Y ya está. Ha elegido un Stanley 25 mm. Es una buena herramienta. Satisfecha, ella paga la cuenta y sale de la tienda.

Estamos a principios de abril, tras un día especialmente agradable, Kimy abandona el Albergue Sainte-Halguse. Es un anticipo de los buenos días de mayo, un avance de la felicidad estival. Las vacas, con lentitud, pastan en la espesa hierba. El sol desciende por la línea del horizonte. Las sombras se alargan suavemente. Kimy camina tranquila entre los árboles en flor que bordean la carretera provincial. Con el corazón alegre, piensa en Henri, en los burros, en la primavera, en todo y en nada. Vuelve a *su casa*. No la oye llegar.

El cúter le abre la garganta de lado a lado, de un solo tajo. Kimy cae de rodillas. Una voz familiar le susurra al oído.

—No deberías haberlo hecho, Kim. Mira que te lo advertí. Ahora soy yo quien cuidará de él.

Kimy coloca ambas manos sobre la tráquea abierta. La sangre caliente fluye entre sus dedos. Aterrorizada, logra mante-

nerse en equilibrio unos instantes. Piensa con todas sus fuerzas en Henri y luego cae de lado en silencio. Su vista capta
una última imagen borrosa: cúter en mano, Lilou alejándose
delante de ella.